Entscheidung am Meer

NADJA TEN PEZE

Entscheidung am Meer

Bibliografische Information der Deutschen Nationalbibliothek
Die Deutsche Nationalbibliothek verzeichnet diese Publikation in der
Deutschen Nationalbibliografie; detaillierte bibliografische Daten sind im
Internet über http://dnb.d-nb.de abrufbar.

© 2022 Nadja ten Peze
Coverabbildungen:
Designed by pikisuperstar / Freepik
Designed by Freepik
Designed by kjpargeter / Freepik

Umschlagdesign, Satz, Herstellung und Verlag:
BoD - Books on Demand, Norderstedt
ISBN 978-3-7562-8632-4

Kapitel 1

Sag das bitte noch einmal, Lotta!«, ungläubig schaue ich meine Tochter an, die gerade meine kleine Enkelin aus dem Buggy holt.

»Sophie will zu Rowdy!«, jauchzt die Kleine und rennt durch die offene Küchentür zu unserem Appenzeller Sennenhund, der gemütlich unter dem Küchentisch liegt.

»Was hast du mir gerade am Telefon erzählt? Das muss ich erst einmal sacken lassen!«, frage ich erneut und schaue Lotta dabei zu, die den Kinderwagen in den Flur meines kleinen Reihenhauses schiebt.

»Mama! Jetzt reg dich doch bitte nicht so auf und lass uns in Ruhe darüber reden!«, antwortet sie mir verlegen.

Aufgewühlt folge ich ihr in die Küche und stelle die Kaffeemaschine an.

»Willst du auch einen Cappuccino oder lieber Apfelschorle?«, frage ich Lotta, als ich mit dem Rücken zu ihr die Maschine anstelle.

»Ich will auch Apfelschorle!«, höre ich eine Stimme unter dem Küchentisch. Meine kleine Enkeltochter liebt unseren Hund über alles und rennt immer als Erstes zu ihm.

»Hey, mein Schatz! Willst du Oma nicht hallo sagen?«, frage ich sie lachend und knie mich zu ihr unter den Tisch.

»Doch, Oma, aber erst muss ich mich doch um Rowdy kümmern!«, gibt sie grinsend zurück und drückt unseren Hund fest umschlungen an sich.

»Okay, das verstehe ich natürlich! Wenn du dich genug um ihn gekümmert hast, kannst du gerne deine Apfelschorle trinken. Ich stelle sie dir auf den Tisch«, antworte ich mit gespielt wichtiger Miene und drücke ihr sanft einen Kuss auf die Stirn. Was ein süßes Kind!, denke ich gerührt und streiche ihr liebevoll durch die braunen Locken. Ihre blauen Augen sehen mich dabei strahlend an. Fast drei Jahre ist es nun schon her, dass Sophie auf die Welt kam und das Leben von meiner ältesten Tochter auf den Kopf stellte. Lotta war gerade siebzehn, als sie unerwartet schwanger wurde. Es passierte bei einer Klassenfete, als sie und Marco, der Kindesvater, sich unter Alkoholeinfluss näherkamen. Schnell war klar, dass es bei diesem One-Night-Stand bleiben würde. Marco gab ihr unumwunden zu verstehen, dass er keine feste Beziehung eingehen wollte. Lotta war am Boden zerstört, vor allem weil es ihr erstes Mal mit einem Mann war. Der Schock war groß, als sie zwei Monate später einen positiven Schwangerschaftstest in Händen hielt! Hin und her gerissen zwischen Angst und Verantwortung für ihr ungeborenes Kind, entschloss sie sich letztendlich, das Baby zu bekommen. Wir führten lange, intensive Gespräche über ihre weitere Zukunft. Vor allem, weil Lotta zu diesem Zeitpunkt gerade ihren Schulabschluss absolvierte und eine anschließende Ausbildung zur Fotografin anstrebte. Oh Gott! Wenn ich daran zurückdenke, wird mir noch immer flau im Magen. Aber trotz meiner Ängste habe ich sie immer bestärkt in dem Gedanken, das Kind auszutragen. Zum Glück bekam sie direkt nach ihrem Fachabitur eine Ausbildung zur Fotografin in einem renommierten Fotostudio in Köln. Da wir in einem Vorort von Köln wohnen, konnte sie jeden Tag zu ihrer Ausbildungsstelle fahren und Sophie blieb tagsüber bei mir. Meine beiden jüngsten Kinder, der fünfzehnjährige Mattis und Nele mit ihren dreizehn Jahren, freuten sich riesig über den Familienzuwachs.

Seit dem Tod meines Mannes Daniel vor acht Jahren wohnen wir alle zusammen in unserem kleinen Reihenhaus. Lotta hat mein großes Schlafzimmer mit Sophie bezogen und ich bin in ihr etwas kleineres Schlafzimmer umgesiedelt. Unser Appenzeller Sennenhund Rowdy macht unsere etwas liebevoll schräge Familie, wie meine Freundin Ina immer sagt, komplett!

»Mama, können wir jetzt reden?« Lotta schaut mich unsicher an, als ich mir meine Kaffeetasse hole und mich zu ihr an den Küchentisch setze.

»Willst du nichts trinken?«, frage ich noch einmal nach.

»Nein danke«, gibt sie zurück und schaut unter den Tisch, um nach ihrer kleinen Tochter zu sehen, die immer noch zufrieden lächelnd unseren Hund streichelt.

»Okay, Lotta. Dann schieß los. Was gibt es für Neuigkeiten?«

»Tja, ähm … Du weißt ja, dass es in deinem Schlafzimmer mittlerweile etwas eng wird, besonders wenn Jan zu Besuch kommt …«, beginnt sie nervös.

»Ja, alles klar! Aber auf was willst du hinaus? Wollt ihr im Garten anbauen?«, antworte ich mit einem überraschten Lächeln.

Unsicher spielt sie an ihrer Halskette, die sie von ihrem Vater zur Geburt bekam.

»Nein, Mama. Jan und ich. Ich meine Jan, Sophie und ich wollen zusammenziehen und endlich eine richtige Familie sein. Dieses ständige Pendeln zwischen Deutschland und Holland nervt mittlerweile tierisch! Meine Ausbildung habe ich abgeschlossen und könnte auch in Holland arbeiten.« Was höre ich da gerade?! Lotta will nach Westerland ziehen?! Meine Tochter mitsamt Enkelin nach Holland auswandern?! In meinem Kopf schwirren tausend Gedanken und mein Blutdruck steigt gefühlt ins Unermessliche …

Meine Kinder und ich hatten vor über drei Jahren in Westerland an der holländischen Nordseeküste ein paar Ferientage über Silvester verbracht. Dort lernte sie den netten, jungen Niederländer Jan kennen und lieben, bevor sie überhaupt etwas von ihrer Schwangerschaft wusste. Er war auch an ihrer Seite, als sie während einer Schlittschuhfahrt auf dem Meer im eiskalten Wasser einbrach und danach bewusstlos auf der Intensivstation lag. Wenn ich an diese schweren Stunden und Tage zurückdenke, sammeln sich noch heute Tränen in meinen Augen. Gott sei Dank hat Lotta keine bleibenden Schäden davongetragen und auch das ungeborene Kind, das sie damals noch unwissend in sich trug, überstand dieses dramatische Unglück wie durch ein Wunder unbeschadet! Jan überlegte keine Sekunde sich von Lotta zu trennen, als er erfuhr, dass sie ungewollt schwanger war. Im Gegenteil, seit die kleine Sophie auf der Welt ist, wurde ihre Beziehung zueinander noch intensiver. Ich freue mich immer sehr, wenn er am Wochenende zu uns kommt und ich mit ansehen kann, wie die kleine Familie zusammenwächst … Lotta geht mit Sophie nach Westerland! Mein Kopf glüht vor Erregung und der Kloß im Hals, den ich verspüre, lässt mich kaum atmen.

»Ähm. Ist das dein Ernst, Lotta?«, antworte ich mit bebender Stimme und schaue meine Tochter dabei ungläubig an.

»Ja, Mama. Wir haben schon ein kleines Häuschen gefunden, direkt am Deich. Dir wird es bestimmt gefallen. Du liebst doch das Meer genauso wie ich und Sophie wächst dort auch in einer ganz natürlichen Umgebung auf!«, entgegnet sie mir eilig und lächelt mir aufmunternd zu. Oh Gott! Sie meint es ernst! Deine älteste Tochter verlässt ihr Elternhaus und zieht in die weite Welt, samt Enkelin! Langsam spüre ich, wie mir die Tränen in die Augen schießen.

Um Fassung ringend antworte ich mit tränenerstickter Stimme: »Tja, dann … Du bist alt genug, Lotta. Ich kann dich nicht zwingen weiterhin zu Hause zu wohnen. Du hast jetzt dein eigenes Leben, mein Kind.« Jetzt brechen alle Dämme und die Tränen laufen mir über die heißen Wangen. Zärtlich zieht Lotta mich zu sich und streicht mir über mein Gesicht.

»Mama, ich bin doch nicht aus der Welt und Westerland ist nur vier Autostunden entfernt! Du kommst uns so oft besuchen, wie du willst. Natürlich kommen auch Mattis und Nele mit!«, antwortet sie und auch in ihren Augen sehe ich Tränen schimmern.

»Lotta, ich wünsche euch natürlich nur das Beste und hoffe, du wirst mit Jan glücklich. Versteh mich bitte, dass ich mir Sorgen mache. Wie soll das mit Sophie werden, wenn du arbeiten gehst?«, frage ich besorgt nach. Ich weiß, dass Jans Mutter schon früh gestorben und er bei seinem Vater aufgewachsen ist. Allerdings ist dieser vor einem Jahr nach Rotterdam gezogen. Jetzt trennen Vater und Sohn mehr als hundertfünfzig Kilometer. Nachdenklich schaue ich meine Tochter an und hoffe, dass sie sich vielleicht doch noch anders entscheidet.

»Mama, ich weiß, dass es nicht einfach für dich ist und glaube mir, für mich wird es auch eine Umstellung sein. Jan verdient gut in seinem Job als Physiotherapeut und Sophie kann schon in die Kita. In der nächstgrößeren Stadt Den Helder suchen sie eine Fotografin in Teilzeit. Ich habe dort meine Bewerbung abgegeben und hoffe, dass ich eine Chance bekomme. Das Häuschen ist erst mal zur Miete, aber wunderschön und urgemütlich. Es wird dir ganz sicher gefallen!«, antwortet sie eilig. Liebevoll nimmt sie meine Hände und strahlt mich dabei glücklich an. Kann ich ihr diesen Traum zerstören, wegen meiner Angst sie zu verlieren? Marie, jetzt sei stark und freu dich für Lotta. Du siehst doch, wie glücklich sie ist!, geht es mir durch den Kopf, als sie mir aufmunternd zunickt.

»Ich denke, du wirst dich in Westerland sehr wohlfühlen und schnell einleben. Versprich mir bitte, dass du dich jede Woche mindestens dreimal meldest und uns oft besuchen kommst!«, sage ich mit einem versuchten Lächeln und nehme sie dabei fest in meine Arme.

»Danke, Mama, dass du es mir nicht so schwer machst! Ich hatte solche Angst, es dir zu sagen, weil ich weiß, wie sehr du Sophie vermissen wirst. Jetzt bin ich froh, dass es endlich ausgesprochen ist!« Mein Herz schlägt noch immer heftig vor Aufregung, als ich meine kleine Enkeltochter, die mit Rowdy unter dem Küchentisch spielt, zu mir nehme.

»Oma, warum weinst du, bist du traurig?«, fragt sie mich und legt ihr niedliches Köpfchen zur Seite. Oh, was werde ich dieses kleine Wesen vermissen!, denke ich bedrückt und gebe ihr schnell einen Kuss auf die Wange, um meine Trauer zu verbergen.

»Ach, mein Schatz. Es ist alles gut!«, antworte ich schnell mit einem verkrampften Lächeln.

»Dann können wir ja noch mit Rowdy in den Wald! Okay, Oma?!«, gibt sie grinsend zurück und rutscht von meinem Schoß, um im Flur Rowdys Leine zu holen.

»Danke, Mama!« Lotta lächelt mich erleichtert an und zwinkert mir zufrieden zu, als sie ihrer Tochter in den Flur folgt.

»Hey, Rowdy! Komm du, Faulenzer, wir wollen in den Wald!«, sage ich, noch immer etwas irritiert von den Neuigkeiten zu meinem Hund, der sich langsam in Bewegung setzt. In aller Seelenruhe trottet er in den Flur, wo ihn Sophie und Lotta schon freudig in Empfang nehmen.

Was für ein Tag! Lotta zieht nach Holland!, geht es mir wieder und wieder durch den Kopf, als ich mich mit einer Tasse Kaffee auf meine Terrasse setze. Gedankenversunken schaue ich in den abendlichen Sternenhimmel. Ein wunderschöner Frühlingstag neigt sich dem Ende zu. Die Temperaturen steigen langsam merklich an und es ist für Anfang Mai schon überdurchschnittlich warm. In meinem kleinen Garten blühen die Krokusse, Narzissen und Tulpen um die Wette. Ein bunter Reigen an Frühlingsblumen streckt sich mir entgegen. Der Frühling ist die schönste Jahreszeit für mich! Wenn die Natur ihren Winterschlaf beendet und überall das Leben wieder zum Vorschein kommt! Für einen kurzen Moment vergesse ich, was Lotta mir heute mitgeteilt hat … Aber sofort spüre ich wieder den Schmerz in der Brust bei dem Gedanken, dass Lotta und

Sophie in voraussichtlich zwei Monaten nicht mehr bei uns wohnen werden! Ich habe noch mit niemand darüber gesprochen, selbst meinem Zweitältesten Mattis und meiner jüngsten Tochter Nele habe ich es noch nicht gesagt. Lotta ist nun schon drei Jahre mit Jan zusammen und ich wusste, irgendwann wird der Tag des Abschiedes kommen.

»Aber muss es jetzt schon sein?!«, murmele ich vor mich hin, als ich an meinem Kaffee nippe. Das Handyklingeln reißt mich aus meinen Gedanken.

»Hallo, Marie! Wie geht es dir? Du hast dich ja schon Ewigkeiten nicht mehr gemeldet!«, höre ich die Stimme meiner Freundin.

»Oh, sorry, Ina! Diese Woche war echt stressig. Ich wollte dich morgen anrufen!«, antworte ich schuldbewusst. Ina ist meine beste Freundin. Leider wohnt sie seit fast drei Jahren mit ihrer Tochter Alva und ihrem Lebenspartner Isolino in Italien. Ihn lernte sie bei unserem gemeinsamen Freundinnenurlaub vor ein paar Jahren in der Toskana kennen und lieben. Ein paar Monate später wurde sie schwanger und kein Jahr später zog sie zu ihm. Dieser Abschied war für mich damals ein Schock! Ina und ich haben die ganzen Jahre in unmittelbarer Nähe zueinander gewohnt. Das sie jetzt über tausendfünfhundert Kilometer entfernt von mir lebt, musste ich erst verarbeiten. Natürlich habe ich ihr diese große Liebe von Herzen gegönnt und freue mich immer riesig, wenn ich sie besuchen kann. Allerdings fehlt sie mir schon sehr.

»Hey, Marie, ist schon okay! Wenn du nicht reden möchtest, rufe ich dich morgen wieder an«, kommt es verständnisvoll durch die Leitung.

»Nein, nein, Ina! Alles gut, ich freue mich doch immer von dir zu hören! Nur heute, ähm, ich meine ...« Jetzt kann ich die Tränen nicht mehr zurückhalten und schluchze in mein Handy: »Lotta zieht nach Holland zu Jan und natürlich nimmt sie auch Sophie mit. Sie hat schon einen Job als Fotografin in Den Helder und ein Häuschen haben sie auch schon gemietet. In acht Wochen ist sie weg, Ina!«

»Ach du große Scheiße! Sorry, Marie. So meinte ich das nicht! Ich freue mich für Lotta und Jan, diese ständige Fahrerei hat sie sicher genervt, oder?«, meine Freundin ist sichtlich mitgenommen und ich spüre ihre Aufregung am Telefon.

»Ja, genau, das war der Punkt! Ist auch verständlich. Natürlich wollen sie gerne zusammen sein und ihr Leben gemeinsam gestalten. Und doch kommt es für mich überraschend! Ach, Ina, ich wünsche ihr alles Glück dieser Erde und ich mag Jan sehr, aber der Gedanke, dass sie mit Sophie so weit entfernt wohnt, macht mich natürlich sehr traurig«, antworte ich entmutigt.

»Das verstehe ich, Marie, aber denk an die schöne Zeit, die ihr gemeinsam hattet, und freu dich mit ihnen auf ihre Zukunft in Holland, die bestimmt spannend und voller neuer Eindrücke sein wird. Ich drücke der kleinen Familie fest die Daumen, dass alles gut läuft! Du hast bei uns gesehen, dass ein Neuanfang in einem anderen Land durchaus gelingen kann. Also, Kopf hoch, Marie! Alles wird gut!«, gibt sie mir aufmunternd zurück. Jetzt kommen mir abermals die Tränen und ich sehe die Bilder, als Ina nach Italien zog und ich sie ein letztes Mal zum Flughafen begleitete. Mein Kopf dröhnt und meine Stimme versagt, als ich ihr schluchzend antworte: »Oh, Ina! Die Erinnerung, als du weggingst, ist wieder so präsent, und es tut noch immer weh und jetzt muss ich Lotta und Sophie loslassen ...« Meine Tränen brennen heiß auf meinen Wangen und der Schmerz klopft in der Brust. Auch meinen Mann Daniel musste ich vor mehr als acht Jahren loslassen, als er denn Kampf gegen seine grausame Krankheit verlor und ich mit meinen drei kleinen Kindern von heute auf morgen allein war! Ich weiß, dass Ina, Lotta und Sophie nur ein paar Flug oder Autostunden entfernt sind und dennoch hätte ich meine Liebsten für immer bei mir behalten.

»Mensch, Marie! Am liebsten würde ich mich in den nächsten Flieger setzen und zu dir kommen, wenn ich dich so leiden höre. Weißt du was? Das mach ich auch!«, gibt Ina ohne Umschweife klar zu verstehen.

»Nein, nein! Bitte, das musst du nicht!«, antworte ich eilig und schnäuze in das Taschentuch, das in meiner Hosentasche steckte.

»Keine Widerrede! Ich komme und außerdem ist Lino froh, wenn er ein Wochenende mit Alva für sich allein hat!«, schiebt sie noch begeistert hinterher.

»Wenn es dir wirklich keine Umstände macht, freue ich mich natürlich riesig, wenn du uns besuchen kommst! Die Kids werden ganz aus dem Häuschen sein, wenn sie es erfahren. Mensch, Ina, du bist immer für eine Überraschung gut!«, antworte ich überrascht und spüre, wie mein Herz einen glücklichen Hüpfer macht.

»Ich schaue morgen früh direkt nach einem Flug. Also, liebe Marie, mach das Bettsofa bereit! Tante Ina ist im Anmarsch!«, lacht sie noch einmal hell auf, bevor wir uns verabschieden.

»Ach, Ina, ich freue mich so auf dich!«, antworte ich ehrlich und für einen kurzen Moment fühle ich mich glücklich! Der Mond scheint hell in meinem Garten und ich sehe gerade noch, wie eine Sternschnuppe am Nachthimmel aufleuchtet. »Wenn das kein gutes Zeichen ist …«, murmele ich vor mich hin und ein Lächeln huscht über mein Gesicht.

In der darauffolgenden Nacht schlafe ich fest und traumlos. Als mein Wecker um sieben Uhr morgens klingelt, bin ich das erste Mal seit Wochen schon vorher wach. Die Sonne scheint schon schwach durch die Gardinen, als ich mich kräftig ausstrecke und mit einem Satz aus dem Bett springe. Leise gehe ich ins Badezimmer und nach einer erfrischenden Dusche wecke ich meine beiden Jüngsten. »Guten Morgen, Nele, aufstehen«, raune ich meiner Tochter ins Ohr. Sie dreht sich noch einmal auf die andere Seite ihres Bettes und meint schlaftrunken: »Moin, Mama, muss ich schon zur Schule?«

Grinsend antworte ich: »Oh ja, ich glaube, die Nacht ist vorbei. Raus aus den Federn. Der frühe Vogel fängt den Wurm!«

Irritiert schaut sie mich an und erwidert: »Ähm! Mama, was macht der Vogel?« Jetzt muss ich herzhaft lachen und setze mich zu ihr ans Bett.

»Sag bloß, diese Redewendung kennst du nicht?«

Ungläubig schüttelt sie den Kopf. »Nein, Mama. Noch nie gehört! Aber du kommst ja auch aus der Steinzeit!«, gibt sie mir grinsend zurück. Eilig ziehe ich die Gardinen zur Seite und sofort ruft mein Nachwuchs empört aus: »Hey, Mama! Warum ist es schon so schrecklich hell? Am liebsten würde ich noch 'ne Runde schlafen!«

Lachend antworte ich ihr, als ich das Fenster öffne: »Tja, die Steinzeitmenschen sind Frühaufsteher!«

Keine zwanzig Minuten später sitzen Mattis, Nele und ich in der Küche. Wie immer stehen zwei Schalen Milch mit Cornflakes und mein heißgeliebter Kaffee auf dem Frühstückstisch.

Während die beiden noch müde in ihrem Müsli rumstochern, sage ich mit freudiger Miene: »Wie wäre es, wenn Ina uns am Wochenende besuchen würde?« Sofort kommt Leben in die verschlafenen Gesichter.

»Was? Ina kommt?! Hey, das ist ja super!«, ruft Mattis eilig aus und Nele strahlt über das ganze Gesicht: »Oh, wie schön, Mama! Wann kommt sie denn?« Ina ist ein gern gesehener Gast in unserem Haus. Besonders die Kinder sind total begeistert von ihr und ich liebe sie wie eine Schwester, die ich leider nie hatte. »Kommt Alva auch mit?«, fragt Nele sofort aufgeregt nach.

»Leider nicht. Es war eine spontane Idee von ihr, uns wieder einmal zu besuchen. Es gibt einiges zu erzählen!«, gebe ich geheimnisvoll zurück. »Jetzt aber Beeilung, sonst kommt ihr noch zu spät zum Unterricht. Alles andere besprechen wir später!«, schiebe ich noch lachend hinterher, während ich ihnen die Schulbrote in die Schulrucksäcke packe. Keine fünf Minuten später verschwinden sie auf ihren Fahrrädern Richtung Schule.

Die kleine Sophie scheint noch zu schlafen, als ich Lotta im Badezimmer höre. Kurze Zeit später sitzt auch meine älteste Tochter in der Küche und hält einen Becher heißen Kaffee in den Händen. Wir beide haben eine Vorliebe für frisch aufgebrühten Koffie, wie man in Holland sagt, und trinken ihn immer gemeinsam am Morgen. Bevor sie zu ihrer Arbeitsstelle ins Fotostudio fährt, genießen wir die Zeit, um uns über den Tag und alles, was in der Woche ansteht, auszutauschen.

»Guten Morgen, Mama. Ich hoffe, du hattest eine ruhige Nacht nach der gestrigen Aussprache?«, fragt Lotta vorsichtig nach und schaut mich dabei unsicher von der Seite an.

»Alles gut, mein Kind. Mach dir keine Gedanken! Ich freue mich, wenn du glücklich bist und ich denke, dass Jan der Mann ist, der dich glücklich machen kann«, antworte ich lächelnd und streiche ihr sanft eine Haarsträhne aus dem Gesicht. Wie sehr sie doch ihrem verstorbenen Vater ähnelt, kommt es mir wieder in den Sinn. Die gleichen Gesichtszüge und die Bewegung ihrer Hände, wenn sie sich eilig ihre langen braunen Haare zu einem schnellen Zopf zusammenbindet. »Ach ja. Ina kommt am Wochenende!«, sage ich fast beiläufig, als sie mir einen schnellen Kuss auf die Wange gibt.

»Ina kommt? Oh, wie schön, das freut mich! Wann kommt sie, oder ist sie schon unterwegs?«, gibt sie aufgeregt zurück. Lotta kennt Inas spontane Art und weiß, dass es früher öfters vorkam, dass sie noch spät in der Nacht plötzlich vor unserer Tür stand. »Oder gibt es was Wichtiges, was du nicht mit ihr am Telefon besprechen willst, Mama?«, schiebt sie noch interessiert hinterher.

»Ähm, eigentlich nicht, ich meine … Okay, Lotta. Ich habe gestern Abend noch mit ihr gesprochen und ihr von deinem Auszug erzählt. Sorry, natürlich konnte ich meine Emotionen nicht verbergen und da sie gespürt hat, dass ich etwas traurig war. Na ja, du kennst Ina. Sofort hat sie einen Flug für Freitag gebucht!« Unsicher schaue ich meine Tochter an, die gerade im Begriff ist, ihre Kaffeetasse in die Spülmaschine zu räumen.

»Ach, sie kommt jetzt nur wegen mir?«, fragt sie überrascht.

»Nein, nein, natürlich nicht!«, antworte ich eilig. »Sie möchte uns einfach mal wieder besuchen. Ist auch schon eine Weile her, seit sie das letzte Mal hier war«, schiebe ich noch schnell hinterher.

Lotta hebt ihre linke Augenbraue, was sie immer macht, wenn sie mit etwas nicht ganz einverstanden ist.

»Okay, alles klar! Ich freue mich auf jeden Fall sehr auf Ina. Egal was für einen Grund sie auch hat! Ich mach mich jetzt auf den Weg. Euch noch einen schönen Tag. Ach ja, Sophie schläft noch fest wie ein Murmeltier!«, gibt sie mir noch eilig zurück, bevor sie das Haus verlässt. Puh! Ich bin froh, dass Lotta nicht näher auf das Gespräch mit Ina eingegangen ist. Natürlich will ich ihr kein schlechtes Gewissen machen. Sie hat sich für den Umzug nach Holland entschieden und soll sich von ganzem Herzen darauf freuen können. Ich muss mit ihrer Entscheidung allein fertig werden. Leise gehe ich die Treppe nach oben und drücke vorsichtig die Türklinke zu Lottas Zimmer nach unten. Meine Enkeltochter liegt friedlich in ihrem Bettchen. Die dunklen Locken umspielen ihre rosigen Wangen. Mein Gott, was ein süßes Kind!, denke ich gerührt und streiche mir eine Träne aus dem Augenwinkel. Zärtlich streiche ich über die rosafarbene Bettdecke.

»Oh, Sophie, wie werde ich dich vermissen!«, murmele ich

ergriffen. Vorsichtig setze ich mich auf Lottas Bett und schaue mir die Fotos an, die auf ihrem Nachttisch stehen. Lotta mit ihrem Papa im Sandkasten! Lachend sehen sich die beiden an, als sie gemeinsam Sandkuchen aufstellen. Siebzehn Jahre ist diese glückliche Zeit nun schon her. Daneben steht ein Foto mit ihr, Nele und Mattis unterm Weihnachtsbaum. Auf dem dritten Foto schmiegt sie sich zärtlich an Jan, im Hintergrund ist der Deich von Westerland zu sehen. Wie glücklich die beiden aussehen! Ich bin mir sicher, dass sie ihr großes Glück in Holland gefunden hat. Dass Klingeln an meiner Haustür reißt mich aus meinen Gedanken. Eilig laufe ich die Treppenstufe herunter und öffne die Tür.

»Hallo, Marie! Einen wunderschönen guten Morgen! Wie wäre es noch mit einer gemeinsamen Tasse Kaffee?« Christian lächelt mich gut gelaunt an und drückt mir einen Kuss auf den Mund. Ohne meine Antwort abzuwarten, geht er in die Küche, um Rowdy zu begrüßen. Unser Appenzeller Sennenhund liebt Christian über alles, vor allem weil er von ihm immer die besten Hundeleckerli bekommt. »Hey Rowdy, mein Freund! Schön dich zu sehen!«, ruft er aus und krault sein schwarzes, weißes Fell.

»Christian, was machst du denn schon so früh hier?!«, frage ich überrascht, nachdem ich ihm in die Küche gefolgt bin.

Unsicher schaut er mich an und antwortet schnell: »Freust du dich denn nicht, mich zu sehen?!«

»Doch, ja! Natürlich … ähm, ich dachte nur, du bist die kommenden Tage auf der Pferdeschau in München, oder habe ich da etwas falsch verstanden?«, gebe ich verdutzt zurück. Christian ist mein bester Freund und Lebenspartner. Er hat das Gestüt meiner Mutter und ihres zweiten Mannes Frederik vor fast drei Jahren übernommen. Wir lernten uns schon ein paar Jahre früher kennen, als ich mich mit Rowdy im Wald verlaufen hatte und er mich als damaliger Revierförster nach

Hause brachte. Zu dieser Zeit war ich noch nicht bereit mich ganz auf ihn einzulassen. Ein charmanter und gut aussehender Holländer, den ich mit Ina im Italienurlaub kennengelernt hatte, spukte damals noch in meinem Kopf und Herzen umher. Erst nachdem ich eingesehen habe, dass diese Beziehung keine Zukunft hat, konnte ich Christian und mir eine Chance geben. Tja, das ist nun auch schon fast drei Jahre her. Seitdem versucht Christian mich davon zu überzeugen, dass es doch für uns alle wunderschön wäre, einfach zu ihm zu ziehen. Immer wieder betont er, dass er doch so viel mehr Platz hätte als ich in meinem kleinen Reihenhaus. Bis jetzt war ich noch immer nicht bereit und frage mich manchmal, ob ich es jemals sein werde …

»Nein, nein! Ist schon alles okay. Ich fahre nur etwas später los und wollte dich natürlich noch sehen. Denn drei Tage ohne dich halte ich nur sehr schwer aus! Das weißt du doch!«, gibt er grinsend zurück. Liebevoll zieht er mich zu sich und streicht mir zärtlich über die Wange.

»Ich hoffe, du vermisst mich auch«, haucht er mir sanft ins Ohr und küsst mich gefühlvoll auf den Mund.

»Oma, ich bin wach!«, höre ich eine Stimme von oben rufen.

»Oh, Sophie«, murmele ich nervös und löse mich schnell aus seiner Umarmung.

»Tja, Rowdy, so ist das, wenn man sich mit einer jungen Oma einlässt!«, lacht er laut auf und gibt unserem Hund noch ein Leckerli, dass er dankend annimmt.

»Haha, sehr lustig, Christian! Aber, diese junge OMA mit fünfundvierzig hast du dir selbst ausgesucht!«, antworte ich grinsend und werfe ihm noch einen flüchtigen Kuss zu, bevor ich eilig nach oben zu meiner Enkelin laufe. Keine fünf Minuten später sitze ich mit Sophie, Christian und Rowdy am Küchentisch.

»Danke, dass du noch einmal frischen Kaffee gemacht hast!«,

sage ich zu Christian, als ich Sophies Müsli in die Schale schütte.

»Keine Ursache! Das war reiner Eigennutz, sonst hätte ich heute wahrscheinlich ohne Kaffee auf die Messe fahren müssen!«, grinst er mich zufrieden an und nimmt einen Schluck aus seiner Tasse. Christian ist ein toller Mann!, denke ich lächelnd, als er mir strahlend gegenübersitzt. Warum nur kann ich mich ihm gegenüber nicht ganz öffnen? Oder bin ich mir nach all den Jahren, die wir uns kennen, noch immer nicht sicher, ob es der Mann fürs Leben ist? Meine Mutter liebt ihn wie ihren eigenen Sohn, den sie nie hatte und auch meine Kinder mögen ihn sehr. Besonders meine Jüngste Nele ist begeistert von ihrem Chris, wie sie ihn liebevoll nennt. Die gemeinsamen Ausritte mit ihm findet sie immer herrlich! Pferde sind ihre große Leidenschaft und dass Christian das Gestüt von ihrer Oma übernommen hat, findet sie megacool! »Sag, deinen Kids liebe Grüße und meiner Nele gib einen Extrakuss von mir!«, sagt er lachend und stellt dabei seine Tasse in die Spülmaschine.

»Okay, wird gemacht!«, gebe ich grinsend zurück, als er auf mich zukommt und liebevoll seine Arme um mich legt.

»Ich vermisse dich jetzt schon, Marie«, sagt er leise und haucht mir einen zärtlichen Kuss auf die Wange.

»Wenn ich zurückkomme, wollte ich gerne mit dir reden. Du weißt sicher schon worüber«, schiebt er noch verstohlen hinterher.

»Ähm, was meinst du, Christian?«, frage ich gespielt überrascht.

»Haha, du weißt doch genau, was ich meine, Marie. Ich muss jetzt leider fahren, sonst komme ich zu spät zur Auktion! Wir sprechen nächste Woche!« Sanft streicht er mir eine Haarsträhne aus dem Gesicht und drückt mich noch einmal zärtlich an sich. »Ich liebe dich, Marie«, flüstert er mir zärtlich ins Ohr.

»Ähm, melde dich bitte sofort, wenn du angekommen bist!«,

antworte ich eilig und in meinem Magen spüre ich ein unangenehmes Kribbeln. Keine fünf Minuten später höre ich seinen Wagen davonfahren. »Meine Güte, Marie! Warum bist du dir deiner Gefühle noch immer nicht sicher!«, ermahne ich mich selbst, als ich in die Küche zurückgehe. »Christian hat es verdient, dass du dich ganz auf ihn einlässt!« Seit fast drei Jahren sind wir nun schon zusammen und ich weiß, dass er sich nichts sehnlicher wünscht, als zusammen mit mir auf seinem Gutshof zu leben! Jede Frau würde sich Christian als Partner und Ehemann wünschen, geht es mir wieder und wieder durch den Kopf.

»Oma, gehn wir mit Rowdy spazieren?« Meine kleine Enkelin holt mich aus meinen Gedanken. »Er muss bestimmt mal Pipi!«, schiebt sie noch eilig hinterher und legt ihr Köpfchen zur Seite.

»Oh ja, Sophie! Das ist eine sehr gute Idee von dir, mein Schatz! Wir ziehen uns jetzt unsere Schuhe an und dann geht's los!«, antworte ich lächelnd und drücke ihr einen liebevollen Kuss auf die Stirn. Kurze Zeit später laufen wir mit Rowdy an der Leine hinter unserem Haus in den Wald. Ein herrlicher Frühlingstag empfängt uns. Die Sonne scheint warm vom wolkenlosen Himmel und die Vögel zwitschern in den Bäumen.

»Oma! Rowdy musste wirklich dringend, oder?!«, grinst Sophie mich an.

»Da hast du recht. Es ist gut, dass wir jetzt mit ihm Gassi gehen!«, gebe ich lachend zurück. Was habe ich nur für eine wunderbare Enkeltochter!, kommt es mir in den Sinn. Die Freude, die ich jeden Tag mit ihr erlebe, wird mir sehr fehlen, wenn Lotta mit ihr nach Holland zieht! Der Gedanke daran macht mich schlagartig traurig, trotz des schönen Wetters am heutigen Vormittag. Natürlich kann ich meine Tochter verstehen. Sie möchte ihr eigenes Leben mit ihrer kleinen Familie leben. Aber dennoch werden mir die beiden unendlich fehlen!

Kein Kinderlachen mehr im Haus, keine Versteckspiele im Garten, keine La-Le-Lu-Gutenachtlieder am Abend, keine Backe-backe-Kuchen-Gedichte … Oh mein Gott! Das wird schwer, Marie!

Nur mühsam kann ich meine Tränen unterdrücken, als Sophie mich strahlend anlacht und ruft: »Sieh mal, Oma! Ein Schmetterling! Er hat dieselben Farben wie das Einhorn in meinem Bett!« Schnell wische ich mir eine Träne aus dem Augenwinkel und gebe lächelnd zurück

»Wie schön, mein Schatz, und er ist genauso hübsch wie du!«

Nach fast zwei Stunden im Wald kommen wir gut gelaunt zurück. Sophie hat rote Bäckchen und einen Riesenhunger!

»Oma, machst du heute Pfannkuchen? Die essen Rowdy und ich doch so gerne!«, grinst sie mich spitzbübisch an.

Der kleinen Maus kann ich auch nichts abschlagen!, denke ich und antworte grinsend: »Okay, wenn Rowdy sie auch so gerne isst, muss ich sie wohl machen.« Schnell binde ich mir meine Küchenschürze um und hole die Rührschüssel aus dem Schrank. Sophie sitzt mit Rowdy an ihrem Lieblingsplatz unter dem Küchentisch.

»Oma! Darf ich die Schüssel auslecken?«, ruft sie und schielt zu mir nach oben.

»Natürlich, mein Liebes, nur so weit bin ich noch nicht«, gebe ich lächelnd zurück.

»Okay, ich warte dann so lange hier mit Rowdy!«, antwortet sie verschmitzt und streichelt das Fell unseres Appenzeller Rüden. Langsam rühre ich die Eier, das Mehl, den Zucker und die Milch zu einer fluffigen Masse zusammen. Nach einer halben Stunde stehen die dampfenden Pfannkuchen auf dem Tisch, nachdem Sophie die Schüssel bis auf den letzten Rest ausgeleckt hat.

»Mama macht auch Pfannkuchen, aber du machst die besten!«, strahlt sie mich glücklich mit ihrem teigverschmierten

Gesicht an. Das Kind ist wirklich ein Wonneproppen!, denke ich gerührt und gebe ihr einen sanften Kuss auf die Stirn. »Für Nele, Mattis und Mama müssen wir auch noch welche aufbewahren, Oma!«, gibt sie eilig zurück, als sie sich ein besonders großes Exemplar aussucht. »Diesen teile ich mir mit Rowdy!«, sagt sie ernsthaft und versucht den Pfannkuchen mit ihrem Kinderbesteck zu teilen. Unser Hund sitzt schon mit großen Augen vor Sophie und wartet sehnsüchtig auf sein Stück.

»Hier hast du lecker!«, grinst sie ihn an. Noch keine Sekunde später ist der ganze Pfannkuchen verschwunden.

»Oh! Rowdy ist aber hungrig, Oma! Ich glaube, er will noch ein Stück!«, sagt sie verwundert und holt sich noch einen auf ihren Teller.

»Diesen isst du aber jetzt auf, Sophie! Rowdy würde den ganzen Teller Pfannkuchen allein aufessen, wenn man ihn lässt. Wir haben einen sehr verfressenen Hund!«, grinse ich meine Enkelin an und schneide ihr kleine Stücke zurecht. Ach, wie wird mir das fehlen …, kommt es mir nachdenklich in den Sinn und streiche ihr dabei liebevoll über ihre braunen Locken.

Ding-Dong! Ding-Dong!, klingelt es an der Haustür. Nanu, sind das schon Nele und Mattis? Verwundert schaue ich auf die Küchenuhr. Vierzehn Uhr dreißig! Normalerweise kommen die beiden erst um fünfzehn Uhr aus der Schule. Schnell lege ich meine Schürze ab und gehe eilig in den Flur. Durch den Glaseinsatz der Haustür erkenne ich eine weibliche Silhouette.

»Jetzt mach schon auf, oder soll ich hier übernachten!«, höre ich von draußen eine mir gut bekannte Stimme.

»Ina!«, rufe ich euphorisch aus und reiße die Tür weit auf, um meine beste Freundin zu begrüßen. »Hey, du bist schon da? Ich hatte frühestens heute gegen Abend mit dir gerechnet!«, schiebe ich aufgeregt hinterher.

»Okay! Sorry, dass ich jetzt schon gekommen bin! Ich kann

auch wieder gehen!«, antwortet sie gespielt beleidigt und drückt mich fest an sich.

»Nein, nein! Natürlich nicht, Ina! Ich bin so froh dich wiederzusehen. Jetzt komm erst mal rein. Ich habe gerade frische Pfannkuchen mit Sophie gebacken!«, antworte ich lachend und ziehe meine Freundin hinter mir her in die Küche. »Oh Gott, Sophie! Wo ist Rowdy und wo sind die Pfannkuchen?!«, frage ich blass vor Schreck, als wir die Küche betreten. Der Teller, auf dem gerade noch mindestens zehn Pfannkuchen lagen, ist leer!

Sophie schaut mich mit ihren strahlend blauen Augen unschuldig an und sagt: »Oma, Rowdy hatte wirklich noch einen Riesenhunger! Da habe ich sie ihm alle gegeben!« Mein Blick wandert von dem leeren Teller über meine Enkelin unter den Tisch zu meinem Hund, der sich zufrieden sein Maul mit der Pfote ableckt.

Irritiert schaue ich zu meiner Freundin, um im nächsten Moment laut loszulachen: »Herzlich willkommen im Chaos, Ina!«

Kapitel 2

Ein aufregender Tag neigt sich dem Ende zu. Endlich sitze ich mit Ina allein auf meiner gemütlichen Couch im Wohnzimmer.

»Puh, Marie! Du hast echt Stress mit deinen Kindern und deiner Enkeltochter. Wie kriegst du das denn alles auf die Reihe? Ich würde durchdrehen bei dem Pensum!«, gibt Ina grinsend zu bedenken, als sie uns noch Rotwein in die Gläser schenkt. »Ein Prosit auf dich und dein aufregendes Leben!«, schiebt sie lachend hinterher.

Nachdem wir heute Mittag die Reste der Pfannkuchen beseitigt hatten und Ina sich etwas frisch gemacht hatte, liefen wir mit unserem gefräßigen Appenzeller noch eine Runde im Wald. Rowdy tat sich sichtlich schwer und musste sich mehrmals unterwegs entleeren. Was bei der Menge an Pfannkuchen nicht sonderlich verwunderlich war! Später kamen noch Nele und Mattis dazu. Alle freuten sich sehr sie wiederzusehen! Es war auch schon einige Zeit seit ihrem letzten Besuch vergangen und die Kinder hatten viel zu erzählen, über die Schule und die kommenden Ferien. Ina hörte ihnen geduldig zu. Natürlich hatte sie auch für jeden wieder eine Kleinigkeit aus Italien mitgebracht. Sie ist einfach ein Schatz mit einem riesengroßen Herzen und die beste Freundin, die ich mir vorstellen kann! Auch Lotta kam später noch hinzu und begrüßte sie herzlich. Da sie heute Abend verabredet war, verabschiedete sie sich leider eilig wieder. »Hey, Ina, morgen beim Frühstück reden wir! Okay?!«, rief sie ihr noch grinsend zu, als sie aus dem Haus ging. Die kleine Sophie liegt nun schlummernd in ihrem Bettchen und auch Mattis und Nele sind schon in ihren Zimmern. Was eine herrliche Ruhe, denke ich und trinke genüsslich einen Schluck aus meinem Rotweinglas. Alkohol trinke ich eigentlich selten, nur wenn Ina zu Besuch kommt, machen wir es uns immer mit einer Flasche italienischem Rotwein gemütlich.

»Ach, Ina. Ich freue mich so, dass du hier bist! Du spürst einfach, wenn ich dich brauche!«, sage ich gerührt und proste ihr lächelnd zu. »Ich hoffe nur, dass es dir keine allzu großen Umstände gemacht hat. Schließlich ist ja Wochenende und Lino wollte doch sicher mit dir etwas unternehmen?«, frage ich unsicher.

»Papperlapapp! Mach dir darüber bitte keine Sorgen, Marie. Lino kann gut mal drei Tage ohne mich auskommen und mit Alva kommt er auch bestens zurecht!«, antwortet sie eilig. »Ich bin auch total happy, dich und die Kids wiederzusehen!«, schiebt sie lächelnd hinterher.

»Ja, die Kinder freuen sich jedes Mal, wenn du kommst. Und nicht nur weil du ihnen immer etwas mitbringst!«, grinse ich freudig.

»Kinder, das ist das Stichwort, Marie. Wie geht es dir damit, dass Lotta auszieht?« Ina schaut mich durchdringend an und streicht mir sanft über den Arm. Da ist sie wieder, die Angst, meine Tochter und Enkelin zu verlieren! Ein dicker Kloß macht sich in meinem Hals breit und ich spüre, wie sich die Tränen ihren Weg bahnen.

»Ach, Ina! Ich bin so traurig. Ich weiß ja, dass ich loslassen muss, schließlich ist Lotta alt genug, um ihr eigenes Leben zu führen. Aber der Gedanke, dass die beiden schon in knapp zwei Monaten nicht mehr bei uns leben werden, ist fast unerträglich!«, stottere ich und meine Stimme versagt. Die Tränen laufen über mein heißes Gesicht und ich klammere mich an mein Rotweinglas.

»Hey, Marie! Es ist doch völlig in Ordnung, dass du traurig bist. Lass deinen Gefühlen freien Lauf und heul dich einfach aus«, antwortet sie leise und zieht mich sanft zu sich. Jetzt kann ich meine Tränen nicht mehr zurückhalten und schniefe zitternd in ihren Armen

»Ina! Es tut so weh, aber ich weiß, dass ich es Lotta nicht extra schwer machen darf! Ich muss ihr den Rücken stärken, aber es fällt mir noch unendlich schwer.«

Liebevoll streicht sie mir über meine nassen Wangen und sagt verständnisvoll: »Für deine Tränen brauchst du dich nicht zu schämen, Marie. Es zeigt doch nur das enge Band, das du zu deiner Tochter hast und das ist doch etwas Wundervolles!«

»Ja, du hast recht. Wir beide haben eine sehr enge Beziehung zueinander. Ich hoffe einfach, dass sie glücklich wird in Holland«, gebe ich mit einem zaghaften Lächeln zurück.

»Das wird sie ganz sicher! Mach dir nicht schon wieder so viele Sorgen. Holland ist doch ein wunderschönes Land, du liebst es doch auch sehr, Marie!« Ina prostet mir aufmunternd zu und nimmt einen herzhaften Schluck. Oh Ina! Das ist es ja …, denke ich verwirrt und versuche meine aufkommenden Gefühle zu unterdrücken. Intensiv schaut sie mir in die Augen: »Hey, Marie, oder ist da noch etwas, was du mir sagen möchtest?« Langsam steigt mir das Blut in die Wangen und das liegt nicht nur am Rotwein.

Verlegen spiele ich mit meinem Glas und antworte leise: »Ich war seit dem schrecklichen Unglück vor fast drei Jahren nicht mehr in Westerland. Ich liebe das Meer über alles und freue mich, wenn ich Lotta dort besuchen kann. Aber ich habe, ehrlich gesagt, auch etwas Angst vor den Erinnerungen, die mich dort einholen könnten.« Ina streicht mir zärtlich über den Arm und lächelt sanft.

»Marie, du denkst doch nicht nur an den Unfall oder? Ist es Gerrit?«

Unsicher schaue ich sie an und mein Puls schlägt schneller. »Du kennst mich einfach zu gut, dir kann ich nichts vormachen. Ja, der Gedanke, an den Ort zurückzukehren, an dem ich mit

Gerrit die wundervollsten, aber auch schmerzhaftesten Stunden erlebt habe, macht mich fertig!« Mit einem Schluck leere ich mein Glas und meine Augen füllen sich erneut mit Tränen.

»Oje! ich dachte, die Sache mit Gerrit wäre längst Geschichte. Ich glaube, du hast mir die letzten Monate nicht die ganze Wahrheit gesagt, oder?« Ina schaut mich ungläubig an und schenkt uns noch einmal Rotwein nach. »Darauf muss ich erst einen Schluck trinken!«, antwortet sie verwirrt und prostet mir kopfschüttelnd zu.

»Drei Jahre ist es nun schon her, dass ich Gerrit das letzte Mal gesehen habe. Er hat sein Haus in Westerland verkauft. Zumindest hatte er mir das noch vor seinem Abflug nach Spanien erzählt. Mehr weiß ich auch nicht. Es ist zum Verrücktwerden! Warum denke ich denn noch so oft an ihn!?« Meine Freundin schaut mich mit großen Augen vielsagend an.

Lächelnd antwortet sie: »Ich glaube, das ist Liebe!« Oh Gott! Das hat gesessen! In meinem Kopf schwirren die Gedanken wie Blitze hin und her. Nein, nein! Das kann unmöglich sein!, denke ich aufgewühlt. Ich habe diesen Mann vor fast drei Jahren aus meinem Leben gestrichen! Mir wird heiß und kalt bei dem Gedanken an Gerrit und unsere gemeinsame Zeit, die ich erfolgreich aus meinem Gedächtnis verbannt habe. »Hey, du musst dich für deine Gefühle vor niemandem rechtfertigen, Marie. Wenn du noch etwas für Gerrit empfindest, ist das okay«, sagt Ina mitfühlend und stupst mich sanft in die Seite. Jetzt erst spüre ich wieder die starke Sehnsucht in meinem Herzen, die ich lange Zeit zu verdrängen versuchte und die Tränen fließen heiß über mein Gesicht.

Schluchzend antworte ich: »Wenn ich doch nur wüsste, wie es ihm geht! Nur ein kleines Lebenszeichen. Er hat sich komplett aus meinem Leben geschlichen, seit dem Tag am Flughafen, an dem wir uns zum letzten Mal gesehen haben.« Ina nimmt mich sanft in den Arm und ich spüre, wie gut es mir tut, dass sie bei mir ist. Das macht eine richtige Freundschaft aus, dass man sich auch ohne viele Worte versteht, denke ich traurig und glücklich zu gleich. Nach gefühlt einer Stunde lösen wir uns wieder voneinander und Ina schaut mich fragend an.

»Na, hatte ich vielleicht doch recht, Marie?«

Meine Wangen sind noch immer heiß vor Aufregung, als ich leise antworte: »Ich denke, du hast recht, wie schon so oft in meinem Leben. Ich habe meine Gefühle zu Gerrit in die hinterste Ecke meines Herzens verbannt und habe gedacht, wenn ich es mir nur lange genug einrede, werden sie verschwinden. Leider ist das nicht passiert ...«

Meine Freundin schaut mich durchdringend an, dann fragt sie direkt: »Tja, so ist das im Leben. Manche Dinge kann man nicht vergessen. Jetzt mal raus mit der Sprache. Wie läuft es eigentlich mit Christian und dir?«

Unsicher schaue ich nach draußen, um etwas Zeit zu gewinnen, bevor ich ihr zaghaft antworte.

»Ach, Ina, frag mich bitte was Leichteres! Je länger wir zusammen sind, umso unsicherer werde ich. Heute Morgen war Christian noch bei mir und hat sich verabschiedet. Er fährt auf eine Pferdeauktion nach München und wenn er wieder zurückkommt, will er mit mir reden!«

Neugierig schaut sie mich mit ihren großen Augen an.

»Hallo! Über was will er denn mit dir reden? Oder ahnst du es schon?«

Nervös knabbere ich an meiner Unterlippe und antworte stockend: »Ähm, ja also, ich denke schon. Christian spricht schon seit über einem Jahr davon, dass ich doch zu ihm ziehen soll. Schließlich würde sich Nele auch riesig darüber freuen, so könnte sie jeden Tag zu ihren geliebten Pferden.«

Unsicher schaut Ina mich an und nickt leicht mit dem Kopf.

»Okay, das ist natürlich ein Argument! Aber du siehst mir

nicht gerade glücklich aus bei dem Gedanken, oder sehe ich da etwas falsch?«

Oh Gott! Jetzt muss ich wohl raus mit der Sprache, denke ich verwirrt und nehme noch rasch einen Schluck aus meinem Glas.

»Du siehst es mir ja an. Ich will nicht zu Christian ziehen! Die ganze Zeit hatte ich immer die Ausrede mit Lotta und Sophie und erklärte ihm, dass ich unmöglich aus meinem Haus ausziehen könnte, solange die beiden bei mir wohnen …«

»Aber jetzt zieht Lotta nach Holland und du hast kein Alibi mehr! Schöne Bescherung!«, unterbricht mich Ina mitten im Satz und schüttet den Rest Rotwein aus der Flasche in ihr Glas.

»Genau! Du hast es erfasst. Verstehe mich bitte nicht falsch. Christian ist ein toller Mann und Freund und ich mag ihn sehr! Wir sind nun auch schon fast drei Jahre ein Paar, aber irgendwie fehlt mir etwas bei ihm! Ich weiß auch nicht, was es ist.« Hinter meiner Stirn fängt es an zu dröhnen. Der Alkohol macht sich langsam, aber sicher bemerkbar, denke ich fahrig und lasse mich in die weichen Kissen meiner Couch fallen.

Meine Freundin lächelt mir verständnisvoll zu und meint augenzwinkernd: »Ich habe eine Ahnung, was dir fehlt, Marie. Vielleicht solltest du noch einmal genau nachdenken. Ich glaube, du kennst die Antwort!« Irritiert schaue ich sie an und merke, wie mir die Zunge langsam ihre Dienste verweigert. Himmel gütiger! Das letzte Glas war wohl doch zu viel!

Stockend bringe ich hervor: »Verdammt, Ina! Ich mag Christian und ich habe es auch ernsthaft versucht mit ihm! Die letzten drei Jahre waren auch schön und meine Familie hat ihn in ihr Herz geschlossen. Meine Mutter, Frederik, Lotta, Mattis, Nele …«

»Aber du, Marie, hast DU ihn in dein Herz geschlossen?«, unterbricht mich Ina sanft und nimmt dabei liebevoll meine Hand.

Jetzt kann ich die Tränen nicht mehr zurückhalten und schluchze in ihrem Armen: »Du weißt, dass Gerrit der erste Mann nach dem Tod von Daniel war, dem ich wieder ganz mein Herz geöffnet habe. Die plötzliche Trennung von Gerrit hat mir den Boden unter den Füßen weggerissen. Ich dachte, mit Christian könnte ich mir ein neues Leben aufbauen. Leider habe ich Freundschaft mit Liebe verwechselt ...«

Meine Freundin sieht mich mitfühlend an und streicht mir die Tränen von der Wange, leise sagt sie: »Das tut mir so leid für dich, Marie, und natürlich auch für Christian. Wenn du nur freundschaftliche Gefühle für ihn hast, solltest du ehrlich zu dir selbst und zu ihm sein. Wenn es auch schwerfällt.« Traurig schaue ich sie an und schniefe in das Taschentuch, das sie mir hinhält.

»Es ist echt zum Verrücktwerden, Ina. Wir hatten die letzten drei Jahre auch schöne Zeiten! Aber mein Herz schlägt noch immer für Gerrit! Und gerade die vergangenen Monate musste ich immer wieder an ihn denken.« Ina ist aufgestanden und hat eine Flasche Wasser aus der Küche geholt. Langsam schüttet sie es in unsere Gläser.

»Mensch, Marie, das ist eine beschissene Situation, in die du dich da hineinmanövriert hast! Sorry, aber Christian hofft natürlich auf ein Happy End mit euch und wünscht sich nichts sehnlichster, als dass ihr endlich zusammenzieht.« Das frische Wasser tut gut und als ich die Terrassentür öffne, atme ich die klare Frühsommerluft tief ein. Die Sterne leuchten hell am Nachthimmel und ich weiß, dass ich eine Entscheidung treffen muss.

Abrupt drehe ich mich zu meiner Freundin um und sage leise: »Ich liebe Christian nicht. Es tut mir so leid, ich wünschte, mein Herz hätte anders entschieden. Ich habe es mir einreden wollen, alles andere hat so gut gepasst. Aber, das Herz lässt sich nicht betrügen. Wenn er von München zurückkommt, werde ich mit ihm reden.« Meine Freundin kommt auf mich zu und schließt mich fest in ihre Arme.

»Marie, ich weiß, dass du die richtige Entscheidung triffst. Wenn du auf dein Herz hörst, wird am Ende alles gut!«

In der darauffolgenden Nacht schlafe ich unruhig und wache immer wieder schweißgebadet auf. Das Gespräch mit Ina hat mich sehr aufgewühlt! Mensch, Marie, du hast dir selbst etwas vorgespielt, denke ich traurig und drehe mich in meinem Bett von einer Seite auf die andere. Warum hast du dich überhaupt auf eine Beziehung mit Christian eingelassen? In meinem Kopf kreisen die Gedanken und meine Wangen sind heiß vor Aufregung und Schmerz. Der arme Christian! Das hat er nicht verdient!, kommt es mir erneut in den Sinn und mein schlechtes Gewissen hämmert auf mich ein. Ja, ich hätte vor drei Jahren meine Gefühle zu ihm genauer prüfen sollen. Ich wollte einfach einen aufrichtigen Mann an meiner Seite wissen, auf den ich mich verlassen kann und der mich und meine Kinder liebt. Und genau das Gefühl des Vertrauens hat Christian mir gegeben. Er war ohne Wenn und Aber für mich da. Hat mich immer unterstützt, auch als Lottas Baby zur Welt kam, war er an meiner Seite. Oh Gott, Marie! Warum hast du nicht auf deine innere Stimme gehört, die immer wieder leise anklopfte! Wie oft hast du den Kopf zur Seite gedreht, als er dich auf den Mund küssen wollte? Und wie viele Male hast du eine Migräne vorgetäuscht, wenn ihr zusammen im Bett lagt und er zärtlich wurde? Verdammt!

»Du kannst nicht länger mit dieser Lüge leben und so tun, als sei alles in bester Ordnung ...«, murmele ich im Halbschlaf vor mich hin. Verwirrt schaue ich auf meine Handyuhr. Oh nein, schon fast vier Uhr morgens und ich habe gefühlt noch kein Auge zugetan!, denke ich aufgewühlt. Fahrig ziehe ich mir die Bettdecke über den Kopf und versuche innerlich zur Ruhe zu kommen. Wie war das früher immer mit Schäfchenzählen? Okay. Wenn es schon nichts bringt, schaden kann es auch nichts! Der Spruch meiner Mutter kommt mir wieder in den Sinn, als ich langsam zu zählen beginne.

»Eins, zwei, drei, vier, fünf …«

»Guten Morgen, Marie. Gut geschlafen?«, die Stimme meiner Freundin reißt mich aus meinen wirren Träumen. Gerade habe ich mich noch am Strand mit Gerrit gesehen! Zärtlich nahm er meine Hand und sah mich mit seinen blauen Augen strahlend an …

»Ähm, moin, Ina. Ich bin noch so schrecklich müde. Ich habe die halbe Nacht wach gelegen und bin erst gefühlt vor fünf Minuten eingeschlafen«, antworte ich noch immer aufgewühlt von meinem Traum, der mich für einen kurzen Moment, glücklich sein ließ.

»Irgendwie siehst du trotz der kurzen Nacht zufrieden aus, Marie. Du hattest sogar ein Lächeln im Gesicht, als ich dein Zimmer betrat«, gibt sie schmunzelnd zurück und zieht die Gardinen zur Seite. Die Sonne scheint warm in mein Zimmer.

Verschlafen schaue ich sie an und antworte lächelnd: »Ach, Ina, ich habe vom Meer geträumt und ich war nicht allein.« Jetzt kommt Leben in meine beste Freundin.

»Aha, hab ich's doch gewusst! Träume sind keine Schäume! Das Unterbewusstsein schickt uns Botschaften. Was wir daraus machen, ist unsere Sache. Also, schieß los, von wem hast du geträumt? Deinem glücklichen Gesicht nach zu urteilen, würde ich auf Gerrit tippen!«, gibt sie grinsend zurück und setzt sich aufgeregt zu mir.

»Volltreffer! Diesen Traum mit Gerrit am Meer habe ich seit unserer Trennung vor fast drei Jahren immer wieder. Tagsüber kann ich ihn ja noch gut aus meinen Gedanken verbannen, aber nachts schleicht er sich immer wieder in meine Träume …«, sage ich leise und streiche über die Bettdecke, die ich mir damals in Holland gekauft habe. Sie ist über und über mit Möwen bedruckt, die einen blau-rot-weißen Leuchtturm umkreisen.

Ina sieht mich liebevoll an und meint lächelnd: »Hey, Marie, unser Gespräch gestern hat dich ganz schön durcheinandergebracht, oder?«

Verschämt schaue ich zu ihr und spiele mit der Knopfleiste meines Nachthemdes: »Ja, das kann man wohl sagen. Aber weißt du, es tat mir so gut! Endlich habe ich es mir selbst eingestanden. Meine Gefühle für Christian sind leider nur freundschaftlicher Natur! Ich habe es schon die ganze Zeit gewusst, war aber zu feige es auszusprechen. Und meine nächtlichen Ausflüge mit Gerrit ans Meer sind meine Glücksmomente. Ach, Ina, wenn es doch auch im richtigen Leben so wäre. Es ist halt nur ein Traum …«

»Papperlapapp! Träume kann man sich erfüllen, Marie. Man muss nur wollen und wenn du wirklich willst, dann geht er auch für dich in Erfüllung!«, unterbricht sie mich bestimmend und schlägt die Bettdecke zurück.

»Aber, wie soll ich es Christian beibringen, dass ich ihn nur als sehr guten Freund sehe, geschweige denn bei ihm einziehen werde?!«, gebe ich zu bedenken. Oh Gott! Warum muss bei mir immer alles so kompliziert sein? Der Mann, den ich liebe, wohnt über tausendfünfhundert Kilometer weit weg in Spanien! Außerdem habe ich schon fast drei Jahre nichts mehr von ihm gehört. Vielleicht ist er schon längst anderweitig vergeben!, schießt es mir durch den Kopf.

»Okay, dann bleibe in dieser freundschaftlichen Beziehung! Jammere mir aber bitte nicht mehr die Ohren voll und von deinen nächtlichen Träumen mit Gerrit am Strand will ich dann auch nichts mehr hören!« Rumms! Das hat gesessen! Ina schaut mich energisch an und ich sehe an ihrem Zucken im Mundwinkel, dass es ihr ernst ist.

»Sorry, ich wollte dich mit meinem Gejammere nicht nerven!«, gebe ich eilig zurück und nehme dabei sanft ihre Hand.

Abrupt zieht sie sie zurück und antwortet aufgewühlt: »Mensch, Marie! Es geht doch nicht um mich! Ich bin immer für dich da und höre dir immer zu. Ich hoffe, das weißt du! Irgendwann solltest du aber mal ehrlich zu dir und Christian sein. Denn nur dann kannst du deinen Traum wirklich leben!« Wie recht sie hat, denke ich traurig und verwirrt zugleich. Langsam spüre ich, wie sich die Tränen in meinen Augen sammeln und ich schluchze hemmungslos in mein Kopfkissen.

»Ach, Ina. Warum nur kann ich keine klare Entscheidung treffen! Du hast auch den Schritt nach Italien gewagt und hast es nicht bereut. Ich weiß, dass ich mich nicht länger vor der Aussprache mit Christian drücken darf! Und doch fällt es mir so schwer.« Sanft streicht sie mir über meine heiße Wange und zieht mich liebevoll in den Arm.

»Hey, sorry, Marie, dass ich meine Meinung zu diesem Thema so offen ausgesprochen habe. Aber Freundinnen müssen auch die Wahrheit vertragen können, oder?«, sagt sie sanft.

Jetzt muss auch ich wieder etwas lächeln und antworte leise: »Du bist die allerbeste Freundin auf der ganzen Welt und kannst mir alles sagen …«

»Guten Morgen, Mama. Guten Morgen, Ina!« Meine Jüngste steht in der Schlafzimmertür und hält ihre Heidi im Arm. Mit ihren dreizehn Jahren ist sie eigentlich schon zu alt für einen Teddy. Aber Heidi ist nach wie vor ihr Ein und Alles und manchmal denke ich, sie nimmt ihn auch noch mit zwanzig mit in ihr Bett! Na ja, das wird sie dann mit ihrem späteren Freund klären müssen, denke ich lächelnd. Freudig kommt sie auf uns zu. »Wir haben schon Frühstück gemacht und warten schon auf euch. Kommt ihr?« Ina nickt mir auffordernd zu, um sich dann meiner Tochter zuzuwenden.

»Moin, Nele. Frühstück klingt immer gut. Deine Mama und

ich kommen sofort!«, antwortet sie grinsend und zieht mir die Bettdecke weg.

»Hey, Ina!«, rufe ich nun aus und schiebe noch eilig hinterher: »Ich geh nur kurz ins Bad, komme sofort!«

Keine zehn Minuten später sitzen wir alle am Esstisch in unserer gemütlichen Küche. Der Duft von frischen Brötchen und leckerem Kaffee steigt mir in die Nase. »Ich habe die besten Kinder der Welt«, sage ich sichtlich gerührt, als ich den liebevoll gedeckten Tisch bewundere.

»Mattis hat sogar bei deinem Lieblingsbäcker die Brötchen geholt, Mama. Stell dir vor!«, unkt Nele und stupst ihrem Bruder in die Seite.

»Ja, natürlich! Es war mir ein Vergnügen!«, erwidert dieser grinsend, nimmt sich eines der noch warmen Brötchen aus dem Brotkorb und belegt es mit holländischem Käse, den Jan uns immer aus Alkmaar mitbringt.

»Ihr seid tolle Kinder! Du kannst stolz sein, Marie. Ich hoffe, dass ich von meiner Alva auch irgendwann so ein Frühstück bekomme!«

Ina sieht mich lächelnd an und schenkt uns Kaffee in die Tassen, eh sie in die Runde spricht: »Also, ihr Lieben. Was wollen wir heute noch gemeinsam unternehmen?« Lotta und Sophie sind auch gerade dazugekommen und setzen sich mir gegenüber.

»Guten Morgen, Oma! Ich will mit Nele zu den Pferden!«, ruft meine Enkeltochter fröhlich aus und klatscht eifrig in die Hände.

»Hey, Sophie. Langsam! Oma hat einen Gast. Ina darf heute entscheiden!«, schiebt Lotta eilig ein und grinst meiner Freundin herzlich zu.

»Also, von mir aus können wir erst zu den Pferden und anschließend gehen wir in die Stadt ein Eis essen. Wer ist dabei?«, ruft Ina lachend und holt die selbstgemachte Marmelade von

Oma Liesel aus dem Kühlschrank. Für diese Marmelade würde meine beste Freundin sterben und wenn sie zu Besuch kommt, dürfen die verschiedenen Sorten auf dem Küchentisch nicht fehlen. Das Rezept ist ein gut gehütetes Familiengeheimnis, das von Inas mittlerweile leider verstorbenen Oma überliefert wurde. Unsere Marmeladenfrühstücke waren legendär! Früher, als Ina noch um die Ecke wohnte, trafen wir uns alle zwei Wochen am Mittwochvormittag bei mir und stopften uns voll mit leckeren Marmeladenbrötchen. Wenn ich daran denke, muss ich heute noch schmunzeln.

»Lass es dir schmecken, Ina! Ich habe extra ein paar Gläser mehr gemacht. Die kannst du mit nach Hause nehmen!«, sage ich in Richtung meiner Freundin, die sich schon das zweite Brötchen aus dem Korb angelt.

»Hmm, das ist die beste Marmelade ever. Einen Extragruß nach oben zu Oma Liesel!«, antwortet sie grinsend und hebt ihre Kaffeetasse zum Toast.

»Ja, ich will auch gerne zu den Pferden, Mama. Christian ist momentan nicht da, aber ich darf trotzdem reiten, hat er mir gesagt!« Nele steht die Freude über die Reitstunde auf Christians Gestüt ins Gesicht geschrieben. Ihre Wangen leuchten vor Begeisterung.

»Okay, okay! Dann wäre der Tag ja schon verplant. Mattis, was ist mit dir? Gehst du auch mit?«, wende ich mich an meinen Sohn, der sich bis jetzt zurückgehalten hat.

»Sorry, Mama! Da bin ich raus! Du weißt ja, dass ich es mit den Pferden nicht so habe und reiten ist so gar nicht mein Ding! Ich treffe mich dann mit Alex zum Schwimmen«, antwortet er eilig.

»Ähm, Ina. Vielleicht könnten wir heute Abend noch alle zu Nino in die Pizzeria gehen. Wenn du möchtest?«, schiebt er noch hinterher und sieht meine Freundin strahlend an.

»Super Idee, Mattis! Wir treffen uns gegen neunzehn Uhr, okay?!«

Mein Sohn zeigt mit dem Daumen nach oben und antwortet, schon halb in der Tür: »Ich bin dann mal weg, will noch mit Alex zum Fahrradladen. Euch noch einen schönen Tag, bis heute Abend!« Schon ist er zur Haustür draußen.

»Tja, dann machen wir uns einen chilligen Mädelstag, oder?«, grinst Ina in die Runde und nimmt noch einen Schluck aus ihrer Kaffeetasse.

»Ina, ich freue mich echt, dass du uns wieder mal besuchst. Seit du in Italien lebst, sehen wir uns leider nicht mehr so oft«, wendet sich Lotta an meine Freundin.

»Ja, das ist schade! Wenn du in Holland wohnst, muss ich dich unbedingt dort besuchen«, lächelt sie freudig zurück. Oh Gott! Holland!, geht es mir sofort durch den Kopf, nur noch gut zwei Monate, dann sind Lotta und Sophie weg … In meinem Magen spüre ich ein undefinierbares Grummeln und mein Hals wird plötzlich eng. Jetzt reiß dich zusammen, Marie, und lass dir nicht anmerken, wie sehr dich diese Äußerung schmerzt! Schließlich hat es Ina nicht böse gemeint, geht es mir blitzschnell durch den Kopf. Eilig räume ich meinen Frühstücksteller in die Geschirrspülmaschine und versuche ein Lächeln, das mir nur mäßig gelingt.

Mit gespielter Freude sage ich: »Okay, dann machen wir uns gleich auf den Weg, würde ich vorschlagen!« Ina bemerkt mein angespanntes Gesicht und zwinkert mir aufmunternd zu.

»Ja, Marie, du hast recht. Ich helfe dir beim Abräumen.« Nele steht auch auf und rennt eilig nach oben. »Ich ziehe schnell meine Reithose an, Mama. Bin gleich fertig!«, ruft sie aus ihrem Zimmer.

Auch Lotta setzt sich in Bewegung, nimmt Sophie auf den Arm und grinst: »Okay, dann werde ich uns auch abfahrbereit machen!« Keine fünf Sekunden später ist auch sie in ihrem

Zimmer verschwunden. Puh! Gott sei Dank hat keiner etwas von meiner Gefühlsschwankung mitbekommen, denke ich und atme erleichtert aus.

»Hey, Marie! Ist alles in Ordnung? Ich habe dein Gesicht gesehen, als ich Lotta auf ihren Umzug nach Holland ansprach. Sorry, tut mir leid!« Meine Freundin schaut mich verlegen an und lächelt mir mitfühlend zu.

»Ach, Ina, ist schon okay! Es tut mir nur einfach weh, wenn ich daran denke«, antworte ich traurig.

»Mensch, Marie! Kopf hoch, Lotta ist glücklich und du wirst dich schnell an die neue Situation gewöhnen. Schließlich ist sie ja nicht aus der Welt!« Liebevoll nimmt sie mich in den Arm und raunt mir sanft ins Ohr: »Dann hast du auch wieder etwas mehr Zeit für dich! Think positiv!« Darüber habe ich noch gar nicht nachgedacht. Vielleicht sollte ich jetzt endlich wieder mehr an mich denken. Mattis ist mittlerweile schon sechzehn und Nele dreizehn. Die letzten drei Jahre war ich hauptsächlich mit Sophie beschäftigt, da Lotta ihre Ausbildung angefangen und jetzt beendet hat. Auch die Beziehung mit Christian lief da eigentlich nur nebenher.

»Wahrscheinlich hast du auch da wieder einmal recht, Ina. Ich habe mir nicht viel Zeit für mich genommen«, antworte ich leise und schaue meine Freundin ratlos an.

»Sieh es jetzt als neue Chance, Marie. Du kannst deinem Leben immer eine neue Richtung geben. Es liegt nur an dir!« Liebevoll streicht sie mir eine Strähne aus dem Gesicht und schiebt noch grinsend hinterher: »Hey, vielleicht sollten wir beide mal wieder ein paar Tage Urlaub machen! Ohne Kinder, Kochtopf und Rasenmäher! Es ist jetzt auch schon sechs Jahre her, als wir zusammen in Italien waren. Ach, Marie, weißt du noch, wie herrlich es dort war?« Ina schaut mich lächelnd an und ihre Augen strahlen. Die Erinnerung an unseren gemeinsamen Urlaub vor fast sechs Jahren sehe ich jetzt auch wieder vor mir. Der warme Sand, das blaue Meer, die großartige Hotelanlage. Herrlich! Auch ich muss jetzt unweigerlich lächeln bei dem Gedanken an diese wunderschöne Zeit!

»Ja, es war wirklich eine traumhafte Woche!«, gebe ich unumwunden zurück.

»Na, dann lass es uns doch wiederholen!« Meine Freundin strahlt übers ganze Gesicht und nickt mir aufmunternd zu. Warum eigentlich nicht?, geht es mir durch den Kopf. Meine Mutter würde bestimmt für eine Woche einspringen und schließlich habe ich jetzt auch keine kleinen Kinder mehr.

»Tja, vielleicht sollten wir es einfach tun!«, höre ich mich sagen und spüre ein aufgeregtes Kribbeln in der Magengegend.

Ina schaut mich ungläubig an und antwortet aufgeregt: »Ähm, das meinst du jetzt im Ernst, oder habe ich dich falsch verstanden?« Oh Gott! Was habe ich gerade gesagt?, geht es mir durch den Sinn.

»Okay, Ina. Ich werde es mir überlegen und sage dir noch vor deinem Abflug morgen Bescheid!«, gebe ich hastig zurück.

»Hey, Mariechen, das hört sich doch super an. Ich freu mich jetzt schon auf unsere gemeinsame Zeit!«

Lotta steht mittlerweile auch schon mit Sophie im Flur und ruft: »Hallo, ihr beiden! Wie sieht es aus? Wir wären so weit!«

»Das besprechen wir später, Ina, okay? Die Kids warten schon!«, sage ich nervös und schiebe meine Freundin zur Tür.

Auch Nele kommt lachend die Treppe heruntergestürmt und ruft grinsend, als sie ihre Jacke von der Garderobe nimmt: »Hallo, ich will auch noch mit!«

Keine halbe Stunde später fahren wir auf den Parkplatz von Christians Pferdegestüt. Nele ist schon ganz aufgeregt und schnallt sich während des Fahrens ab.

»Hey, Nele! Bitte angeschnallt bleiben, bis der Wagen steht!«, ermahne ich sie und parke das Auto eilig auf dem großen Parkplatz ein. Kaum stehen wir, rutscht Nele schon aufgeregt auf ihrem Sitz hin und her. »Jetzt aber raus mit dir!«, lache ich, als die Räder stehen.

»Danke, Mama! Ich freu mich einfach so auf das Reiten und die Pferde!«, antwortet Nele und springt mit einem Satz aus dem Wagen.

»Geh schon vor, wir kommen nach«, sage ich verständnisvoll und drücke ihr noch einen Schmatzer auf die Wange.

»Na dann, alle zu den Pferden!«, ruft Ina freudig aus und lacht Lotta herzlich zu, die hinten im Wagen die Gurte von Sophies Kindersitz öffnet. Freudig steigen wir alle vier aus dem Wagen und laufen Richtung Pferdeweide.

»Oma, darf ich auch bald reiten?«, fragt mich meine Enkeltochter und strahlt über das ganze Gesicht. Was ein hübsches Kind, denke ich gerührt und streiche ihr über die dunklen Locken. Ihr Vater ist Halbitaliener und das kann man auch bei ihr erkennen. Die blauen Augen und die leicht gebräunte Haut hat die kleine Sophie eindeutig von ihm. Leider will der Kindesvater keinen Kontakt mit ihr. Er fühle sich der Verantwortung in seinem Alter noch nicht gewachsen, hat er Lotta mitgeteilt. Pünktlich überweist er jeden Monat den Unterhalt und zum Geburtstag und Weihnachten kommt regelmäßig ein großes Geschenk. Das war es dann auch schon mit der »Vaterliebe« … Zugegebenermaßen ist es nicht einfach für einen zwanzigjährigen jungen Mann. Aber HALLO, Lotta ist auch erst zwanzig und hat die Verantwortung zu hundert Prozent übernommen! Allerdings möchte auch meine Tochter momentan den Kontakt mit Marco, dem Kindesvater, auf ein Minimum beschränken. Jan hat Sophie wie seine eigene Tochter in sein Herz geschlossen und bald zieht die kleine Familie nach Holland.

»Hallo, Mama! Können wir jetzt gehen?« Lotta holt mich aus meinen Gedanken und hält Sophie an der Hand, die Richtung Koppel zieht.

»Ähm, ja, natürlich!«, gebe ich noch immer etwas abwesend zurück.

»Was ein herrlicher Tag! Die Sonne scheint ja wie in Italien!«, lacht Ina mir zu und stupst mich fröhlich in die Seite. »Dann schauen wir mal, ob Nele schon auf Black Beauty reitet!«, schiebt sie noch grinsend hinterher. Keine fünf Minuten später stehen wir alle an der Pferdebox und sehen meiner Jüngsten zu, die sich gerade behände auf das wunderschöne schwarze Tier schwingt.

»Oh, ist das ein großes Pferd! Hast du keine Angst, Nele?«, fragt Sophie mit großen Augen.

Sie lacht und antwortet stolz: »Ach nein, Black Beauty ist das liebste Pferd der ganzen Welt!« Liebevoll tätschelt sie es am Hals und streicht sanft über seine Mähne.

»Na dann … Viel Spaß, Nele!«, ruft Ina lachend und winkt Nele noch einmal zu, die sich mit einem schwungvollen Trab in Bewegung setzt.

»Wow, Nele hat's echt drauf!« Lotta schaut ihrer Schwester anerkennend hinterher, als diese auf die Pferdekoppel reitet.

»Ja, ihr Herz hat sie den Pferden verschrieben. Sie liebt diesen Hof über alles«, sage ich mit einem nachdenklichen Lächeln. Morgen kommt Christian aus München zurück und dann will er mit mir reden, kommt es mir wieder in den Sinn. Ein unangenehmes Gefühl macht sich in meiner Magengegend breit. Oh Gott! Was soll ich ihm nur sagen? Er erwartet eine klare Entscheidung von mir, das hat er mir schon vor einigen Wochen gesagt. Tja, Marie Kramer, dieses Mal kannst du dich nicht wieder hinter allen möglichen Ausreden verstecken, denke ich unbehaglich und versuche eilig den Gedanken zu verscheuchen. Ina nimmt mich etwas zur Seite und flüstert mir ins Ohr: »Lass uns heute Abend, wenn die Kids im Bett sind, noch einmal über alles reden, okay? Ich spüre doch, dass du dich nicht wohl fühlst.« Aufmunternd nickt sie mir zu.

»Ja, das machen wir. Danke, Ina«, gebe ich leise zurück.

»Oma, bekomme ich jetzt ein Eis? Ich bin auch ganz lieb!« Sophie steht jetzt direkt neben mir und schaut mich mit ihren lebhaften Kulleraugen grinsend an. Diesem süßen Lächeln kann man nicht widerstehen, denke ich und antworte schmunzelnd: »Hey, meine Kleine, natürlich bekommst du ein Eis, wenn Mama es erlaubt!« Lotta schaut erst zu mir und dann zu ihrer Tochter, lachend antwortet sie: »Tja, da kann ich wohl nichts mehr entgegnen. Ihr seid euch ja schon einig!«

Nach einer Stunde auf dem Reiterhof, sitzen wir alle zufrieden in der Eisdiele. Jeder hat einen Rieseneisbecher vor sich stehen und Sophie hat ein Pinocchio-Kindereis. Sie strahlt über das ganze Gesicht und steckt sich gerade den letzten Löffel Schokoladeneis in den Mund.

»Ich bin satt, Mama!«, grinst sie schelmisch und schiebt den Teller Lotta zu.

»Das sehe ich, mein Schatz! Du platzt ja gleich, für heute hast du genug Süßes gegessen!«, gibt sie augenzwinkernd zurück. Ich bewundere meine Tochter dafür, mit was für einer Ruhe sie Sophie liebevoll erzieht. Lotta war schon immer sehr überlegt in ihren Handlungen. Oft dachte ich, wenn sie doch nur etwas unbeschwerter wäre. Sie ist für ihr junges Alter schon sehr reif. Jetzt kommt es ihr allerdings mehr als zugute! Wie sie mit Sophie umgeht, erstaunt mich immer wieder aufs Neue. Deshalb muss ich mir eigentlich auch keine Sorgen machen, wenn Lotta mit Sophie nach Holland zu Jan zieht. Sie wird das schon schaffen! Wenn ich da an mich denke … Oh Gott, ich wäre mit gerade mal achtzehn Jahren komplett überfordert gewesen! Ich kann mich noch gut daran erinnern, als ich mit sechzehn Jahren auf die Nachbarskinder samt Hund und Katze aufpassen sollte. Meine Güte! Was ein Chaos! Der Hund machte sein Geschäft auf den neuen Flurteppich, die Katze zerkratzte das Sofa und die Kinder zankten sich, was das Zeug hielt. Als die

Eltern wieder nach Hause kamen, hatte ich das Chaos wieder einigermaßen beseitigt. Allerdings schwor ich mir, so schnell keine Kinder und Haustiere zu bekommen!

»Puh, ich bin auch satt!«, stöhnt jetzt auch Ina und hält sich grinsend ihren Bauch.

»Okay, dann kann ich ja bezahlen und wir fahren nach Hause. Rowdy muss sicher auch raus! Wer noch mit durch den Wald laufen möchte, ist herzlich eingeladen!«, sage ich noch lachend in die Runde, ehe wir uns auf den Rückweg machen.

Puh, was ein anstrengender, aber auch wunderschöner Tag liegt hinter uns! Gemeinsam sind wir heute Nachmittag noch eine große Runde mit unserem Hund durch den nahen Wald gelaufen. Es war herrlich! Die Bäume mit ihren saftigen Baumkronen und die zwitschernden Vögel machten den Frühsommertag perfekt. Gegen Abend trafen wir uns noch alle bei unserem Lieblingsitaliener. Es gab ein lautes HALLO, als Luigi, der Chef der Pizzeria, Ina wiedersah! Er hatte mir einmal anvertraut, dass Ina

»molto Bella« ist und immer, wenn wir die Pizzeria betraten, gab er uns den besten Tisch. Ina spürte seine zarten Annäherungsversuche, allerdings war ihr Luigi mit seinen ein Meter sechsundsechzig eindeutig zu klein, wie sie mir damals deutlich erklärte. So blieb es leider nur bei gegenseitiger Sympathie. Allerdings glaube ich, dass Luigi auch heute noch in Ina verliebt ist. Das sehe ich an seinen strahlenden Augen, wenn er sie ansieht.

»Na, Ina, wie hat dir das Wiedersehen mit deinem früheren Verehrer gefallen?«, necke ich meine beste Freundin grinsend. Wir haben es uns noch mit einem Glas Rotwein auf der Terrasse gemütlich gemacht. Jeder von uns hat sich eine kuschelige Decke über die Beine gelegt, denn am Abend kühlt es doch noch merklich ab.

»Haha. Sehr lustig, Marie! Luigi ist ein sehr netter Mann,

aber leider ist er auch in den letzten Jahren nicht mehr gewachsen!«, lacht Ina laut auf und prostet mir zu.

»Ich bin doch sehr froh, dass ich meinen Lino gefunden habe!«, schiebt sie noch grinsend hinterher.

»Da hast du auch einen wirklich tollen Fang gemacht! Du siehst so strahlend und glücklich aus. Wer hätte das vor sechs Jahren gedacht, als wir dort im Urlaub waren, dass du die Liebe deines Lebens triffst?«, gebe ich schmunzelnd zurück. Ina schaut mich von der Seite an und prostet mir lächelnd zu. Nachdenklich antwortet sie: »Ach, Marie. Mit dir und Gerrit hätte es auch was werden können. Eigentlich schade, dass ihr euch aus den Augen verloren habt. Ich spüre doch, dass du ihn noch immer nicht vergessen hast!« Im selben Moment wird mir flau im Magen und der Rotwein schmeckt schal. Gerrit! Allein schon sein Name lässt mir einen Schauer über den Rücken laufen. Gedankenverloren sehe ich sie an und spüre, wie mir die Tränen in die Augen schießen.

»Oh, sorry, Marie. Das habe ich nicht gewollt!« Ina sieht mich betroffen an und nimmt sanft meine Hand.

»Alles gut! Vielleicht hätte ich mich vor drei Jahren doch für Gerrit entscheiden sollen. Aber, da war Lotta gerade schwanger und Sophie wurde geboren. Ich hatte einfach keinen Mut für eine Fernbeziehung«, antworte ich traurig und füge noch leise hinzu: »Es sollte wohl nicht sein.« Jetzt kommt Leben in meine Freundin. Energisch setzt sie sich mir gegenüber, ihre Augen funkeln, als sie aufgeregt sagt: »Hallo, Marie! Willst du Gerrit endgültig aus deinem Leben streichen? Du musst wissen, was du tust! Allerdings bist du ja offensichtlich mit Christian nicht glücklich, oder sehe ich das falsch?« Nachdenklich schaue ich zum Abendhimmel, an dem der Mond und die Sterne jetzt um die Wette leuchten.

»Sieh mal, Ina, eine Sternschnuppe!«, antworte ich eilig, um nicht auf ihre Frage antworten zu müssen. Allerdings geht meine Freundin nicht auf mein Ablenkungsmanöver ein. Sofort gibt sie grinsend zurück: »Hey, Marie, deine Masche funktioniert nicht bei mir, das müsstet du doch wissen!« Jetzt muss auch ich schmunzeln und antworte ehrlich: »Okay, du siehst es vollkommen richtig! Ich werde mit Christian reden und ihm sagen, dass ich nicht bei ihm einziehen werde und etwas Zeit für mich brauche.« Ina hebt ihr Glas und prostet mir erleichtert zu: »Endlich hast du es verstanden, liebe Marie! Das Leben ist zu kurz, um sich mit halbherzigen Dingen zu beschäftigen. Christian ist bestimmt ein toller Mann, aber wie lange willst du dir und ihm noch etwas vormachen? Ich denke drei Jahre sind genug.« In meinem Magen spüre ich ein unangenehmes Ziehen und mein Kopf dröhnt. Vielleicht habe ich einfach zu viel von der leckeren Pizza gegessen, denke ich nervös und versuche den aufkommenden Schluckauf mit einem Schluck Wasser zu lindern.

»Ich weiß, dass ich eine Entscheidung treffen muss. Wenn da nur nicht Nele wäre und meine Mutter und Lotta. Sie alle mögen Christian sehr. Es ist echt zum Verzweifeln!«, gebe ich aufgelöst zurück und streiche über Rowdys Kopf, der sich mittlerweile zu uns auf die Terrasse gesellt hat.

»Alles klar, Marie, deine Familie liebt Christian! Aber DU liebst ihn nicht, oder liege ich jetzt komplett daneben?« Meine Freundin schaut genervt zu mir herüber und zieht ihre Augenbrauen nach oben, was bei ihr immer ein Zeichen kurz bevorstehender Explosion ist.

»Nein, nein. Ich mag Christian sehr, aber der Funke ist nach all den Jahren, die wir uns nun schon kennen, einfach nicht übergesprungen und ich befürchte, dass er einfach nicht der richtige Mann für mich ist!«

»Ach, schön, dass du es jetzt langsam auch merkst!«, gibt Ina zynisch zurück.

»Du weißt, dass ich Christian sehr schätze und dass er einen einwandfreien Charakter hat, steht ganz außer Frage! Aber, willst du mit einem Mann den Rest deines Lebens verbringen, der nur ein guter Freund für dich ist?« Jetzt spüre ich wieder die heftige Sehnsucht nach Gerrit in mir aufsteigen! Meine Augen werden feucht und die Tränen rinnen mir über die Wangen, als ich ihr leise antworte: »Nein. Das wäre auch unfair Christian gegenüber.« Ina steht auf und kniet sich vor meinen Stuhl, um mich keine Sekunde später liebevoll in die Arme zu nehmen. Sanft streicht sie mir die Tränen von den heißen Wangen und sagt mitfühlend: »Ich hoffe, dass du dein Herz entscheiden lässt, liebe Marie.« Mittlerweile sind ein paar Wolken aufgezogen und verdecken die Sichel des Mondes. Mir wird es langsam kalt und auch die Decke wärmt meine Beine nicht mehr.

»Danke, Ina, dass du immer für mich da bist, und dir meine Never Ending Story anhörst. Was würde ich nur ohne dich machen!«, gebe ich leise zurück und spüre einmal mehr die enge und vertraute Verbindung, die wir zueinander haben. Auch wenn Ina nun schon einige Jahre in Italien wohnt, ist unsere innige Freundschaft geblieben, denke ich voller Dankbarkeit. Langsam lösen wir uns aus unserer Umarmung. Ina stupst mich liebevoll in die Seite und meint grinsend: »Hey du, mein Vorschlag steht noch! Wann und wo fahren wir zusammen in Urlaub?« Jetzt muss auch ich wieder lächeln und antworte: »Lass mich morgen in meinem Terminplaner nachschauen, okay? Ich denke, wir werden schon eine passende Woche finden!« Später in meinem Bett liege ich noch einige Zeit wach. Der Gedanke, mit Ina zusammen eine Woche in den Urlaub zu entfliehen, kommt mir immer weniger abwegig vor. Warum eigentlich nicht, Marie Kramer? Du hast es dir bestimmt verdient, lass dich einfach mal wieder vom Leben überraschen, denke ich lächelnd und spüre ein angenehmes Kribbeln bei der Vorstellung von Sonne, Strand und Meer …

Kapitel 3

»Guten Morgen, Marie.« Meine Freundin steht schon frisch geduscht in der Küche und bereitet gut gelaunt das Frühstück vor.

»Hast du gut geschlafen und schon von unserem Urlaub geträumt?« Ina ist ein echtes Phänomen! Sie kann nachts noch so spät ins Bett gehen, so ist sie dennoch eine Frühaufsteherin. Verschlafen schaue ich sie an und zupfe meine Haare zurecht, die, wie immer morgens, kreuz und quer abstehen.

»Moin, Ina! Dass du immer schon so gut gelaunt bist am frühen Morgen? Ich brauch erst mal meine Tasse Kaffee«, antworte ich, noch immer etwas brummig.

»Ist schon bereit, meine Liebe!«, grinst sie mich an und startet die Kaffeemaschine. Der Duft frisch gerösteter Bohnen steigt mir in die Nase und lässt mich sofort glücklicher aussehen.

»Hm, lecker. Vielen Dank, Ina! Eigentlich bist du der Gast und ich müsste dir Frühstück zubereiten«, antworte ich schuldbewusst und schaue ihr mit einem schiefen Lächeln zu.

»Was heißt hier Gast? Ina gehört doch zur Familie!«, höre ich Lotta hinter mir sagen, die gerade mit Sophie und Nele in die Küche kommt.

»Oma! Guten Morgen!«, ruft meine Enkeltochter und drückt mir einen stürmischen Schmatzer auf die Wange. Auch Mattis schlurft noch sichtlich müde zu uns in die Küche.

»Schön, da wären wir ja alle zusammen!«, grinst Ina in die Runde und stellt die Frühstücksutensilien auf den Küchentisch.

»Ich wollte noch etwas Dringendes mit euch besprechen, Kids!«, spricht sie meine Kinder direkt an. Lotta setzt Sophie eilig in ihren Kinderstuhl und schaut irritiert auf.

»Ähm, was hast du uns denn noch so Wichtiges zu sagen,

Ina?«, fragt sie aufgeregt und schüttet Sophie Milch in ihren Kinderbecher, der mit vielen rosa Einhörnern bemalt ist.

»Tja, ich denke, eure Mutter braucht mal eine Auszeit! Die letzten drei Jahre waren für euch alle aufregend, aber meine liebe Marie hat wie immer nicht an sich gedacht. Deshalb habe ich beschlossen, mit ihr eine Woche Urlaub im sonnigen Süden zu machen. Nur Marie und ich, ohne Kids und Co! Was haltet ihr davon?« Ach du meine Güte! Jetzt ist es raus. Ehrlich gesagt hätte ich es meinen Kindern etwas schonender beigebracht!, denke ich nervös und schaue verlegen zu Ina, die mich freudestrahlend anlächelt. Nach gefühlt einer Ewigkeit ruft Mattis als Erster aus: »Super Idee! Mama hat es echt verdient. Es ist auch schon ewig lange her, dass ihr beiden zusammen im Urlaub wart!« Jetzt kommt auch Leben in meine beiden Töchter. Lotta sieht schmunzelnd zu Nele und meint: »Was meinst du, Schwesterherz, sollen wir Mama ein paar Tage Ferien vom tristen Alltag gönnen?« Meine Jüngste macht ein gespielt ernstes Gesicht und tippt sich mit dem Finger an die Stirn.

»Okay, wenn ich es mir recht überlege, ist der Urlaub für Mama längst überfällig!« Jetzt fangen alle herzhaft an zu lachen und mein Herz macht einen begeisterten Hüpfer. Puh! Das hätte ich nicht so schnell geregelt! Ina ist halt immer für eine Überraschung gut, denke ich erleichtert und schiebe noch freudig hinterher: »Ach, Kinder! Ich bin glücklich, dass ihr es auch so seht. Ich freue mich schon riesig auf die Woche, auch wenn Ina mich ziemlich überrumpelt hat!« Jetzt kneife ich meiner besten Freundin grinsend in die Seite, das sie mit einem hellen lachen quittiert: »Hey, was heißt hier überrumpeln? Manchmal muss man dich zu deinem Glück ein kleines bisschen schubsen!«, gibt sie freudig grinsend zurück. Jetzt sind alle aufgeregt und wollen wissen, wo wir denn überhaupt unseren Urlaub verbringen möchten. Lotta schüttet Sophie eilig Milch nach und fragt aufgeregt: »Habt ihr denn schon ein Urlaubsziel, oder seid ihr da spontan?!« Oje! Ich habe mir noch keine Gedanken gemacht und die Zeit haben wir auch noch nicht festgelegt. In zwei Monaten ist Lotta schon in Holland, da wäre der perfekte Zeitpunkt! Schließlich habe ich dann nur noch zwei Kinder zu Hause. Meine Mutter muss ich auch noch informieren. Denn wenn Mattis auch schon fast sechzehn und Nele dreizehn Jahre alt ist, möchte ich sie ungern eine Woche allein lassen! Zum Glück kommen meine Mutter und Frederik in zwei Wochen aus Frankreich zurück. Sie waren drei Monate an der Atlantikküste! Die beiden machen sich ein wunderschönes Leben, seit sie das Gestüt vor fast drei Jahren an Christian verkauft haben. Oh Gott, Christian!, kommt es mir wieder in den Sinn. Er kommt heute aus München zurück und will mit mir reden! Was soll ich ihm nur sagen? Am besten die Wahrheit, würde Ina mir antworten!

»Ähm, Mama! Wann wollt ihr denn buchen?«, holt mich Lotta aus meinen Gedanken. Meine Freundin schaut mich fragend an.

»Ja, das müssen wir noch besprechen, bevor Ina heute wieder nach Hause fliegt«, antworte ich eilig und grinse in die fragenden Gesichter meiner Kinder.

»Ich hatte an Juli gedacht. Da sind sowieso Ferien und Oma ist wieder aus Frankreich zurück!«, schiebe ich noch schnell hinterher.

»Und ich wohne dann auch schon in Holland!«, lenkt Lotta mit einem freudigen Lächeln ein. Autsch! Sofort spüre ich wieder den Druck in der Magengegend und meine Stimmung sinkt. Fast hätte ich vergessen, dass meine Tochter in Kürze nach Holland zieht! In meinem Hals steckt ein dicker Kloß, als ich gespielt fröhlich antworte: »Ach ja! In zwei Monaten ist es bei euch auch schon so weit! Klar ist, wir fliegen NACH deinem Umzug. Schließlich hast du bis dahin noch einiges zu tun, Lotta, und da werde ich dich natürlich unterstützen!« Jetzt schaut auch Mattis auf und sagt grinsend: »Sorry! Dann bin ich ja mit Nele allein! Das gibt sicher einen Riesenspaß!« Sofort baut sich meine Jüngste neben ihrem großen Bruder auf und antwortet drohend: »Hey, leg dich nicht mit mir an, Mattis! Du ziehst den Kürzeren!« Jetzt stellt sich Ina schlichtend zwischen die Streithähne und sagt lachend.

»Hallo, ihr zwei! Ihr werdet euch doch wohl vertragen, wenn eure Mutter eine Woche weg ist. Schließlich seid ihr keine kleinen Kinder mehr, oder?!« Mattis nickt schelmisch und antwortet mit einem frechen Grinsen: »Also, an mir soll es nicht liegen. Frag lieber mal die kleine Kröte dort!« Keine Sekunde später geht Nele auf Mattis los und keift: »Hey, sag nicht noch einmal Kröte zu mir! Du Blödmann!« Ach du meine Güte! Der Urlaub ist noch nicht gebucht und die Streitereien zwischen den beiden fangen jetzt schon an! Das kann ja heiter werden, denke ich unsicher und überlege, ob es überhaupt so eine gute Idee von uns war. Ina schaut mich aufmunternd an und als ob sie meine Gedanken lesen könnte, sagt sie laut: »Also, ihr Lieben, wir werden den Urlaub sicher nicht absagen, nur weil ihr euch nicht wie erwachsene Menschen vertragen könnt! Ich hoffe, ihr denkt genauso!« Das hat gesessen! Nele schaut beschämt zu ihr rüber und antwortet entschuldigend: »Ähm, sorry! So war das nicht gemeint, Ina. Natürlich kann Mama mit dir fliegen. Wir werden uns schon vertragen, oder, Mattis?!« Jetzt schickt sich auch mein Sohn an, das Friedensangebot anzunehmen, kleinlaut gibt er zurück: »Okay! Die Kröte nehme ich zurück und ich verspreche, heiliges Indianerehrenwort, dass ich Nele nicht mehr so nennen werde!« Puh! Gott sei Dank! Das hat Ina wieder super hingekriegt, denke ich erleichtert und nehme Nele glücklich in den Arm.

»Ich habe doch sehr vernünftige Kinder! Danke, ihr zwei!« Auch Ina sagt mit einem süffisanten Grinsen: »Na also! Geht doch, dann wäre das geklärt. Jetzt müssen wir uns nur noch entscheiden, wohin wir fliegen!« Eilig holt Lotta mein Laptop aus dem Wohnzimmer und stellt ihn mitten auf den Küchentisch, neugierig meint sie: »Lasst uns doch mal nachschauen, was für tolle Reiseziele angeboten werden!« Ach du meine Güte! Jetzt gibt es wohl kein Zurück mehr, denke ich nervös und schaue Lotta, die das Laptop eilig aufklappt, über die Schulter. Ina schaut begeistert auf und meint strahlend: »Super, Lotta! Ich freue mich jetzt schon riesig auf den Urlaub!« Flink gibt meine Älteste

»Viersternehotels am Mittelmeer« ein. Eine ganze Liste von Hotels in Italien werden angezeigt, sofort ruft Ina: »Also, wenn ihr mich fragt, muss es nicht unbedingt Italien sein! Es ist ohne Frage ein wunderschönes Land, aber erstens waren wir schon gemeinsam dort und zweitens ist es jetzt mein Zuhause! Ich wäre dann für Frankreich oder Spanien. Was meinst du, Marie?« Sichtlich nervös antworte ich: »Hm, eigentlich ist es mir egal! Hauptsache, ein schönes Hotel am Strand!« Sofort sucht Lotta nach weiteren Hotels am Mittelmeer.

»Oh, das sieht ja herrlich aus! Schaut euch mal die Lobby an und den Pool!«, ruft Nele dazwischen und zeigt auf einige der Fotos. Es ist tatsächlich ein traumhaftes Hotel, direkt an einem weißen Sandstrand mit wogenden Palmen.

»Hotel Eden« steht in leuchtenden Buchstaben über dem Eingang.

»Hey, das nehmen wir! Da sind wir direkt im Paradies, Ina!«, zwinkere ich meiner Freundin freudestrahlend zu. Auch Ina beugt sich jetzt nah an den Bildschirm, um die Fotos genauer zu sehen.

»Okay, Marie! Ich bin dabei, lass uns die Koffer packen!«, ruft sie begeistert, als sie sich die traumhaften Bilder des Hotels genauer ansieht.

»Halt, halt! Wir müssen doch erst einen Termin finden. Wann würde es dir passen?«, frage ich meine Freundin, die schon aufgeregt in ihren Terminplaner schaut. Schnell blättert sie durch die Seiten und meint grinsend: »Lino hat die ganzen Sommerferien Urlaub, da kommt er auch mal eine Woche ohne mich zurecht! Außerdem wollte er gerne für ein paar Tage zu seiner Mama nach Sizilien fahren. Also, mir würde die zweite Juliwoche gut passen. Wie sieht es bei dir aus?« Tja, jetzt gibt es wohl kein Zurück mehr, Marie Kramer. Hoffentlich geht alles gut mit Lottas Umzug!, geht es mir aufgewühlt durch den Kopf.

»Ähm, ja, das würde mir auch gut passen. Lotta, du wohnst ja dann schon in Westerland und ihr zwei habt Sommerferien«, wende ich mich an meine Kinder, die mir freudig zunicken.

»Hey, Mama. Keine Panik! Alles wird gut. Hauptsache, du hast auch mal wieder etwas Zeit für dich. Wir kommen schon klar!« Mein Sohn zeigt mit dem Daumen nach oben und schaut grinsend in die Runde. Auch Nele und Lotta lächeln mir aufmunternd zu und meine Jüngste meint: »Oma kommt doch, oder?« Oh Gott! Meine Mutter weiß noch gar nichts von unserer spontanen Urlaubsidee. Ich hoffe, dass sie und Frederik auch tatsächlich in dieser Woche Zeit haben, um zu uns zu kommen. Denn allein lasse ich die beiden auf keinen Fall! Wobei Mattis natürlich nichts dagegen hätte und seine Freunde sich riesig über die sturmfreie Bude in unserem Hause freuen würden!

»Ja, ich denke, dass Oma und Frederik wohl in der Woche zu uns kommen können!«, antworte ich und füge noch eilig hinzu: »Das muss ich heute noch abklären.« Jetzt rückt Nele ihren Stuhl näher zu mir ran, legt ihren Kopf an meine Schulter und sagt mit einem verschmitzten Lächeln: »Oh, Mama. Ich hätte da eine gute Idee, wenn Oma nicht kann! Dann könnten wir die Woche doch zu Christian gehen! Er hätte sicherlich nichts dagegen und Rowdy wäre dort auch willkommen!« Auweia, Christian! Natürlich würde er mir sofort das

Angebot machen, dass Nele und Mattis zu ihm auf den Pferdehof kommen könnten. Aber will ich das wirklich?! Mir wird ganz flau im Magen, bei dem Gedanken an das Gespräch, das er noch mit mir führen will!

»Ähm, schöne Idee, Nele, aber lass mal! Ich denke, Oma und Frederik freuen sich bestimmt sehr, wenn sie mal wieder eine Woche mit euch zusammen sein können«, lenke ich eilig ein und sehe aus dem Augenwinkel, wie Ina erleichtert ausatmet.

»Ja, super! Dann wäre ja alles so weit geklärt! Wir nehmen die letzte Juliwoche und das tolle Hotel mit dem wunderschönen Strand direkt vor der Tür!« Meine Freundin lacht mich freudig an und stupst mich neckend in die Seite.

»Ach, Mama, ich freue mich riesig für dich! Macht euch eine superschöne Woche, ihr zwei!« Meine Älteste kommt lächelnd auf mich zu und drückt mich fest an sich. Auch Sophie klatscht laut in die Hände und ruft jauchzend aus: »Oma, bringst du mir Sand mit vom Strand? Dann kann ich mir im Garten eine Sandburg bauen.« Alle schauen jetzt zu Sophie, die strahlend ihr komplettes Marmeladenbrötchen über ihren rosafarbenen Barbiepulli geschmiert hat. Jetzt müssen alle herzhaft lachen und ich antworte prustend: »Oh, mein Schatz! Ich bringe dir natürlich gerne jede Menge Sand mit. Aber für eine Sandburg wird es wohl nicht ganz reichen!«

Zum letzten Mal vor ihrem Abflug sitze ich mit meiner Freundin auf unserer sonnigen Terrasse mit einer Tasse Kaffee. Die Kinder haben sich schon vor einer Stunde von Ina verabschiedet. Lotta ist mit Sophie und Rowdy bei herrlichem Sonnenscheinwetter im Wald spazieren und Mattis und Nele sind mit den Fahrrädern zu Freunden gefahren. Endlich kann ich mit meiner Freundin allein reden.

»Ich freue mich so auf unseren Urlaub, aber wenn ich an das Gespräch mit Christian denke, wird mir ganz flau im Magen!« Ina schaut mich verständnisvoll an und sagt: »Marie, vielleicht solltest du dir im Urlaub noch einmal richtig Gedanken über eure Beziehung machen. Willst du die Sache mit Christian wirklich beenden?«

»Nein, ich meine ... ach, ich weiß es nicht«, antworte ich unsicher und spüre die Tränen in meinen Augen aufkommen.

»Verdammt! Ich möchte Christian nicht verletzen und ihn auch nicht verlieren, als Freund. Leider weiß ich, dass er mehr von mir möchte«, schiebe ich noch traurig hinterher. Mittlerweile haben sich ein paar Wolken vor die Sonne geschoben und der Wind frischt etwas auf.

»Wollen wir nach drinnen gehen, es wird etwas kühl. Oh, es ist ja auch schon fast siebzehn Uhr! Mein Flug geht schon in zwei Stunden, Marie!« Ina schaut mich fragend an. Jetzt kann ich meine Tränen nicht mehr zurückhalten. Der nahe Abschied von Ina, das bevorstehende Gespräch mit Christian und die baldige Trennung von Lotta und Sophie ... all das wird mir jetzt bewusst. Warum wird mein Leben immer durch Trennungen geprägt, kann ich nicht auch einmal etwas länger festhalten?, frage ich mich in Gedanken und spüre die Tränen über meine Wangen laufen.

»Hey, Marie, du schaffst auch das!«, höre ich Ina liebevoll sagen. Zärtlich nimmt sie mich in den Arm und ich weine mich an ihrer Schulter aus. Es tut so gut, dass sie jetzt in meiner Nähe ist, denke ich und schniefe in ein Taschentuch, das sie mir reicht.

»Lass uns erst einmal in Urlaub fahren, die schöne Zeit genießen und dann entscheidest du. Mach dir doch jetzt keinen Stress! Wenn Christian dich fragt, ob du mit ihm zusammenziehen willst, sagst du ihm, dass du noch etwas Zeit brauchst! Basta! So wie ich ihn einschätze, wird er es verstehen.« Meine Freundin lächelt mir aufmunternd zu und streicht mir sanft eine Träne aus dem Gesicht.

»Ach, Ina. Ich möchte mich jetzt einfach auf unseren gemeinsamen Urlaub freuen und vorher Lotta bei ihrem Umzug helfen! Alles andere muss warten«, gebe auch ich jetzt mit einem leichten Lächeln zurück.

»Das klingt doch sehr vernünftig, Marie. Also lass uns jetzt an die schönen Dinge des Lebens denken. Du organisierst das mit deinen Kids, deine Mutter wird sich schon die Woche um sie kümmern und ich buche das Hotel!« Ina hebt ihre Kaffeetasse und grinst: »Wäre doch gelacht, wenn wir das nicht hinbekommen würden, oder?!« Was habe ich doch nur für eine tolle Freundin!, denke ich erleichtert und hebe jetzt auch meine Tasse lachend zum Toast.

»Prosit, Ina, auf unseren gemeinsamen Urlaub. Ich freu mich jetzt schon riesig darauf!«, antworte ich lachend und fühle mich schon viel besser. Ina hat es wieder einmal geschafft, mich aus meinem Jammertal herauszuholen! Welch ein großes Glück ich doch habe, solch eine wunderbare Freundin an meiner Seite zu wissen, denke ich dankbar, als ich Ina noch ein letztes Mal, in die Arme schließe, bevor wir zum Flughafen fahren.

Langsam kehrt Ruhe ein. Die Kinder sind in ihren Zimmern, nachdem ich noch mit allen gemeinsam zu Abend gegessen und noch liebe Grüße von Ina ausgerichtet habe. Ach du meine Güte! Jetzt muss ich aber noch dringend meine Mutter anrufen. Eilig drücke ich ihre Nummer und höre keine zwei Sekunden später ihre warme Stimme.

»Hallo, Marie, schön dich zu hören! Wir wollten gerade ins Bett. Was gibt es noch Wichtiges? Ich hoffe, bei euch ist alles gesund und munter!« Kurz räuspere ich mich, um dann zu antworten: »Ja, danke, Mama! Es ist alles in Ordnung bei uns. Ich hoffe, euch gefällt es und ihr genießt die gemeinsame Zeit.«

»Ja, es ist herrlich hier! Wir genießen jeden neuen Tag. In knapp zwei Wochen sind wir leider wieder zurück, aber ich freue mich schon sehr euch wiederzusehen!«, höre ich meine Mutter sagen.

»Ähm, wir freuen uns auch sehr«, entgegne ich etwas stockend. Langsam höre ich meine Mutter ein- und ausatmen, ehe sie sanft antwortet: »Marie, ich kenne dich gut genug, irgendetwas bedrückt dich noch. Du weißt, dass du alles mit mir besprechen kannst. Also, was ist es?« Warum spürt meine Mutter auch ohne viele Worte, wenn ich was auf dem Herzen habe?, denke ich erstaunt. Aber eigentlich muss mich diese Eigenschaft nicht verwundern. Schließlich spüre ich bei meinen Kindern auch sofort, wenn sie etwas bedrückt.

»Ähm, ja. Ich wollte dich eigentlich fragen, ob du mit Frederik in den Sommerferien für eine Woche zu uns kommen kannst«, sprudelt es jetzt schnell aus mir heraus. Oh Gott! Manchmal komme ich mir auch heute noch wie die kleine Tochter vor, geht es mir durch den Sinn und ich bin froh, dass meine Mutter meine roten Wangen nicht sehen kann.

»Das dürfte kein Problem sein, Marie! An was für ein Datum hast du denn gedacht?«, gibt sie gut gelaunt zurück.

»Die letzte Juliwoche, wäre super!«, antworte ich aufgeregt.

»Ja, und ich bin nicht da!«, schiebe ich noch stockend hinterher. Jetzt spüre ich eine kurze Pause, dann ich höre meine Mutter überrascht sagen: » Ach, du bist nicht da? Darf man fragen, wo du dich aufhältst?« Hallo, Marie! Jetzt aber mit der Sprache raus, schließlich fliegst du nicht auf den Mond oder brennst mit einem heißblütigen Südländer durch ... obwohl Letzteres auch ganz verlockend wäre, schießt es mir spontan durch den Kopf. Schnell antworte ich ihr: »Ina war am Wochenende zu Besuch und da fragte sie mich spontan, ob wir nicht eine Woche ohne Kinder zusammen in Urlaub fahren wollten. Schließlich ist unser letzter gemeinsamer Urlaub schon fast sechs Jahre her. Du erinnerst dich vielleicht noch ...«

»Oh ja! Ich erinnere mich!«, unterbricht mich meine Mutter lachend.

»Hat Ina dort nicht ihren Lino kennengelernt?« Ein Glück, scheint sie unseren Urlaub mittlerweile in positiver Erinnerung behalten zu haben. Das war leider nicht immer so. Damals hatte ich kein so gutes Verhältnis zu meiner Mutter wie heute. Sie kritisierte ständig meine Erziehungsmethoden und fand, dass ich meine Kinder zu antiautoritär erziehen würde. Erst als sie Frederik kennen lernte, änderte sich ihre Einstellung zu mir und ihren Enkelkindern. Heute haben wir ein sehr entspanntes Verhältnis zueinander und ich bin dankbar, dass die Kids ihre Omi Christine und ihren Ersatzopi Frederik über alles lieben.

»Ja, in diesem Urlaub in Italien hat sie ihren Lino kennen und lieben gelernt!«, antworte ich mit einem Lächeln auf den Lippen. In dieser Urlaubswoche habe auch ich mich das erste Mal nach Daniels Tod verliebt. In Gerrit, einen holländischen Surflehrer.

Gerrit! Sofort sehe ich seine strahlend blauen Augen und seine blonden Locken wieder vor mir. Die wunderschönen Stunden und Tage werde ich nie vergessen! Leider trennten sich unsere Wege, bevor es überhaupt richtig begann …

»Hallo, Marie, bist du noch da?!«, höre ich meine Mutter am anderen Ende fragen.

»Ja, ja, natürlich!«, gebe ich eilig zurück und verdränge die schmerzvollen Gedanken an Gerrit …

»Ich freue mich sehr für dich und Ina! Macht euch eine entspannte Woche. Schließlich hast du es dir nach den letzten anstrengenden Monaten mit deinen Kindern und deinem Enkelkind wirklich verdient! Frederik und ich kriegen das schon hin«, antwortet sie mir sanft.

»Das ist lieb von euch Mama und sage Frederik schöne Grüße und noch eine schöne Zeit! Genaueres klären wir dann, wenn ihr wieder zu Hause seid«, sage ich müde und muss ein Gähnen unterdrücken.

»Dir noch eine gute Nacht, Marie, und drück mir meine Enkel und Urenkel, bis bald«, gibt sie noch liebevoll zurück. Keine Sekunde später ist sie weg. Wie so oft muss ich mich auch heute wieder über meine Mutter wundern! Von dieser spontanen Antwort hätte ich vor einigen Jahren nur träumen können. Frederik hat aus ihr eine lebensbejahende und optimistische Frau gemacht. Leider war sie das nicht immer. Mein vor Jahren verstorbener Vater war ein guter und treuer Ehemann, aber seine sehr strenge und konservative Art hat meine Mutter oft verzweifeln lassen. Wie es sich für eine gute Ehefrau gehörte, hat sie den Gedanken an eine Scheidung natürlich nie zu Ende gedacht. Geduldig hat sie an seiner Seite ausgeharrt bis zu seinem Tod. Danach musste sie ihr Leben erst wieder neu sortieren. Als dann Frederik in ihr Leben trat, spürte sie erstmals eine Lust am Leben, die sie vorher nie zugelassen hatte. Für meine Mutter war es ein großes Glück, dass sie diesen besonderen Mann kennen und lieben lernen durfte. Seit einigen Jahren sind sie glücklich verheiratet, bereisen die Welt und genießen ihre gemeinsame Zeit!

»Ach du meine Güte, es ist ja schon zwölf Uhr«, murmele ich müde vor mich hin. Schnell putze ich meine Zähne, wasche mir eilig mein Gesicht und ziehe mir mein bequemes Sleepshirt über. Die Katzenwäsche muss für heute ausreichen, denke ich und kuschele mich keine fünf Minuten später unter meine gemütliche Bettdecke.

»Marie! Lass uns bitte noch ein letztes Mal reden!« Gerrit schaut mir tief in die Augen und sein eindringlicher Blick wirkt fordernd und sanft zugleich. Mein Herz klopft bis zum Hals und meine Hände zittern, als er mich zu sich zieht …

»Guten Morgen, Mama. Gut geschlafen?!« Meine Älteste schaut grinsend durch den Türspalt in mein Zimmer. Oh Gott!

Noch immer bin ich verwirrt und erregt zugleich. Wie oft hatte ich diesen Traum nun schon in den letzten Monaten?, denke ich aufgelöst. Langsam realisiere ich, dass Lotta in meinem Zimmer steht und die Gardinen zur Seite schiebt.

»Nele und Mattis sind schon zur Schule. Ich habe ihnen die Brotdosen gefüllt und sie in ihre Tornister gesteckt! Du hast so fest geschlafen, dass ich dich nicht wecken wollte«, schiebt meine Älteste noch schnell hinterher.

»Oje! Sorry, Lotta, ich habe meinen Handywecker nicht gehört!«, rufe ich erschrocken und sitze keine zwei Sekunden später hellwach in meinem Bett.

»Hey, Mama! Alles gut, du kannst doch auch mal verschlafen. Ist doch kein Problem. Deine Kids sind mittlerweile keine Babys mehr und können auch mal ohne dich zur Schule!«, lacht Lotta mich aufmunternd an.

»Ich habe schon Kaffee fertig. Wir sehen uns in der Küche!«, höre ich sie noch sagen … und schon ist sie aus dem Zimmer. Puh! Jetzt brauche ich erst einmal eine erfrischende Dusche, denke ich, noch immer verwirrt von meinem aufwühlenden Traum. Warum geht mir Gerrit nicht aus dem Kopf?! Wie hat Ina schon oft zu mir gesagt: »Träume sind keine Schäume, Marie! Es steckt immer ein Funken Wahrheit darin!« Zwanzig Minuten später sitze ich noch immer etwas müde mit Lotta in der Küche.

»Hmm! Hoffentlich weckt der Kaffee endlich meine Lebensgeister! Vielen Dank, Lotta, dass du Nele und Mattis schulfertig gemacht hast«, entschuldige ich mich bei meiner Tochter, die mir den dampfenden Kaffeebecher vor die Nase stellt.

»Mensch, Mama. Es wird endlich Zeit, dass du den Kids nicht immer alles hinterherträgst! Nele ist dreizehn und Mattis sechzehn. Hallo! Sie sind jetzt echt alt genug, um sich ihr Pausenbrot selbst zu schmieren! Wenn ich mit Sophie bald nicht mehr zu Hause wohne, musst du endlich wieder mehr an dich denken!« Lotta lächelt mir liebevoll zu und streicht sanft meine Hand. Wenn ich mit Sophie nicht mehr zu Hause wohne, wiederhole ich den Satz in meinen Gedanken. Sofort spüre ich wieder diesen Kloß in meinem Hals und ich antworte stockend: »Ja, ich muss loslassen! Aber es fällt mir einfach noch sehr schwer …« Jetzt sammeln sich langsam die Tränen in meinen Augen und ich schaue zu Boden, um Lottas Blick auszuweichen.

»Oh, Mama! Es tut mir leid, so habe ich das nicht gemeint! Du bist die beste Mutter der Welt, nur manchmal vergisst du dich selbst dabei.« Gefühlvoll drückt sie mir einen Kuss auf die Wange und ich spüre, wie sich die Tränen ihre Bahn brechen. Verdammt! Ich will nicht weinen!, geht es mir verzweifelt durch den Kopf. Lotta soll kein schlechtes Gewissen bekommen. Schließlich hat sie ihre Entscheidung getroffen und ich werde sie respektieren!

»Ach, mein Kind, du weißt, dass ich dir alles Glück der Welt mit Sophie und deinem Jan wünsche, aber die Trennung von euch wird nicht einfach werden«, stammele ich jetzt unter Tränen. Behutsam nimmt Lotta mich in den Arm und ich spüre das zärtliche Mutter-Tochter-Band, was uns für immer verbinden wird.

»Hey, Mama, sei nicht traurig. Wir werden dich auch sehr vermissen, aber wir freuen uns dann umso mehr auf eure Besuche!«, höre ich sie aufmunternd sagen und ein Lächeln huscht über ihr Gesicht.

»… und glaube mir, du wirst mit holländischem Kaas und leckeren holländischen Süßigkeiten zugeschüttet, das kann ich dir versichern!«, schiebt sie noch eilig schmunzelnd hinterher. Jetzt muss auch ich lächeln und während ich ihr sanft eine Haarsträhne aus dem Gesicht streiche, sage ich erleichtert: »Ich bin mir ganz sicher, dass du in Holland dein Glück gefunden hast, und freue mich schon sehr euch dort zu besuchen!«

Kapitel 4

Die Sonne scheint warm auf mein Gesicht, als ich eine halbe Stunde nach dem innigen Gespräch mit meiner Tochter durch den frühsommerlichen Wald laufe. Lotta hat sich heute frei genommen und ist mit Sophie in die Stadt gefahren, um sich mit ihrer besten Freundin zu treffen. Für Anna wird es auch schmerzlich sein, wenn ihre langjährige Freundin nicht mehr in der Nähe wohnt. Die beiden sind seit der Schulzeit befreundet und haben eine sehr innige Freundschaft.

»Ach, Rowdy, wir werden Lotta und Sophie vermissen, aber das Leben geht weiter, auch für uns!«, sage ich gedankenverloren zu meinem Hund, der sich genüsslich im grünen Gras räkelt. Sofort spitzt er aufmerksam seine Ohren, springt auf und schaut mich mit seinen treuen Augen an.

»Wuff, wuff!«, gibt er laut bellend zurück und wedelt freudig mit dem Schwanz.

»Ja, mein Freund. Du darfst auch mit nach Westerland. Sicher freust du dich schon auf den leckeren holländischen Käse!«, antworte ich ihm lächelnd. Noch einmal bellt er laut auf, als hätte er jedes meiner Worte verstanden. Tja, unser Appenzeller ist schon ein ganz besonderer Hund, denke ich stolz und streiche ihm liebevoll über seinen markanten Kopf. Nach gut einer Stunde, in der sich Rowdy ordentlich austoben und ich sichtlich Energie tanken konnte, sind wir wieder zu Hause. Schnell fülle ich den Wassernapf meines Hundes und gieße auch mir ein großes Glas Apfelsaftschorle ein. Eilig schleckt Rowdy ihn aus und legt sich zufrieden unter meinen Esstisch in der Küche. Jetzt noch schnell Ina anrufen! Ich muss ihr unbedingt mitteilen, dass meine Mutter und Frederik sich um Mattis und Nele kümmern. Unserem Urlaub steht nun nichts mehr im Wege!, denke ich erleichtert und nehme mein

Handy von der Fensterbank. Mein Blick fällt erschrocken auf das Display! Oh Gott, Christian hat mehrmals versucht mich anzurufen! Verdammt! Ihn hatte ich wieder einmal erfolgreich aus meinen Gedanken verdrängt. Marie Kramer, jetzt musst du mit ihm reden! Ewig kannst du dich nicht verstecken, geht es mir blitzschnell durch den Kopf. Nervös drücke ich Christians Handynummer. Keine fünf Sekunden später höre ich seine mir bekannte Stimme am anderen Ende der Leitung: »Hey, Marie! Schön, dich zu hören. Ich habe schon mehrmals versucht dich zu erreichen. Leider ohne Erfolg!«

»Ähm, sorry, Christian. Ich habe es gerade erst gesehen. Wie geht es dir? Bist du wieder gut zu Hause angekommen?«, antworte ich eilig und spüre, wie mein Herz schneller schlägt. In meiner Magengegend macht sich ein unangenehmes Gefühl breit, das ich schon von mehreren Gesprächen mit Christian kenne.

»Ja, ich bin wieder zurück. Es war sehr interessant in München, aber ich habe dich sehr vermisst, Marie! Wann können wir uns sehen? Dann kann ich dir alles erzählen«, gibt er ohne Umschweife zurück.

»Ja, lass uns doch heute Abend treffen. Willst du zu mir kommen?«, antworte ich angespannt und höre ein erleichtertes Aufatmen.

»Ich wollte dich eigentlich zum Essen einladen. Wie wäre es um neunzehn Uhr? Ich hole dich ab!«, höre ich ihn freudig sagen. Eigentlich habe ich keine große Lust, schon wieder außer Haus zu essen. Aber angesichts des Gesprächs, das ich mit ihm führen will, ist es sehr wahrscheinlich besser, denke ich nervös.

»Okay, dann neunzehn Uhr. Bis dann, Christian!«, versuche ich das Telefonat schnell zu beenden.

»Hey, Marie! Ich freue mich auf dich!«, schiebt er noch eilig hinterher und drückt noch einen sanften Schmatzer durch die Leitung. Puh! Weg ist er … Oh, Marie! Das war wieder einmal eine deiner Glanzleistungen! Empathie sieht anders aus, denke ich selbstkritisch und lasse mich auf den Küchenstuhl plumpsen. Noch einmal nehme ich einen großen Schluck Apfelsaftschorle, bevor ich Inas eingespeicherte Nummer drücke. Sofort höre ich meine Freundin: »Hallo, hier Inas Reisebüro, was kann ich für Sie tun?!« Jetzt muss auch ich lachen und antworte mit gespielter Ernsthaftigkeit: »Guten Tag, Marie Kramer mein Name. Ich brauche dringend eine Woche Luxushotel, ohne Hunde, Kinder und Männer!«

»Haha, da habe ich was für Sie!«, prustet Ina los und schiebt noch lachend hinterher: »Erste Meerlinie, Viersterne mit garantiertem Wellnesseffekt!« Meine Freundin bringt mich wieder einmal zum Lachen. Sie ist einfach ein ganz besonderer Mensch, denke ich dankbar und erwidere grinsend: »Hallo, Ina! Schön, dich zu hören. Du kannst gerne buchen. Meine Mutter und Frederik übernehmen die Kids für unsere Urlaubswoche!«

»WAS? Das klingt ja super! Ich freue mich riesig! Dann werde ich sofort das Hotel klarmachen, das wir zusammen ausgesucht haben!«, höre ich sie mit einem lauten Aufschrei rufen.

»Das wird eine superschöne Woche, Marie!« Ina ist total aus dem Häuschen und ihre ehrliche Begeisterung ist nicht zu überhören. Unser letzter gemeinsamer Urlaub kommt mir in Erinnerung und ich sehe das wunderschöne Hotel von damals vor mir.

»Ja, das wird bestimmt ein toller Urlaub. Ich freue mich auch schon sehr, Ina«, gebe ich freudig lachend zurück.

»Hey, Marie. Hast du schon mit Christian gesprochen, oder ist er noch nicht wieder zu Hause?« Sofort spüre ich wieder diesen Kloß im Hals. Stockend antworte ich: »Ähm, ja. Er hat mich gerade angerufen. Ich bin heute Abend mit ihm verabredet zum Essen.« Nach einer kurzen Pause höre ich sie sagen:

»Okay, dann wünsche ich dir alles Gute und bleibe ehrlich zu dir selbst und zu Christian!«

»Ach, Ina. Ich habe am Telefon schon gespürt, dass er mich sehr vermisst hat. Außerdem hat er es auch unumwunden zugegeben! Ich fühle mich jetzt schon schlecht bei dem Gedanken, ihm seinen Traum zu zerstören!«, gebe ich niedergeschlagen zurück.

»Hey, Marie! Wie lange willst du ihm und dir noch etwas vorspielen? Wenn du ehrlich bist, kann alles nur besser werden. Glaube mir!«, höre ich Ina verständnisvoll sagen. Ein kurzes Stöhnen kommt über meine Lippen, dann antworte ich betrübt: »Du hast recht! Ich weiß, dass ich ehrlich sein muss. Schließlich habe ich mich lange genug vor dieser Aussprache mit Christian gedrückt!« Ein Knacken geht durch die Leitung, da höre ich die aufmunternde Stimme meiner Freundin: »Du schaffst das schon! Denk an unseren baldigen Urlaub. Wir machen uns eine wunderschöne Woche und danach entscheidest du dich!«

»Ach, Ina! Wenn ich dich nicht hätte …«, gebe ich dankbar zurück. Sofort kommt die Antwort: »Genau dafür sind Freunde doch da, oder?« Jetzt muss auch ich lächeln und sage gelöst: »Okay, eins zu null für dich! Ina, du bist die Beste. Ich melde mich bei dir und berichte, wie das Gespräch heute Abend verlaufen ist!« Sofort höre ich ein Aufatmen am anderen Ende.

»Das hört sich gut an! Ich wünsche dir für heute noch einen entspannten Tag und freu mich von dir zu hören. Bis bald, Marie.«

»Bis dann, Ina, und drück mir Alva!«, schiebe ich noch eilig hinterher, dann ist das Gespräch beendet.

Der Tag vergeht wie im Flug. Lotta sitzt mit ihrem Handy auf der Terrasse und telefoniert mit ihrem Jan. Die kleine Sophie schläft schon tief und fest in ihrem Bettchen und Mattis und Nele sind auch schon in ihren Zimmern. Aufgeregt stehe ich vor meinem Badespiegel und versuche mit dem Kajalstift die Augen zu betonen.

»Herrje! Schon wieder abgerutscht!«, murmele ich gereizt. Ich hätte keine gute Visagistin abgegeben, denke ich frustriert und reibe mit einem Kosmetiktuch über meine Augen, um das verwischte Kajal zu entfernen. Natürlich sehe ich nach mehreren kläglichen Versuchen, die Wimperntusche aufzutragen, noch schlimmer aus. Verdammt! Ich beherrsche die hohe Kunst des Schminkens einfach nicht, muss ich mir wieder einmal eingestehen, und rufe, mittlerweile leicht verzweifelt, nach meiner Tochter.

»Lotta! Kannst du bitte kurz zu mir ins Bad kommen?!« Keine zehn Sekunden später steht sie mit aufgerissenen Augen vor mir und ruft entsetzt..

»Hallo, Mama! Wie siehst du denn aus? Willst du zu einer Halloweenfete? Ich dachte, du wolltest mit Christian essen gehen!« Jetzt erst sehe ich das ganze Ausmaß meines kläglichen Schminkversuchs. Ich sehe aus wie ein Zombie auf Brautschau! Lotta fängt lauthals an zu lachen und meint prustend: »Haha, Mama! So kannst du nicht unter die Menschen. Lass mal sehen, was ich noch retten kann!« Nach gefühlt hundert Stunden Restauration sehe ich endlich einigermaßen passabel aus.

»Danke, Lotta! Dieses verflixte Schminken ist einfach nicht mein Ding. Du hast mich wieder einmal vor einer mittelschweren Blamage gerettet!«, sage ich dankbar und schiebe noch wehmütig hinterher: »Was mache ich nur, wenn du nicht mehr bei mir wohnst?« Liebevoll zieht sie mich an sich und sagt lächelnd: »Och, Mama! Ich glaube, das Schminken muss ich dir bis dahin noch beibringen.«

»Danke, Lotta. Du bist einfach ein Schatz!«, erwidere ich nicht ohne Stolz in der Stimme und drücke ihr einen leichten Kuss auf die Wange. Sanft schiebt sie mich zur Seite und mahnt: »Hey, Mama, jetzt aber schnell! Es ist schon Viertel vor sieben. Warst du nicht um neunzehn Uhr mit Christian verabredet?« Eilig schaue ich auf mein Handy und antworte aufgeregt: »Oh, ja! Ich muss mich jetzt wirklich beeilen. Christian wird gleich hier sein!« Noch einmal schaue ich mit einem prüfenden Blick in den Badezimmerspiegel. Lotta schaut mich von der Seite grinsend an und meint ehrlich begeistert: »Du siehst toll aus, Mama! Ich wünsche dir einen wunderschönen Abend und lasst es euch schmecken.« Oh Gott! Das Kind weiß ja nichts von meinem bevorstehenden Gespräch mit Christian, denke ich nervös und versuche so entspannt wie möglich zu klingen: »Danke, Liebes! Ich komme nicht spät zurück. Dir noch einen ruhigen Abend, bis später.«

»Lass dir ruhig Zeit, Mama. Du hast es dir verdient. Christian und du seid selten genug allein!«, gibt sie eilig mit einem Augenzwinkern zurück und schon ist sie in ihrem Schlafzimmer verschwunden.

»,Hallo, Marie!«, höre ich von unten die mir bekannte Stimme. Schnell schließe ich die Schlafzimmertür und laufe die Treppenstufen herunter in den Flur. Christian steht strahlend vor mir und hält einen großen Strauß mit dunkelroten Freilandrosen in der Hand. Er hatte mir damals am Anfang unserer Beziehung einen Strauß weiße Rosen geschenkt. Ich sagte ihm unumwunden, dass ich für Rosen nicht viel übrighabe und wenn es schon Rosen sein müssten, dann bitte nur Freilandrosen! Das hat wohl gesessen, denn seitdem bekomme ich meine Lieblingsblumen, Tulpen! Heute hat er wohl eine Ausnahme gemacht, denke ich irritiert, als ich den Riesenrosenstrauß entgegennehme!

»Ähm, hallo, Christian! Ich bin fertig, wir können fahren«, sage ich überrascht und schiebe eilig hinterher: »Oh, ein wunderschöner Strauß! Vielen Dank. Ich stelle ihn noch schnell in eine Vase.« Schon bin ich in der Küche verschwunden und schaue im Küchenschrank nach.

»Wo ist denn die große Vase, die ich von meiner Mutter zum vierzigsten Geburtstag geschenkt bekommen habe?«, murmele ich nervös vor mich hin. Eigentlich benutze ich diese Blumenvase so gut wie nie, denn meine Lieblingstulpen passen sowieso nicht dort hinein. Also fristet diese schrecklich große Vase ein ziemlich freudloses Dasein in meinem Küchenschrank. In der hintersten Ecke ziehe ich sie vorsichtig hervor, fülle sie mit Wasser und stelle die Rosen hinein. Die müssen ja ein Vermögen gekostet haben, geht es mir durch den Kopf.

»Bist du so weit, oder sollen wir uns die Pizza bestellen?!«, höre ich Christian im Flur lachend rufen.

»Nein, nein. Ich komme sofort!«, gebe ich eilig zurück, schaue noch ein letztes Mal verwundert auf den Rosenstrauß, der in meiner kleinen Küche überdimensional groß wirkt.

»Bekomme ich zur Begrüßung keinen Kuss?« Christian zieht mich sanft zu sich und haucht mir einen zärtlichen Kuss auf die Wange.

»Äh, sorry, natürlich, Christian. Aber ich denke, wir sollten jetzt wirklich fahren, sonst ist unser Platz belegt!«, erwidere ich mit einem schiefen Lächeln.

»Hey, mein Schatz! Für einen Kuss muss immer Zeit sein und außerdem habe ich uns einen Tisch reserviert!«, antwortet er lachend und seine braunen Augen strahlen mich glücklich an. Typisch Christian, denke ich und muss lächeln. Er überlässt selten etwas dem Zufall! Alles in seinem Leben ist geplant. Ich bin mir noch immer nicht sicher, ob ich das anziehend finde oder nicht … Christian ist ein attraktiver Mann und hundert Prozent loyal, was ich sehr an ihm schätze, allerdings fehlt mir oft das Spontane und Ungeplante, was dem Leben doch erst die gewisse Würze gibt.

»Ja, dann … lass uns fahren«, antworte ich noch immer etwas fahrig und ziehe ihn rasch nach draußen.

Der Parkplatz der italienischen Pizzeria ist übervoll.

»Gott sei Dank habe ich einen Tisch reserviert!«, sagt Christian noch einmal und blinzelt mir aus dem Augenwinkel zu, ehe er den Wagen in die letzte noch freie Lücke chauffiert. Keine fünf Minuten später sitzen wir an einem gemütlichen Tisch auf der geschmackvoll gestalteten Terrasse des Lokals. Ein leichter Sommerwind weht frisch um meine Beine. Gut, dass ich mir meine Jeans angezogen habe, so warm ist es am Abend noch nicht, obwohl es schon Anfang Juni ist, denke ich und ziehe meine weiße Jeansjacke etwas enger zusammen.

»Ich habe dich vermisst, Marie.« Christian nimmt liebevoll meine Hand und schaut mich zärtlich an.

»Es war sehr schön in München, aber ohne dich fehlte etwas. Ich hoffe, du hast mich auch ein klein wenig vermisst!«, schiebt er noch lächelnd hinterher.

»Ähm, ja. Ich …«, will ich gerade antworten, da kommt zum Glück die nette Bedienung und legt uns die Speisekarte auf den Tisch.

»Möchtet ihr schon etwas trinken?«, fragt sie freundlich und hält Zettel und Stift bereit.

»Ich nehme eine Apfelschorle und was ich essen möchte, weiß ich auch schon! Eine Pizza Vier Jahreszeiten bitte!«, antwortet Christian mit seinem sympathischen Lächeln.

»Ja, dann nehme ich ein Glas Rotwein und einen frischen Rucolasalat. Danke!«, sage ich eilig. Christian schaut mich schmunzelnd an und sagt: »Oh, Marie, heute nur einen Salat? Hast du keinen Hunger?« Verlegen spiele ich mit meiner Serviette und weiche seinem Blick aus, der mich zu durchdringen scheint.

»Hm, ja schon, aber ich war mit den Kids und Ina schon die Tage hier. Da habe ich schon eine Pizza vertilgt!«, gebe ich schnell zurück. Da kommt mein Glas Rotwein und Christians

Apfelschorle. Ich hatte ihm eine Textnachricht geschickt und ihm gesagt, dass Ina überraschend zu Besuch kommt. Den Grund nannte ich ihm nicht.

»Das war ja eine schöne Überraschung von Ina, dass sie so spontan kommen konnte. Ich hoffe, ihr hattet ein paar schöne Stunden!«, antwortet er und hebt sein Glas.

»Prosit, auf unseren ersten gemeinsamen Abend seit langer Zeit, Marie.« Oh Gott! Mir wird ganz mulmig. Zum Glück habe ich mir nur einen Salat bestellt, der Hunger ist mir jetzt schon vergangen, denke ich zerknirscht und stoße zaghaft mit ihm an.

»Ich freue mich, dass es dir in München so gut gefallen hat, Christian. Und hoffe, du hast das eine oder andere Pferd gesehen, das zu deinem Gestüt passt«, gebe ich verlegen zurück, um etwas von uns abzulenken.

»Oh ja, das habe ich!«, antwortet er freudig und fügt noch grinsend hinzu: »Ich denke, Nele wird die junge Stute gefallen, die ich gekauft habe. Ich freue mich schon auf ihre großen Augen, wenn sie nächste Woche zu uns gebracht wird!« Mein Kopf schwirrt und das liegt nicht am Rotwein.

»Guten Appetit!«, höre ich die nette Kellnerin neben mir sagen, als sie mir meinen bestellten Salat auf den Tisch stellt. Auch Christians heiße Pizza wird serviert.

»Hm, lecker! Hier gibt es wirklich die beste Pizza«, grinst er erwartungsvoll und prostet mir noch einmal liebevoll zu.

»Lass es dir schmecken, Christian«, lächele ich gezwungen zurück und versuche mir nicht anmerken zu lassen, wie sehr mich die Situation bedrückt.

»Danke, mein Schatz, ich habe einen Mordshunger. Auch dir guten Appetit!«, erwidert er sanft und schaut mir dabei tief in die Augen.

»Ähm, ja dann … Lass uns essen, sonst wird deine Pizza kalt«, antworte ich eilig und weiche seinem Blick aus, der mich aufmerksam mustert. Mein Magen fährt jetzt schon Achterbahn, bei dem Gedanken, was ich ihm nach dem Essen sagen will! Christian schneidet seine Pizza ordentlich in gleich große Teile, bevor er sie genüsslich verspeist. Typisch Christian!, denke ich belustigt, als ich ihn aus dem Augenwinkel beobachte. Lino hat mir mal erzählt, dass die Italiener ihre Pizza ganz einfach mit einer sauberen Küchenschere in Stücke schneiden! Finde ich superpraktisch und geht schnell. Seitdem ist diese Praktik auch bei uns in den Haushalt eingezogen.

»Hey, du! Hast du keinen Hunger?«, fragt er mich verwundert, nachdem er die Hälfte seiner Pizza gegessen hat. Noch immer in Gedanken antworte ich eilig: »Ja, doch schon, aber ich hatte heute Mittag schon mit den Kids gegessen.« Das war jetzt glatt gelogen, Marie!, geht es mir sofort durch den Kopf, als ich den Satz gerade ausgesprochen habe.

»Ah, so. Du hast schon gegessen. Schade. Warum hast du mir nichts gesagt, wir hätten uns auch bei dir eine Kleinigkeit zu essen machen können. Wäre es dir lieber gewesen?« Christian legt sein Besteck auf den Teller und schiebt ihn zur Seite. Nachdem er sich mit der Serviette die Hände gesäubert hat, streicht er mir zärtlich über die Wangen.

»Marie. Irgendwie machst du auf mich einen etwas bedrückten Eindruck heute Abend. Hey, sag schon! Wo drückt der Schuh?« Oh Gott! Jetzt muss ich irgendetwas sagen ... Verlegen sortiere ich die restlichen Salatblätter auf meinem Teller.

»Tja, also, dann kann ich nur raten. Hast du Ärger mit Lotta? Oder hat sich Mattis danebenbenommen? Oder ist Rowdy wieder einmal ausgebüxt?«, schiebt er noch grinsend hinterher. Verdammt, Marie! Jetzt sag was!, schießt es mir durch den Kopf. Mein Puls schlägt mir bis zum Hals, als ich endlich antworte: »Äh, hm. Christian. Ich glaube, das Problem liegt woanders!« Verwundert schaut er mich an.

»Jetzt verstehe ich nichts mehr! Könntest du mir bitte erklären, was du meinst?«

Jetzt ist er da! Der Moment, vor dem ich mich schon so lange gefürchtet habe. Mensch, Marie, jetzt sei ehrlich zu Christian und zu dir!, höre ich Inas Stimme in meinem Kopf. Noch einmal hole ich tief Luft und presse hervor: »Christian, ich werde nicht zu dir ziehen. Nicht heute und auch nicht morgen!« Irritiert schaut er mich an und zieht seine Hand abrupt zurück. Sein Lächeln wirkt erstarrt, als er mir stockend antwortet: »Marie, ich wollte dich nie zu etwas zwingen. Ich dachte nur, nach unserer gemeinsamen Zeit wäre es schön, diesen Schritt zu wagen …« Leise schiebt er noch hinterher: »Es tut mir leid, wenn du dich gedrängt gefühlt hast« Oh nein! Wie kannst du nur so kaltherzig sein! Siehst du nicht, wie er leidet, rattert es in meinem Kopf. Du hast es wieder einmal richtig vermasselt, Marie Kramer! Jetzt spüre ich, wie sich die Tränen in meinen Augen sammeln und meine innere Stärke zusammenbröselt wie ein trockenes Weißbrot!

»Christian, ich mag dich sehr und die Kids lieben dich über alles! Aber es wäre falsch, wenn wir zu dir auf das Gestüt ziehen würden. Es fühlt sich nicht richtig an. Ich hoffe so sehr, dass du mich verstehst!«, stottere ich unter Tränen. Wie durch einen Schleier höre ich ihn sagen: »Marie, du weißt, dass ich mir nichts sehnlicher gewünscht habe. Aber natürlich respektiere ich deine Entscheidung und kann nichts erzwingen. Ich muss diese Situation jetzt erst einmal akzeptieren und brauche etwas Zeit für mich.«

»Christian, es tut mir so leid. Ich wollte dich nicht verletzen und hoffe, dass wir auch weiterhin miteinander verbunden sein werden«, antworte ich leise und schaue ihn traurig an. Mittlerweile ist er aufgestanden, nimmt seinen Autoschlüssel und schaut betroffen zu mir rüber. Mit Bitterkeit in der Stimme sagt er: »Manchmal brauche ich länger, um zu verstehen. Aber ich glaube, ich habe verstanden, Marie ...« Aus dem Augenwinkel sehe ich, dass er an der Theke bezahlt.

»Wir sehen uns!«, ruft er mir noch kurz zu, dann ist er weg.

War das jetzt ein böser Traum? Ich sitze noch immer wie versteinert an unserem Tisch und schaue auf mein leeres Glas. Oh Gott, Marie! Jetzt reiß dich bitte zusammen und heule hier nicht auch noch rum!, geht es mir durch den Kopf. Eilig packe ich meine Handtasche und suche meinen Autoschlüssel. Verdammt! Christian hatte mich abgeholt, fällt es mir schlagartig wieder ein. Super! Dann muss ich mir wohl oder übel ein Taxi rufen. Selbst schuld! Du hast überhaupt kein Mitleid verdient. Egoistische Person!, hämmert mein schlechtes Gewissen. In meinem Kopf prasseln tausend Gedanken auf mich ein. Nix wie weg hier!, denke ich verwirrt, bevor ich mir ein Taxi rufe ...

»Christian! Es tut mir leid, lass uns reden!«, höre ich mich rufen. Schweißgebadet wache ich auf und sehe zum Fenster hinaus. Der Vollmond steht hell am dunklen Nachthimmel. Oh Gott! So hatte ich mir die Aussprache mit Christian nicht vorgestellt! Es war zu erwarten, dass er geschockt auf meine Erklärung reagiert. Aber diesen Abgang hätte ich von Christian nicht erwartet! Er muss unheimlich verletzt sein, geht es mir durch den Kopf. Immer und immer wieder sehe ich ihn vor mir. Die Enttäuschung war ihm ins Gesicht geschrieben und seine Lippen bebten bei jedem Wort. Ich hätte ihm noch so viel sagen wollen. Leider ließ er es nicht zu. Aufgelöst stehe ich auf und schleiche mich in die Küche. Leise öffne ich den Kühlschrank und hole eine Flasche Wasser heraus. Puh! Jetzt brauche ich eine Abkühlung, denke ich immer noch verwirrt und gieße mir das kühle Wasser in ein Glas. Obwohl ich sonst nie viel Wasser trinke, tut mir der Schluck gut und erfrischt meine trockene Kehle. Langsam trete ich auf die Terrasse hinaus und setze mich mit meiner Wolldecke geschützt in meinen Gartenstuhl.

»Ach, Daniel, jetzt habe ich es mir mit Christian ganz verscherzt. Ich denke, er hat die Nase gestrichen voll von mir«, murmele ich vor mich hin. Immer wenn ich verzweifelt bin, rede ich mit meinem verstorbenen Mann. Ich weiß, dass ich keine direkte Antwort bekomme, habe aber in solchen Momenten das Gefühl, nicht allein zu sein und das tut gut.

»Mama?« Die Stimme meiner ältesten Tochter reißt mich aus meinen Gedanken.

»Oh, Lotta. Was machst du denn noch hier?«, antworte ich müde.

»Das Gleiche könnte ich dich fragen. Es ist halb zwei!«, gibt sie überrascht zurück und setzt sich mir gegenüber.

»Wie war das Essen mit Christian?«, fragt sie unbekümmert und grinst mich neugierig an.

»Ähm, ja gut«, stottere ich und versuche ihrem Blick auszuweichen.

»Hallo, Mama! Sorry, aber das klingt nicht so toll. Habt ihr euch gestritten?«, bohrt sie nach und nimmt sanft meine Hand in ihre. Jetzt kann ich die Tränen nicht mehr zurückhalten und schluchze los: »Christian ist ... Ich habe ihm gesagt, dass ich nicht zu ihm auf das Gestüt ziehen werde und dann ist er aufgestanden und gegangen.«

»Was hast du? Äh, ich meine, was hat er? Jetzt verstehe ich nur noch Bahnhof, Mama. Wenn du möchtest, kannst du mit mir reden. Ich bin zwar deine Tochter, aber kein kleines Kind mehr.« Liebevoll streicht sie mir über die Wange und lächelt mir aufmunternd zu. Manchmal vergesse ich wirklich, dass Lotta mittlerweile eine erwachsene Frau ist und selbst schon Mutter! Viel zu oft denke ich, sie ist noch das kleine Mädchen aus der Kindheit ...

»Hey, Mama, was hast du auf dem Herzen?«, sagt sie noch

einmal und lächelt mir wohlwollend zu. Langsam beruhige ich mich etwas und antworte traurig: »Ich mag Christian wirklich sehr, aber irgendetwas sagt mir, dass ich nicht zu ihm ziehen soll. Ich weiß auch nicht, was es ist und verstehe mich oft selbst nicht mehr …«

»Du hast Christian doch nur deine ehrliche Meinung gesagt oder? Das muss er doch verstehen. Ich denke, er braucht jetzt erst einmal Zeit für sich. Die musst du ihm geben!«, gibt Lotta mir verständnisvoll zurück. Vielleicht hat sie recht und ich habe alles etwas zu dramatisch gesehen, denke ich und nippe an meinem Wasserglas. Zärtlich sehe ich meine große Tochter an und ziehe sie sanft zu mir.

»Ach, Lotta. Jetzt musst du dir schon die Beziehungsprobleme deiner Mutter anhören. Es tut mir leid, dass ich dich damit belaste. Du hast gerade genug um die Ohren mit eurem baldigen Umzug«, sage ich schuldbewusst und drücke sie zärtlich an mich.

»Papperlapapp, Mama! Es belastet mich nicht, wenn du mir von Christian erzählst. Und außerdem habe ich schon länger gespürt, dass du dich von ihm zurückziehst und es nicht mehr so läuft!«

Oh, das hat gesessen! Da ist Ina wohl nicht die Einzige, die mir rät, meine Beziehung mit Christian zu überdenken. Aber dass Lotta gemerkt hat, dass es schon länger nicht mehr stimmt in meiner Beziehung, das überrascht mich. Oft spüren es die anderen Familienmitglieder eher, wenn etwas im Argen liegt, als man selbst!

»Okay, ich will ehrlich sein. Christian ist ein charmanter Mann, ein super Reitlehrer für Nele, außerdem ein sehr sympathischer Ersatzpapa und -opi …«, versuche ich zu erklären.

»Aber du liebst ihn nicht!«, kommt die direkte Antwort meiner Tochter. Irritiert schaue ich sie an und antworte stockend: »Ähm, nein … ich meine … Du hast recht! Ich liebe ihn nicht! Wahrscheinlich habe ich mir die ganze Zeit selbst etwas vorgemacht. Alles hat so gut gepasst. Christian hat sich wunderbar in die Familie eingebracht und alle lieben ihn …«

»Außer dir, Mama! Und DU solltest jetzt nicht an alle anderen denken, sondern an dich!«, gibt sie ehrlich zurück. Ihre Stimme ist lauter geworden und in ihren Augen sehe ich das leuchtende Funkeln, das sie immer hat, wenn sie sich für eine Sache voll und ganz einsetzt.

»Genau das hat Ina mir auch gesagt!«, antworte ich zaghaft.

»Na, dann sind wir ja schon drei, die einer Meinung sind! Mensch, Mama, sei froh, dass du Christian endlich die Wahrheit gesagt hast. Ihr habt es beide nicht verdient, mit einer Lüge zu leben«, schiebt sie verständnisvoll hinterher und nickt mir aufmunternd zu. Was habe ich nur für eine tolle, erwachsene Tochter!, geht es mir durch den Sinn, als ich sie so reden höre. Gerührt nehme ich sie in meine Arme und flüstere leise: »Danke, Lotta. Manchmal lernt eine Mutter auch noch etwas von ihrer Tochter. Ich liebe dich, mein Kind.« Ich weiß nicht, wie lange wir so innig auf der Terrasse stehen und uns einfach im Arm halten. Langsam wird es kühl und wir gehen gemeinsam ins Haus zurück.

»Gute Nacht, Mama. Du hast die richtige Entscheidung getroffen. Ich habe dich lieb«, höre ich Lotta noch liebevoll sagen, ehe sie ihre Schlafzimmertür hinter sich schließt.

»Ja, ich denke auch, schlaf gut, Lotta«, antworte ich leise, als ich mich unter meine Bettdecke kuschele und sofort in einen tiefen Schlaf falle …

»Bis heute Mittag und benehmt euch in der Schule!«, rufe ich grinsend Mattis und Nele zu, die gerade mit ihren Fahrrädern um die Ecke Richtung Schule biegen. Lotta ist auch schon unterwegs zur Arbeit. Leise schließe ich die Haustür und höre nach oben. Noch ist alles ruhig. Sophie schlummert noch in ihrem Bettchen. Eilig gehe ich in die Küche und kurze Zeit später sitze ich mit einer heißen Tasse frisch aufgebrühten Kaffees auf meiner sonnigen Terrasse. Die Vögel zwitschern in den Bäumen und die warme Frühsommerluft weht mir leicht ins Gesicht. Was ein schöner Tag!, denke ich dankbar und schaue zu Rowdy, der sich genüsslich im Gras wälzt. Wenn da nur nicht der gestrige Abend wäre ..., kommt es mir wieder schmerzlich in den Sinn. Christian! Was wird er jetzt wohl von mir denken? Kurz überlege ich, ob ich ihn anrufen soll. Gerne würde ich ihm erklären, wie traurig auch mich diese Entscheidung macht. Aber schon Sekunden später verwerfe ich diesen Gedanken wieder. Marie, nur weil DU dich jetzt schlecht fühlst, musst du Christian nicht anrufen! Lass ihn jetzt einfach in Ruhe!, ermahne ich mich selbst und nippe an meiner Kaffeetasse. Langsam kommt Rowdy auf mich zu und stupst mich mit seiner nassen Schnauze an.

»Ach, Rowdy, mein Lieblingshund. Du bist ein guter Seelentröster!«, sage ich gerührt und streiche ihm liebevoll über sein Fell.

»Wuff! Wuff!«, bellt er laut auf und schaut mich sanft mit seinen treuen braunen Knopfaugen an.

Von weitem höre ich mein Handy klingeln.

»Verdammt! Wo habe ich das Ding nur wieder hingelegt?!«, schimpfe ich vor mich hin, als ich eilig ins Haus renne. Helene Fischer singt sich die Kehle aus dem Leib.

»Atemlos durch die Nacht!« Oh Gott! Dieses Lied kann ich mittlerweile auch nicht mehr hören! Ich brauche unbedingt einen neuen Klingelton!, geht es mir durch den Kopf, als ich mein Handy endlich in der Küche neben der Kaffeemaschine entdecke.

»Hallo, Marie hier!«, schreie ich, selbst fast atemlos, hinein.

»Hey, guten Morgen! Ich wollte mal hören, wie dein Abend

gestern verlaufen ist, Marie«, höre ich meine Freundin am anderen Ende der Leitung fragen.

»Guten Morgen, Ina! Schön, dass du dich meldest. Sorry, dass ich erst nach hundertmal Klingeln drangegangen bin! Hab mein Handy wieder mal gesucht! Wie immer!«, gebe ich eilig zurück. Sofort höre ich ein lautes Glucksen: »Ach, das ist doch nichts Neues, Marie! Ich weiß, dass ich bei dir immer etwas länger klingen lassen muss!«, erwidert sie lachend.

»Tja, du hast recht! Irgendwie schaffe ich es immer, mein Handy so zu verlegen, dass ich es suchen muss!«, antworte ich schuldbewusst.

»Alles gut! Mach dir deshalb keine Gedanken, Marie. Wie lief der gestrige Abend, oder möchtest du darüber noch nicht reden? Schließlich ist es noch früh am Morgen.« Die Stimme meiner Freundin klingt besorgt.

»Nein, nein! Ist schon okay Ina!«, gebe ich schnell zurück.

»Und wenn du es genau wissen willst. Es war ehrlich gesagt eine einzigartige Katastrophe!«, schiebe ich enttäuscht hinterher.

»Ähm, also, Marie, jetzt mal langsam! Habt ihr euch gestritten?!«, höre ich meine Freundin aufgewühlt sagen. Mein Herz schlägt aufgeregt bei dem Gedanken an den gestrigen Abend und ich muss schlucken, bevor ich stockend antworte: »Gestritten? Ich wünschte mir im Nachhinein, wir hätten uns wenigstens gestritten, Ina!«

»Wie? Was? Ihr habt euch nicht gestritten? Äh, dann ist doch alles gut, oder? Ich glaube, du musst mir alles etwas genauer erklären, Marie!« Ina ist völlig aus dem Häuschen und ich höre sie am anderen Ende nervös atmen.

»Wir waren um neunzehn Uhr verabredet. Er war pünktlich auf die Minute. Wie immer! Da stand er mit einem riesengroßen Rosenstrauß in meinem Flur, Ina! Mir wurde in diesem Moment schon übel vor schlechtem Gewissen. Als wir dann beim Italiener ankamen, hatte er einen schönen Tisch auf der Terrasse reserviert. Nach dem Essen sagte ich ihm unumwunden, dass ich leider nicht zu ihm ziehen werde!« Kurz höre ich meine Freundin ausatmen, als sie vorsichtig fragt: »… und wie hat er reagiert?«

»Oh, Ina! Hätte er mir nur eine Szene gemacht. Dann hätten wir uns wenigstens noch streiten können! Aber, er hat nur gesagt, dass er sich das anders mit uns vorgestellt hat und meine Entscheidung akzeptiert. Dann ist er aufgestanden und gegangen …« Jetzt kann ich meine Tränen nicht mehr aufhalten und schluchze ins Telefon.

»Hey, Marie. Du warst ehrlich zu ihm. Natürlich ist er verletzt und braucht Zeit, um alles zu verarbeiten«, höre ich Ina verständnisvoll sagen.

»Ja, natürlich, verstehe ich ihn. Er ist sehr enttäuscht und braucht Zeit. Trotz allem möchte ich ihn als Freund nicht verlieren, Ina. Ich hoffe von ganzem Herzen, dass wir wieder eine freundschaftliche Basis für uns finden!«, antworte ich unter Tränen.

»Mensch Marie! Es tut mir so leid für dich und natürlich auch für Christian, aber sei froh, dass du jetzt endlich ehrlich zu dir und zu ihm warst. Ich hoffe sehr, dass ihr bald wieder in Freundschaft zueinanderfindet. Kopf hoch, du kannst bald wieder lachen, wenn es im Moment auch nicht danach aussieht! Ich drück dich ganz fest, meine Freundin, und freue mich jetzt umso mehr auf unsere gemeinsamen Tage!«

»Danke, Ina! Was würde ich nur ohne dich tun?«, gebe ich traurig, aber mit einem Lächeln zurück.

»Ich freue mich auch auf unsere gemeinsame Zeit!«

Kapitel 5

Die letzten Wochen vergingen wie im Flug! Lottas Umzug steht kurz bevor. Der große Umzugswagen steht vollgepackt mit allen Möbeln, Spielsachen und Kleiderkisten vor unserem Haus. Die ganze Woche habe ich mit meiner Tochter alles sortiert und abfahrbereit zusammengestellt. Noch einmal gehe ich wehmütig durch das Schlafzimmer, in dem gestern noch das Bettchen von Sophie stand. Langsam wird mir bewusst, dass der Tag des Abschieds gekommen ist. Traurig schaue ich aus dem Fenster und beobachte Jan dabei, wie er die letzten Kisten in den Umzugswagen trägt. Lotta steht mit der kleinen Sophie an der Hand dabei und drückt ihm einen liebevollen Kuss auf den Mund, als er mit der letzten Umzugskiste, die Ladeklappe schließt. Schnell wende ich mich ab und versuche die aufkommenden Tränen zu unterdrücken.

»Mama! Wir sind so weit, kommst du?!«, höre ich sie jetzt von unten rufen. Eilig wische ich mir eine Träne aus dem Augenwinkel und antworte: »Ja, ich komme sofort, Lotta!« Schnell schließe ich mit einem Seufzer die Zimmertür hinter mir und laufe die Treppenstufen hinunter in den Flur. Dort stehen alle zur Verabschiedung bereit. Nele drückt sich ein letztes Mal liebevoll an ihre ältere Schwester und auch bei Mattis sehe ich Tränen in den Augen schimmern. Lotta schaut mich bedrückt an und sagt mit einem tiefen Seufzer: »Ich hab euch alle lieb, denkt immer daran! Aber, bitte macht es uns nicht noch schwerer, als es ohnehin schon ist! Wir sehen uns schon bald wieder!« Marie, sei stark und lass Lotta los! Sie hat jetzt ihr eigenes Leben, denke ich traurig und um Fassung bemüht. Noch einmal schließe ich meine Tochter und meine Enkelin fest in meine Arme. Mit brüchiger Stimme sage ich leise: »Wir sehen uns ganz bald wieder.

Ich liebe euch.« Auch Jan kommt auf mich zu und drückt mich liebevoll an sich.

»Ich passe gut auf die beiden auf! Das verspreche ich dir!«, flüstert er mir sanft ins Ohr.

»Das weiß ich, Jan«, gebe ich berührt zurück und lächele Lotta zärtlich zu, die mir aufmunternd zunickt.

»Na, dann gute Fahrt und meldet euch direkt, wenn ihr in eurem neuen Zuhause angekommen seid!«, schiebe ich noch mit einem Lächeln hinterher, als die kleine Familie abfahrbereit in Lottas Auto sitzt. Der Umzugswagen wird von einem holländischen Freund gesteuert, der mir freundlich lächelnd zunickt.

»Oma, du kommst uns doch bestimmt bald besuchen, oder?!«, höre ich die Stimme meiner kleinen Enkelin aus ihrem Kindersitz von der Rücksitzbank.

»Ganz bestimmt bald, mein Schatz«, kann ich gerade noch herausbringen, dann schießen mir die Tränen in die Augen. Noch ein letztes Mal nehme ich zärtlich die Hand meiner Tochter und drücke ihr einen flüchtigen Kuss auf die Wange.

»Jetzt aber ab mit euch! Und fahrt vorsichtig!«, sage ich mit gespielter Fröhlichkeit, als ich die Wagentür zudrücke.

»Wir melden uns, Mama!«, antwortet Lotta und auch in ihren Augen schimmern Tränen.

»Tot ziens!«, höre ich Jan noch rufen, als sich der Wagen in Bewegung setzt und keine drei Minuten später hinter der Häuserreihe verschwindet.

»Tot ziens heißt bis bald«, murmele ich unendlich traurig vor mich hin und wische mir die Tränen vom Gesicht …

Nele und Mattis haben sich nach dem tränenreichen Abschied ihrer Schwester auf ihre Zimmer verzogen. Langsam gehe ich in die Küche, um mir einen Kaffee zu machen. Heute muss er extrastark sein!, denke ich traurig und schalte die Kaffeemaschine an. Rowdy hat sich auf seinem Lieblingsplatz unter dem Küchentisch verschanzt und schaut mich mit seinen treuen Augen wachsam an.

»Dir fehlt Sophie auch schon, oder?«, frage ich meinen Hund betrübt und bekomme ein eindeutiges

»Wuff, wuff!« zu hören. Schnell kommt er unter dem Tisch hervor und drückt sich fest an mein Bein. Nun kann ich meine Tränen nicht mehr zurückhalten.

»Ach, Rowdy, sie fehlen mir jetzt schon unendlich!«, schluchze ich in sein weiches Fell und streiche ihm sanft über den Rücken. Als ob er mich verstehen könnte, legt er seinen Kopf zur Seite und bekräftigt es noch einmal mit einem lautstarken

»Wuff, wuff!«. Eilig schnäuze ich in mein Taschentuch, trinke meinen Kaffee aus und murmele: »Komm, Rowdy, wir gehen eine Runde durch den Wald. Das tut uns beiden gut. Ich muss hier raus.« Keine fünf Minuten später laufen wir den Pfad hinter unserem Haus in den Wald hinein. Der Himmel ist hellblau und die Sonne lugt hinter einzelnen Wolken hervor. Ein wunderschöner Frühsommertag, denke ich und beobachte die Vögel, wie sie über uns ihre Bahnen ziehen. Rowdy wälzt sich, wie immer, genüsslich im grünen Gras. Noch einmal denke ich zurück an die letzten Wochen. Christian hat es vermieden, seit unserem Gespräch in der Pizzeria mit mir unter vier Augen zu reden. Wenn ich Nele zu ihm auf den Reiterhof bringe, ist er freundlich zu ihr, wie immer. Nur mir geht er bewusst aus dem Weg. Ein kurzes Hallo und schon ist er wieder im Reitstall verschwunden. So gerne würde ich noch einmal mit ihm reden und ihm erklären, dass es nicht an ihm liegt, dass unsere Beziehung so schiefgelaufen ist. Dass ich die alleinige Verantwortung übernehme! Aber was würde es uns bringen? Außer dass ich mein schlechtes Gewissen ihm gegenüber beruhigen würde! Also, Marie, jetzt lass ihn einfach in Ruhe! Du hast deine Entscheidung getroffen und solltest auch seine akzeptieren, nicht mehr mit dir reden zu wollen, schallt es in meinem Kopf. Auch der Abschied von Lotta und Sophie treibt mir erneut die Tränen in die Augen. Gedankenversunken setze ich mich auf einen Baumstumpf und atme die frische Waldluft tief ein. Rowdy schaut mich durchdringend an, als ob er sagen wollte: »Hey, Marie! Sieh doch nur die wunderschönen Blumen und die warmen Sonnenstrahlen. Wir haben es doch gut! Und du fährst in einer Woche mit deiner besten Freundin in Urlaub. Was willst du mehr?« Oh mein Gott! Den Urlaub mit Ina hatte ich schon fast vergessen, kommt es mir jetzt wieder in den Sinn. Ich hatte in den letzten Wochen so viel um die Ohren, dass ich den Urlaub komplett verdrängt habe. Ich muss sie unbedingt heute Abend anrufen! Sicher will sie wissen, wie der Abschied heute für uns alle gewesen ist. Langsam beruhigen sich meine Gedanken wieder etwas. Noch einmal atme ich die frische Waldluft tief ein, bevor ich mich auf den Rückweg mache.

»Hallo, Mama! Wir haben dich schon vermisst, warst du mit Rowdy im Wald?!« Nele kommt mir im Hausflur entgegen und drückt mich liebevoll an sich.

»Jetzt müssen wir zusammenhalten. Schließlich sind wir jetzt nur noch zu dritt!«, schiebt sie noch betrübt hinterher. Sanft streiche ich ihr eine Haarsträhne aus dem Gesicht und antworte aufmunternd: »Hey, Nele, jetzt bist du die große Tochter hier im Haus. Das hat doch auch seine Vorteile!«

»Haha, große Tochter, dass ich nicht lache! Sie nimmt doch immer noch ihre Heidi mit ins Bett!«, höre ich Mattis von der Küche lachen. Sofort löst sich Nele aus meiner Umarmung und rennt auf ihren großen Bruder zu.

»Du Blödmann! Das geht dich gar nichts an! Mama, sag ihm bitte, dass er mich nicht immer ärgern soll!« Jetzt bin auch ich bei den beiden Streithähnen angelangt.

»Mattis, du entschuldigst dich jetzt sofort bei deiner Schwester!«, sage ich mit scharfem Unterton in der Stimme.

»Sonst gibt es Handyverbot!«, schiebe ich noch bestimmend hinterher.

»Mensch, Mama! Das war doch nur Spaß!«, antwortet er und zu seiner Schwester sagt er grinsend: »Entschuldigung! Wird nicht mehr vorkommen. Big Sister!« Seit ihrer Kindheit neckt Mattis seine jüngere Schwester nur zu gern. Besonders mit ihrem Teddybären Heidi ärgert er sie immer wieder. Nele hat Heidi von ihrem leider viel zu früh verstorbenen Vater zur Geburt bekommen. Ich erinnere mich noch genau, als Daniel mit dem kuscheligen braunen Teddybären zu mir ins Krankenhaus kam. Seine Augen leuchteten, als er den damals noch viel zu großen Teddy in Neles Bettchen legte. Diese glücklichen Augenblicke werde ich nie vergessen …

»Okay, ich nehme die Entschuldigung an!«, höre ich Neles Stimme, die mich abrupt in die Gegenwart holt.

»Ähm, na dann wäre die Sache ja ein für alle Mal geklärt!«, gebe ich noch immer etwas abwesend zurück.

»Großes Indianerehrenwort!«, grinst Mattis mich mit einem breiten Lächeln an, dabei kneift er seiner Schwester freundschaftlich in die Seite.

»Ich bin dann mal bei Luca!«, ruft er mir noch zu und ist keine fünf Sekunden später zur Tür hinaus verschwunden.

»Puh! Gott sei Dank ist diese Nervensäge weg!« Nele nimmt sich eine Apfelschorle aus dem Kühlschrank und zwinkert mir freundlich zu.

»Eigentlich wollte ich mit euch noch einmal reden, wegen nächster Woche«, spreche ich das Thema Urlaub direkt bei meiner Tochter an.

»Nächste Woche? Habe ich da was verpasst, Mama?« Nele schaut mich fragend an und nimmt einen großen Schluck aus der Apfelschorleflasche.

»Hoffentlich stellst du die Flasche separat. Ansonsten nimm

dir bitte ein Glas, Nele!«, antworte ich gereizt. Wie oft habe ich das meinen Kindern schon gebetsmühlenartig gepredigt. Bitte nicht aus der Flasche trinken! Wir haben Gläser! Interessanterweise stoße ich mit dieser Bitte immer wieder auf taube Ohren bei meinen Kindern!

»Sorry, Mama. Ähm, was war jetzt mit nächster Woche?« Nele schaut mich ungläubig an und nimmt sich ein Glas aus dem Küchenschrank. Na gut. Ehrlich gesagt, kann ich ihr nicht böse sein, dass sie den Urlaub vergessen hat. Schließlich hätte ich ihn auch fast vergessen!, kommt es mir in den Sinn.

»Möchtest du auch ein Glas?«, fragt mich meine Tochter und dreht sich grinsend zu mir um.

»Danke der Nachfrage! Ja. Komm bitte, Nele, wir setzen uns auf die Terrasse!«, gebe ich lächelnd zurück, während ich mich nach draußen in die warme Sonne setze. Auch Nele sitzt wenig später neben mir auf der Terrasse und stellt die Gläser mit kalter Apfelschorle auf den Tisch.

»Nächsten Sonntag kommen Oma Christine und Frederik. Ina und ich fliegen doch in Urlaub!«, sage ich mit etwas angespannter Stimme. Jetzt kommt Leben in meine Tochter. Mit großen Augen erwidert sie: »Oh, Mama! Das habe ich total vergessen. Tut mir echt leid! Du hast dich sicher schon sehr darauf gefreut. Mach dir bitte keine Sorgen. Ich verspreche dir hoch und heilig, ich werde mich mit Mattis super verstehen! Also, alles paletti!« Jetzt muss ich lächeln und antworte sanft: »Alles gut, Nele. Ich weiß, dass ich mich auf euch verlassen kann.«

»Ich freue mich echt für dich und Ina, Mama! Endlich kommst du auch mal wieder raus. Mit Christian konntest du bis jetzt auch noch nicht verreisen. Wegen des Pferdegestüts!«, gibt sie ehrlich zurück. Autsch! Christian! Sofort versetzt es mir einen Stich in der Magengegend, wenn ich an ihn denke.

»Äh, ja. Sicher, da hast du recht! Mit Christian ist das Verreisen schwer«, antworte ich mit einem gequälten Lächeln. Nele habe ich bewusst noch nichts von unserer Aussprache erzählt. Ich wollte den richtigen Moment abpassen und nach unserem Urlaub mit ihr reden. Da ich die letzten Wochen mit Lottas Umzug beschäftigt war, habe ich die wenigen Besuche auf dem Gestüt mit mangelnder Zeit begründet!

»Hey, Mama! Es wird alles gut. Wir werden die Woche mit Oma und Frederik sicher auch unseren Spaß haben! Hauptsache, du hast mit Ina eine tolle Zeit. Wohin fliegt ihr denn?«, fragt sie neugierig nach. Jetzt muss ich passen! Ina hat das Hotel ausgesucht!

»Tja, das weiß ich ehrlich gesagt auch nicht genau. Irgendwo an die Mittelmeerküste denke ich. Das Hotel habe ich gemeinsam mit ihr ausgesucht, aber ich weiß weder das Land noch die Stadt!«

»Tja, Ina ist immer für eine Überraschung gut, Mama!«, grinst mich meine Tochter schelmisch an.

»Na dann. Prosit, auf eure Urlaubswoche!«, schiebt sie noch lachend hinterher und hebt ihr Glas zum Toast.

Endlich Ruhe im Haus!, denke ich erleichtert und lasse mich auf mein Sofa plumpsen. Der Tag war sehr emotional und aufregend heute. Noch einmal sehe ich die Bilder vor mir, als sich der Umzugswagen mit Lotta, Jan und Sophie in Richtung Holland in Bewegung setzte. Sofort spüre ich, wie sich wieder die Tränen in meinen Augen sammeln. Da höre ich mein Handy klingeln. Wer ruft mich so spät noch an, denke ich müde. Neugierig schaue ich auf mein Display.

»Hallo, Marie!«, höre ich meine beste Freundin am anderen Ende der Leitung sagen.

»Wie war der Abschied heute? Ich habe den ganzen Tag an dich gedacht.« Das Gespräch heute Mittag mit Nele geht mir noch immer durch den Kopf. Sie glaubt natürlich, dass Christian und ich noch ein Paar sind. Dass ich ihr nicht direkt die Wahrheit über uns gesagt habe, macht mir nun ein ziemlich schlechtes Gewissen.

»Ähm, hallo Ina!«, antworte ich noch immer in Gedanken.

»Hey, du hörst dich aber nicht gerade begeistert an hinsichtlich unseres herannahenden Urlaubs! Sorry, ist es wegen Lotta?«, gibt sie fragend zurück.

»Ach, Ina, es war natürlich nicht leicht heute, als sie wegfuhren! Ich weiß, dass ich jetzt loslassen muss und freue mich auch sehr für Lotta. Aber ich muss mich erst an den Gedanken gewöhnen, dass sie jetzt in Holland wohnt.«

»Oh, das ist doch völlig normal, Marie. Es wird noch einige Zeit dauern, bis du dich mit der Situation arrangiert hast. Deshalb ist es gut, dass wir jetzt ein paar Tage abschalten und du etwas anderes siehst. Glaube mir, die Tage am Meer werden dir sehr guttun. Freust du dich denn wenigstens ein kleines bisschen?«, höre ich sie aufmunternd sagen. In meinem Kopf kommen sofort wieder die Bilder von Lotta und Sophie auf, als sie winkend davonfuhren. Sofort spüre ich einen dicken Klos im Hals und antworte eilig: »Doch, doch, natürlich freue ich mich. Es ist alles geklärt. Meine Mutter und Frederik kommen am Sonntag zu uns!«

»Super! Ich werde dann am Samstag gegen siebzehn Uhr bei euch sein. Dann haben wir noch den Sonntagabend und am Montag fliegen wir dann gemeinsam Richtung Sonne!«, lacht sie laut auf. Ach, meine Freundin! Immer gut gelaunt und positiv, geht es mir durch den Kopf. Ich beneide sie für ihre optimistische Art. Auch unangenehme Dinge nimmt sie immer mit Gelassenheit! Da kann ich mit meiner oft negativen Sichtweise nicht mithalten, denke ich und versuche meine bedrückte Stimmung zu überspielen: »Oh, das hört sich gut an, Ina! Ich freue mich so sehr dich wiederzusehen, obwohl du vor ein paar Wochen ja noch schnell entschlossen bei mir reingeschneit bist!«

»Hey, was heißt hier schnell entschlossen! Ich habe dich doch wohl nicht überfordert mit meinem spontanen Blitzbesuch?«, erwidert sie mit einem hellen Lachen.

»Nein, nein! Natürlich nicht, ich hoffe, das weißt du. Außerdem finde ich gerade deine spontane Art so erfrischend! Und dass wir jetzt in den Süden fliegen, ist ja schließlich auch deine Idee gewesen!«, gebe ich neckend zurück.

»Oh ja, Marie! Das war sogar eine sehr gute Idee von mir, muss ich zugegebenermaßen sagen. Es wird höchste Zeit, dass du wieder einmal den Kopf frei bekommst für wichtige Entscheidungen!«, schiebt sie schnell hinterher. Oh, oh, meine Freundin legt wieder einmal den Finger in die Wunde! Entscheidungen waren noch nie meine Stärke, geht es mir durch den Sinn.

»Ach, Ina. Lass uns einfach eine schöne Woche genießen. Ich freue mich auf jeden Fall schon riesig! Ähm, wo fliegen wir denn jetzt hin, oder ist das immer noch ein Geheimnis?«, frage ich neugierig nach. Ina hat mir bis zum jetzigen Zeitpunkt das Land nicht verraten, in das wir fliegen. Sie meinte nur: »Lass dich überraschen!« Mir ist es auch absolut egal! Hauptsache, ich spüre wieder den weichen Sand unter meinen Füßen und kann den Sonnenuntergang am Meer genießen. Allein bei dem Gedanken an das tolle Hotel am weißen Strand bekomme ich ein aufgeregtes Kribbeln in der Magengegend.

»Du wirst es am Sonntag erfahren, liebe Marie. Bis dahin ist es ja nicht mehr lange!«, höre ich sie sagen.

»Hey, du spannst mich ja ganz schön auf die Folter!«, gebe ich lachend zurück.

»Aber es ist okay. Schließlich war alles deine Idee. Dann hoffe ich, dass du erst einmal gut bei mir ankommst, Ina. Ich freue mich!«, schiebe ich noch eilig hinterher.

»Okidoki, dann bis Samstag, Marie. Ich denke, wir haben uns viel zu erzählen!«, höre ich sie noch lachen, bevor sie das Gespräch beendet. Puh, jetzt habe ich ihr nichts von dem Gespräch mit Nele erzählt, denke ich etwas traurig, als ich das Handy zur Seite lege. Christian, kommt es mir wieder in den Sinn. Was er wohl die ganze Zeit gemacht hat? Leider konnte ich noch immer nicht mit ihm reden und ich habe das traurige Gefühl, dass er auch nicht mehr mit mir reden will, denke ich betrübt.

»Ach, wenn ich mich doch von ganzem Herzen für ihn entscheiden könnte«, murmele ich vor mich hin und schaue nachdenklich zum Terrassenfenster hinaus. Langsam schiebe ich die Tür zur Seite und trete hinaus auf die Terrasse. Ein leichter Wind säuselt durch die Bäume und die Sterne funkeln am nachtblauen Himmel. Tief atme ich die frische Abendluft ein.

»So, Marie Kramer. Jetzt lass bitte mal alle Sorgen davonfliegen und freue dich auf den Urlaub!«, sage ich noch einmal gedankenversunken zu mir selbst, bevor ich mit einem kleinen Lächeln ins Haus zurückgehe. Keine zehn Minuten später liege ich unter meiner gemütlichen Bettdecke und träume vom weißen Sandstrand …

Lotta hatte mich am selben Abend ihres Umzuges noch angerufen. Alle sind gesund und munter in Holland angekommen und Fotos vom neuen Zuhause hat sie mir natürlich auch schon geschickt. Es ist ein süßes, typisch holländisches Häuschen mit kleinem Garten davor, in dem die Tulpen in allen Farben um die Wette leuchten. Wenn ich die Fotos sehe, Lotta mit Sophie am Gartenzaun, Lotta mit Sophie am Deich, Lotta mit Sophie in der gemütlichen Küche, bekomme ich fast schon ein schlechtes Gewissen, dass ich so traurig war. Sie sehen alle so glücklich aus und mein Gefühl sagt mir, dass sie es auch sind! Jetzt spüre ich das erste Mal eine Art von Erleichterung und Zufriedenheit, wenn ich an

»meine Holländer«, wie ich sie liebevoll nenne, denke. Meine Tochter hat ihr Glück in Holland gefunden, da bin ich mir jetzt ganz sicher! Ach, Marie, jetzt kannst du sie guten Gewissens loslassen! Deine Lotta lebt jetzt mit ihrer großen Liebe zusammen, kommt es mir erleichtert in den Sinn. Wieder spüre ich, wie sich die Tränen in meinen Augen sammeln, nur dieses Mal sind es Freudentränen, denke ich glücklich und ein Lächeln huscht über mein Gesicht.

Kapitel 6

»Hallo, Marie. Da bin ich!« Meine Freundin steht pünktlich am Samstagnachmittag vor meiner Haustür.

»Hey, Ina! Du wolltest mich doch anrufen, ich hätte dich doch vom Flughafen abgeholt!«, antworte ich eilig und ziehe ihren Koffer in den Flur.

»Lass mal gut sein, die Viertelstunde konnte ich auch mit dem Taxi fahren! Das lässt mein Budget gerade noch zu!«, lacht sie mich strahlend an. Auch Rowdy kommt freudig bellend dazu und schnüffelt an ihren Beinen.

»Hallo, Rowdy, mein liebster Hund auf Erden! Du bekommst natürlich gleich dein Leckerli!« Eilig öffnet sie ihre Handtasche und holt eine Tüte Hundekekse hervor.

»Oh Gott! Rowdy ist vielleicht der liebste, aber auch der gefräßigste Hund auf Erden!«, gebe ich lachend zu bedenken.

»Jetzt komm erst einmal herein und stell deinen Koffer ab!«, schiebe ich noch eilig hinterher. Keine zehn Minuten später sitzen wir gemeinsam auf der Terrasse bei einer kalten Apfelschorle.

»Mensch, Marie, ich freue mich so auf unsere gemeinsamen Tage. Lino hat schon gemeint, so aufgeregt wäre ich mit ihm im Urlaub noch nie gewesen!« Ina lacht mich schelmisch an und schiebt noch grinsend hinterher: »Okay! Ich gebe zu, dass der Urlaub mit Freundin, doch etwas spannender ist als mit dem langjährigen Partner. Oder, was meinst du, Marie?« Autsch! Da hat sie unbeabsichtigt eine wunde Stelle bei mir berührt. Eigentlich hätte ich mir nichts sehnlicher gewünscht als eine Woche mit Christian allein im Urlaub. Leider ließ es sein Pferdegestüt nicht zu. So hatten wir die letzten drei Jahre höchstens eine gemeinsame Nacht am Wochenende. Ich erinnere mich noch genau an voriges Jahr. Wir hatten ein Wochenende Paris gebucht. Alles war geplant und ich hatte mich wirklich sehr auf unsere Zeit zu zweit gefreut. Genau an dem Tag, als wir abfahren wollten, bekam eines seiner Pferde starke Koliken, sodass wir alles absagen mussten.

»Ähm, ja. Ich bin auch schon ganz aufgeregt, Ina! Wobei ich das Problem mit einem Partner an meiner Seite ja nun nicht mehr habe«, antworte ich wahrheitsgetreu und ziehe meine Augenbrauen nach oben.

»Oh, sorry! Ich wollte dich nicht an Christian erinnern. Ich weiß ja, dass er wegen seines Reitgestüts wenig Zeit für dich hatte!«, gibt sie eilig zurück. Sanft nimmt sie meine Hand und meint verständnisvoll: »Hey, Marie, diesen Urlaub genießen wir in vollen Zügen und du kommst endlich wieder auf andere Gedanken. Es wird höchste Zeit, meine Freundin!« Jetzt muss auch ich lächeln und drücke sie zärtlich an mich.

»Du bist die beste Freundin, die man sich wünschen kann, Ina, und ich bin schon sehr gespannt, was uns erwartet. Unser letzter Urlaub liegt schon viel zu lange zurück! Lass uns einfach Spaß haben und wie sagst du immer so schön? Think positiv!«

Der Tag der Abreise ist gekommen. Meine Mutter und Frederik sind am Sonntag angekommen und wir hatten noch einen schönen gemeinsamen Tag. Das Wiedersehn mit Ina hat sie wie immer sehr gefreut, schließlich kennen sie meine Freundin auch schon etliche Jahre. Auch Mattis und Nele waren wieder total begeistert von Ina. Sie gehört einfach zu unserer Familie, wie eine Schwester, die ich leider nie hatte. Viele Ereignisse in unserem Leben haben Ina und ich gemeinsam erlebt. Bei der Geburt von Lotta war sie mit mir im Kreißsaal. Daniel, dem Kindesvater, war vor lauter Aufregung schlecht geworden und musste selbst behandelt werden. So war es Ina, die bei der Geburt meine Hand hielt. Auch als Daniel wenige Jahre später viel zu früh starb, war sie an meiner Seite …

»So, ihr Lieben! Ich entführe jetzt eure Mama und hoffe,

ihr wünscht ihr eine gute Zeit!« Ina wendet sich grinsend an meine Kinder, bevor sie unsere Koffer ins Taxi schiebt. Oje! Abschiedsszenen sind so gar nicht mein Ding, geht es mir durch den Kopf, als meine Mutter mich noch einmal liebevoll in den Arm nimmt.

»Guten Flug und viel Spaß, ihr beiden. Passt auf euch auf!«, raunt sie mir sanft ins Ohr. Danach verabschiedet sich Frederik von uns. Schnell und herzlich drückt er mich an sich.

»Erholt euch gut, Mädels!«, grinst er uns fröhlich zu und nimmt zärtlich die Hand meiner Mutter. Sie sind wirklich ein schönes und glückliches Paar, denke ich lächelnd, als ich die beiden so einträchtig zusammen sehe. Frederik hat meiner Mutter noch einmal ein neues Leben geschenkt. Seit er in ihr Leben gekommen ist, ist sie ein vollkommen anderer Mensch geworden. Tja, was die Liebe alles bewirken kann …, denke ich gerührt und zwinkere Frederik verstohlen zu.

»Mama, ich wünsche dir natürlich nur das Beste und dass du dich gut erholst. Mach dir keine Sorgen, Mattis und ich vertragen uns bestens!« Jetzt kommt auch meine Jüngste noch einmal auf mich zu und drückt sich zärtlich an mich.

»Ich hab euch lieb!«, flüstere ich ihr sanft ins Ohr. Oh mein Gott! Ich wollte doch beim Abschied nicht weinen, denke ich verwirrt, als ich die Tränen in meinen Augen spüre. Zu spät! Ina schaut verstohlen zu mir rüber und schiebt mich eilig in Richtung Taxi.

»Äh, ja, dann wollen wir mal. Sonst kommen wir noch zu spät zum Flughafen!«, sagt sie mit einem schiefen Lächeln. Noch einmal schaue ich zu meiner Familie, die winkend am Eingang unseres Hauses steht.

»Ich freue mich schon auf tolle Fotos vom Strand, Mama! Also, wenn ihr da seid, schicke sie mir bitte auf mein Handy!«, höre ich Nele noch rufen, als sich das Taxi in Bewegung setzt.

»Bis bald!«, rufe auch ich noch einmal winkend aus dem

offenen Fenster. Tja, Marie! Jetzt beginnt dein Urlaub, denke ich und meine Wangen glühen vor Aufregung …

Meine Flugangst habe ich noch immer nicht im Griff, denke ich nervös, als wir am Flughafengelände ankommen. Mein Herz schlägt mir bis zum Hals und die Beine schlottern, als ich aus dem Taxi steige. Nie und nimmer wäre ich allein in ein Flugzeug gestiegen! Die liebe Ina hat nur meinetwegen den Umweg von Italien über Deutschland auf sich genommen! Wir hätten uns auch am Zielflughafen treffen können, wenn meine Angst vorm Fliegen nicht so schrecklich groß wäre. Immer wieder bekomme ich zu hören: »Liebe Marie, bleib ganz ruhig! Rein statistisch gesehen, verunglücken viel mehr Menschen mit dem Auto als mit dem Flugzeug. Und das Bordpersonal will auch gerne lebend nach unten kommen!« Doch irgendwie löst sich diese Logik spätestens dann in Luft auf, wenn ich in ein Flugzeug einsteigen muss!

»Hey, Marie! Alles in Ordnung?« Ina schaut mich von der Seite an, als wir unsere Koffer aus dem Taxi heben.

»Irgendwie siehst du etwas blass aus!«, schiebt sie noch besorgt hinterher. Mein Magen spielt jetzt schon verrückt, das kann ja wieder heiter werden, denke ich nervös. Ich kann mich noch haargenau an den Flug in die Toskana vor einigen Jahren mit Ina erinnern. Oh Gott, da hat sich mein Mageninhalt auf der sauberen Hose meines Sitznachbarn wegen starker Turbulenzen in der Luft entleert! Wie peinlich! Noch heute wird mir ganz schlecht, wenn ich daran denke.

»Ähm, nein, nein. Alles in Ordnung!«, antworte ich schnell und versuche ein gespieltes Grinsen.

»Hallo, Marie! Es ist schon okay. Ich kenne doch deine Flugangst. Mach dir jetzt bitte keine Sorgen und versuche locker zu bleiben! Ich bin doch bei dir und außerdem habe ich Reisetabletten dabei. Am besten, du nimmst gleich mal zwei davon!« Verständnisvoll lächelt sie mich an und kramt in ihrer Handtasche. Ach, Ina! Sie ist die wunderbarste Freundin der Welt!, denke ich gerührt, als sie mir die Tablettenschachtel reicht.

»Danke, du denkst auch wirklich an alles!«, gebe ich lächelnd zurück.

»Dafür denkst du an andere wichtige Dinge! Wir ergänzen uns halt perfekt, Marie!« Ina strahlt mich zuversichtlich an und schiebt noch grinsend hinterher: »Die kannst du direkt einnehmen, ohne Flüssigkeit. Einfach im Mund zergehen lassen. Habe ich aus Italien mitgebracht. Die helfen und beruhigen super gegen jegliche Art von Reisekrankheiten!«

»Äh, Ina! Wie willst du denn wissen, ob die Tabletten wirklich helfen? Du brauchst doch sowieso keine?«, antworte ich eilig und schaue meine Freundin fragend an, die weder unter Flugangst noch unter anderen Ängsten leidet.

»Tja, ich habe sie einfach auf dem Flug von Rom getestet! Und was soll ich dir sagen? Ich habe so fest und ruhig geschlafen, dass die Flugbegleiterin mich in Köln wecken musste!« Verwirrt schaue ich sie an: »Sag nur, du hast dich wegen mir zum Versuchsobjekt gemacht?!« Lachend nimmt sie mich in die Arme und sagt eilig: »Hey, was heißt Versuchsobjekt! Ich weiß doch, dass du solche Flugangst hast, und die Tabletten hat Lino von einem Arbeitskollegen empfohlen bekommen, dessen achtzigjährige Oma auch sehr unter Flugangst leidet. Seit sie die Tabletten nimmt, möchte sie am liebsten nur noch durch die Weltgeschichte fliegen!« Jetzt muss auch ich herzhaft lachen und pruste laut los: »Haha! Da hast du dir gedacht, was bei der achtzigjährigen Oma hilft, hilft auch Marie!« Typisch Ina, denke ich grinsend. Eilig schlucke ich gleich zwei Tabletten, die sie mir hinhält, bereitwillig herunter.

»So, jetzt bist du bestens gerüstet, Marie. Du wirst schlafen wie ein Murmeltier!«, schiebt sie lachend hinterher, als wir unsere Koffer in die Abflughalle ziehen. Das Check-in geht schnell und unkompliziert. Keine halbe Stunde später sitzen wir auf unseren Plätzen. Ina Fensterplatz, ich in der Mitte. Links neben mir hat es sich ein attraktiver junger Mann bequem gemacht. Oh Gott! Hoffentlich nicht schon wieder!, geht es mir durch den Kopf. In meinem Hals spüre ich einen dicken Kloß und mein Herz fängt an zu pochen. Ina schaut aufmunternd zu mir rüber und sagt leise: »Hey, Marie. Eigentlich müsstest du schon etwas von der beruhigenden Wirkung der Reisetabletten spüren?«

»Äh, also ehrlich gesagt spüre ich noch gar nichts«, antworte ich wahrheitsgemäß.

»Vielleicht sollte ich besser noch zwei einnehmen. Bei meiner Flugangst kann es ja nicht schaden«, schiebe ich noch eilig hinterher und schlucke gleich zwei von den süßlich schmeckenden Dragees hinunter.

»Okay, wir warten ab, bis wir in der Luft sind«, gibt sie mir mit einem süffisanten Grinsen zurück. Keine fünf Minuten später höre ich gerade noch das Rauschen der Antriebsturbinen, dann bin ich weg …

»Hallooo, Marie! Aufwachen! Wir sind in Barcelona!«, die Stimme meiner Freundin klingt wie von einem anderen Stern. In meinem Kopf brummt es wie in einem Bienenstock, als ich die Augen langsam öffne.

»Äh, was? Wo sind wir?«, frage ich noch immer benebelt nach.

»In Barcelona! Wir müssen aussteigen! Oder willst du wieder mit zurückfliegen?« Ina steht grinsend vor mir und zieht sich ihre Jeansjacke über.

»Ach du meine Güte! Ich habe von dem ganzen Flug nichts mitbekommen. Allerdings fühle ich mich jetzt wie zerschlagen!«, gebe ich irritiert zurück.

»Tja, ich glaube, du hast es auch etwas zu gut gemeint. Vier Tabletten waren echt zu viel, liebe Marie!« Meine Freundin schaut mich mitleidig an und nimmt meine Tasche.

»Oh Gott, Ina! Mir ist noch schwindelig von dem Zeug!«, antworte ich schuldbewusst. Als ich mich langsam aufstelle, wird mir schwarz vor Augen und ich falle in den Sitz zurück. Sofort kommt eine Flugbegleiterin mit einem feuchten Tuch. Ina streicht mir damit sanft über die Stirn und flüstert mir leise ins Ohr: »Hey, mach mir nicht noch einmal den Flattermann. Wir haben noch eine Woche Urlaub vor uns.« Oh Gott, wie peinlich!, denke ich und öffne langsam die Augen. Alle Passagiere sind schon aus der Maschine. Wir sind die einzigen, die noch im Flugzeug sitzen. Verdammt! Warum müssen immer mir solche peinlichen Situationen passieren? In meinem Kopf braut sich ein Gewitter zusammen, als ich mit wackeligen Beinen, von Ina untergehakt, dem Ausgang entgegengehe.

»Ist alles in Ordnung? Oder soll ich einen Arzt rufen?«, fragt die freundliche Flugbegleiterin noch einmal nach.

»Nein, nein. Danke. Es ist schon besser!«, gebe ich eilig zurück. Nix wie raus hier!, denke ich peinlich berührt, als ich endlich die Maschine verlasse.

»Was ein Glück, frische Luft! Oh Gott, ist mir übel, Ina!«, sage ich, noch immer untergehakt, zu meiner Freundin, als wir endlich das Flughafengelände verlassen.

»Man könnte meinen, du hättest einen Joint geraucht, Marie!«, grinst Ina mich von der Seite an.

»Haha! Obwohl ich noch nie einen geraucht habe, fühle ich mich so. Ich weiß auch nicht, was für ein Teufelszeug das war. Es hat mich total aus den Latschen gehauen!«, gebe ich noch immer zittrig zurück.

»Hey! Du hast vier davon genommen, Marie! Allem Anschein nach war die Dosis wohl zu viel für dich. Auf dem Rückweg nimmst du lieber nur noch eine«, antwortet sie mit verständnisvollem Blick.

»Ach, Ina. Jetzt sind wir erst einmal gut hier angekommen

und an den Rückflug denke ich beim besten Willen noch nicht!«, gebe ich mit einem schiefen Grinsen zurück.

»Na, dann lass uns mal ein Taxi rufen. Bis zu unserem Hotel am Strand sind es noch ungefähr zwanzig Minuten Autofahrt! Lass dich überraschen, liebe Marie!« Ina strahlt mich unternehmungslustig an, als sie winkend das nächstbeste Taxi ruft.

Kapitel 7

Keine zehn Minuten fahren wir auf der Autobahn.

»Ähm, Ina. Wie lange willst du mich noch auf die Folter spannen! Jetzt aber raus mit der Sprache! In welcher Stadt ist jetzt unser Traumhotel, das du für uns gebucht hast? Aus Barcelona sind wir ja schon rausgefahren!«, frage ich ungeduldig.

»Sitges, Costa del Garraf«, lese ich laut auf einem Schild. Der Fahrer das Wagens setzt den Blinker und fährt von der Autobahn ab auf die Landstraße.

»Du hast es erfasst, Mariechen! Unser Hotel ist in Castelldefels, direkt am Strand natürlich. Ach, ich freue mich wahnsinnig!« Meine Freundin strahlt wie ein Honigkuchenpferd.

»Oh! Das hast du ja wirklich gut geheim gehalten, Ina! Na, dann kann unser Urlaub ja endlich beginnen!«, gebe ich schmunzelnd zurück und sehe aus dem Fenster schon den weißen Sandstrand in der Sonne leuchten.

»Herrlich! Jetzt nehme ich erst den strahlend blauen Himmel wahr! Gott sei Dank geht es mir jetzt besser!«, schiebe ich noch erleichtert hinterher. Diese verdammten Pillen haben mich sowas von benebelt. Ich habe vom ganzen Flug nichts mitbekommen! Dafür ist mir aber danach total elend zumute gewesen, denke ich, noch immer etwas fahrig.

»Das muss es sein, Marie!«, ruft Ina freudig aus und zeigt auf ein modernes, geschmackvoll aussehendes Gebäude. Hohe Palmen wiegen sich vor dem gläsernen Eingangsbereich im Wind. In weniger als fünf Minuten stehen wir mit unseren Koffern in der Hotellobby.

»Mensch, Ina, da hast du ja ein traumhaftes Hotel für unsere Urlaubswoche ausgesucht! Kompliment! Ich hätte es nicht besser buchen können!«, lache ich meine Freundin strahlend an.

»Tja, wenn schon, denn schon! Ich dachte mir, wir haben so

lange auf unseren gemeinsamen Urlaub gewartet, dann muss es schon etwas Besonderes für uns beide sein!«

»Da hast du recht, Ina. Unser letzter gemeinsamer Urlaub in Italien liegt ja schon Lichtjahre zurück! Lass uns jetzt schnell auf unser Zimmer gehen. Ich bin schon so gespannt!«, antworte ich aufgeregt und ziehe eilig meinen Koffer in Richtung Rezeption. Die Dame am Empfang ist supernett und überreicht uns freundlich die Zimmerchipkarte. Oh Gott! Mit den Chipkarten stehe ich meistens auf Kriegsfuß! Irgendwie waren mir die »einfachen Schlüssel« von früher lieber …, denke ich nachdenklich und nehme die Karte entgegen.

»Schön, dass wir keinen Schlüssel bekommen haben, den würde ich garantiert verlieren! Die Chipkarte passt besser in meine Geldbörse!« Ina schaut mich grinsend von der Seite an und schiebt mich Richtung Aufzug. So kann man es auch sehen, denke ich und muss schmunzeln. Meine Freundin sieht in allem das Positive. Doch schon naht die nächste Herausforderung – der Aufzug! Ich mag keine geschlossenen Räume und ein Aufzug ist definitiv ein geschlossener Raum! Woher meine Paranoia vor abgeschlossenen Räumen kommt, kann ich nur erahnen. Als Kind fiel ich beim Versteckenspielen mit meinen Freunden im Wald in ein Erdloch. Stunden und etliche Angstschreie später wurde ich endlich befreit. Dieses Erlebnis hat mich bis heute geprägt und ich denke, meine Klaustrophobie rührt noch von diesem Erlebnis! Ina schaut kurz zu mir rüber und meint grinsend: »Hey, Marie! Da müssen wir jetzt einmal durch. Es ist ja nur bis zum dritten Stock. Oder willst du die Koffer die Treppen hochtragen?!«

»Haha, sehr lustig, Ina! Natürlich nicht!«, antworte ich etwas gereizt und drücke den Fahrstuhlknopf. Zum Glück sind wir allein und der Aufzug schwebt schnell nach oben. Ehe es mir richtig bewusst wird, geht die Fahrstuhltür auf.

»Puh! Gott sei Dank sind wir gut nach oben gekommen!«, sage ich erleichtert und schiebe meinen Koffer auf den Hotelflur. Unser Zimmer ist genau an der Treppe, die nach unten führt. Gut ausgesucht, Ina, denke ich beruhigt und grinse sie freudig an. Keine zwei Minuten später stehen wir staunend in unserem Hotelzimmer.

»Wow! Was ein Ausblick! Sie doch mal, Marie, der Strand ist zum Greifen nah!«, ruft Ina überwältigt aus. Eilig stelle ich den Koffer neben das breite Bett und folge Ina, die es sich schon auf einer Sonnenliege auf dem riesigen Balkon bequem gemacht hat.

»Hey, Ina! Das ist ja ein Traum hier!«, rufe jetzt auch ich aus und strecke mein Gesicht der warmen Sonne entgegen.

»Da hast du bei der Wahl des Hotels ein gutes Händchen bewiesen, meine Liebe! Ich denke, hier können wir uns richtig erholen!«, schiebe ich noch lachend hinterher.

»Tja, ich hoffe, mir ist die Überraschung gelungen, Marie! Freut mich sehr, dass es dir genauso gut gefällt wie mir!« Ina springt auf und geht zur Minibar, die gefüllt ist mit allerlei kalten Getränken.

»Hey, super! Zur Feier des Tages trinken wir jetzt einen leckeren Prosecco! Was meinst du, Marie?« Meine Freundin holt eine Flasche aus der Minibar und öffnet sie gekonnt.

»Ähm, also mir ist es noch immer nicht richtig gut, Ina. Sorry, ich bleibe heute lieber bei Wasser!«, antworte ich schnell. In meinem Kopf dröhnt es noch immer von den Beruhigungspillen.

»Oh, schade! Dann muss ich heute leider allein trinken. Morgen kommst du mir aber nicht so einfach davon. Prosit, Marie!«, lacht Ina mich strahlend an und gießt sich den prickelnden Prosecco in ein Sektglas. Auch ich nehme mir zu meiner Wasserflasche ein Glas und proste ihr grinsend zu, schmunzelnd antworte ich ihr: »Okay, morgen trinke ich ein

Gläschen mit. Heute wäre es keine so gute Idee, Ina. Außerdem habe ich noch nichts gegessen. Ich habe mittlerweile einen Mordshunger!«

»Das ist das Stichwort, Marie. Mir knurrt auch schon der Magen. Lass uns unsere Koffer auspacken. Dann machen wir uns frisch und inspizieren das Restaurant!« Ina schaut unternehmungslustig zu mir rüber, als sie ihren schweren Koffer auf das Bett hebt.

»Gute Idee!«, gebe ich grinsend zurück.

»Puh, ich schwitze jetzt schon. Ich dusche mich etwas ab. Der Flug steckt mir noch immer in den Knochen!«, schiebe ich eilig hinterher. Es ist mittlerweile schon später Nachmittag. Noch einmal schaue ich vom Balkon aus in die Ferne. Die Sonne sinkt langsam am Horizont ins Meer und die Wellen schlagen sanft an den Strand.

»Ach, Ina! Ich fühle mich jetzt schon entspannt, obwohl wir gerade erst angekommen sind!«, sage ich glücklich in Richtung meiner Freundin, die ihre Kleidung ordentlich in den Schrank sortiert. Typisch Ina, denke ich schmunzelnd. Schon früher hatte sie ihre Kleidung nach Farben sortiert in den Kleiderschrank gehängt! Ganz im Gegensatz zu meinem Chaos. Ich war froh, wenn ich überhaupt noch etwas Sauberes finden konnte! Nein, Ina war und ist ein Ordnungsfanatiker und führt mir meine eigene Unzulänglichkeit in dieser Hinsicht schmerzlich vor Augen. Nicht dass sich in meinem Schlafzimmer die schmutzige Wäsche stapeln würde! Aber, die Unterwäsche oder Blusen werden bei mir mit Sicherheit nicht nach Farbe oder Größe sortiert! Liebevoll beobachte ich, wie sie selbst die Handtücher perfekt in den Schrank einräumt.

»Hey, Marie, gehst du jetzt noch duschen oder willst du mir beim Falten helfen?« Ina holt mich aus meinen Gedanken und lacht mich auffordernd an.

»Nee, nee, lass mal! Ich würde es dir ohnehin nicht gut genug machen!«, antworte ich grinsend und verschwinde im Badezimmer. Auch hier ist alles farblich aufeinander abgestimmt, die geschmackvollen, flauschigen Handtücher liegen auf der modernen Eckbadewanne. Die begehbare Dusche ist größer als die in meinem Reihenhäuschen.

»Nobel, nobel!«, kommt es mir erstaunt über die Lippen, als ich mich auskleide und der kühle Wasserstrahl der eleganten Regendusche mich herrlich erfrischt. Da hat Ina wirklich ein ganz besonders tolles Hotel für unsere Urlaubswoche ausgesucht! Schnell trockne ich mich ab und creme mich sorgfältig ein. Fantastisch! Endlich kann ich mir auch wieder einmal Zeit für mich nehmen, denke ich rundum zufrieden und lächele in den Badezimmerspiegel.

»Tja, Marie, das hast du dir auch wirklich verdient!«, sage ich laut grinsend zu meinem Spiegelbild, ehe ich mir das Badetuch schwungvoll umbinde und ins Schlafzimmer trete.

»Hallöchen, Marie! Du siehst ja richtig erholt aus. Was so eine erfrischende Dusche alles bewirken kann!« Meine Freundin sitzt auf dem Bett und lacht mich fröhlich an.

»Die habe ich nach unserem anstrengenden Flug auch echt gebraucht!«, antworte ich lächelnd und nehme noch einen Schluck aus meinem Wasserglas.

»Haha, anstrengender Flug? Marie, du hast tief und fest geschlafen! Oder hast du das schon vergessen?« Ina schaut mich belustigt an und hebt ihr mittlerweile wieder gefülltes Proseccoglas in die Höhe.

»Mensch, Ina! Du weißt doch, wie ich das meine, oder? Jetzt veralbere mich nicht auch noch mit meiner Pillendröhnung! Ich habe einfach zu viel davon genommen. Sorry! Aber zum Glück geht es mir jetzt wieder prächtig und einen Bärenhunger habe ich auch!«, gebe ich gespielt beleidigt zurück. Jetzt kommt richtig Leben in meine Freundin. Mit einem Satz springt sie auf, rennt ins Bad und ruft: »Hey! Gut, dass du es sagst. Mein

Magen knurrt auch schon wie verrückt. Dusche mich nur kurz ab!« Typisch Ina, denke ich lächelnd, während ich meinen Koffer öffne. Oh Gott! Meine Sachen hätte ich vielleicht auch schon aus dem Koffer befreien sollen! Meine ordentlich gebügelten Blusen sind total zerknittert. Was soll ich denn jetzt nur zum Abendessen anziehen?, geht es mir aufgeregt durch den Kopf. Schließlich will ich mich nicht schon am ersten Abend blamieren! Da fällt mir mein marineblaues Neckholderkleid in die Hände. Puh! Gott sei Dank ist das noch knitterfrei!, denke ich erleichtert und ziehe es schnell über. Meine kurzen Haare sind mittlerweile schon fast trocken. Etwas Haargel in die Spitzen und schon bin ich fertig! Ähm ... Fast!

»Etwas Schminke wäre vielleicht auch sinnvoll, Marie«, murmele ich nervös vor mich hin. Eilig nehme ich meine Wimperntusche aus der Handtasche und versuche wie immer mit mäßigem Erfolg meine Augen zum Strahlen zu bringen. Verdammt! Wieder abgerutscht! Warum passiert das immer mir?!, denke ich entmutigt und versuche die überflüssige Mascara zu entfernen.

»Hola, Marie! Wie siehst du denn aus? Ich dachte, wir wollen zum Essen oder hast du es dir anders überlegt?!« Ina, die gerade aus dem Badezimmer kommt, sieht mich entgeistert an und prustet los: »Geisterbahn wäre eher angesagt!«

»Ach du meine Güte, Ina! Ich sehe ja zum Fürchten aus!«, rufe ich erschrocken aus, als ich mich im Spiegel sehe.

»Keine Panik auf der Titanic, das kriegen wir wieder hin!«, singt sie im Udo-Lindenberg-Sound und schiebt mich lachend zurück ins Badezimmer. Eine halbe Stunde später sehe ich, Inas Schminkkünsten sei Dank, richtig gut aus! Das Augen-Make-up ist gelungen und auch meine meeresblauen Sternohrstecker passen perfekt zu meinem Neckholderkleid.

»Ach, Ina, wenn ich dich nicht hätte!«, sage ich kleinlaut und drücke sie liebevoll an mich.

»Dann wärst du vermutlich nicht mit mir in Spanien und bräuchtest auch kein filmreifes Augen-Make-up!«, unterbricht sie mich grinsend. Prustend vor Lachen liegen wir nun nebeneinander in unserem breiten Hotelzimmerbett.

»Da hast du vermutlich recht, Ina, aber ich bin so glücklich darüber, dass wir nun endlich hier in Spanien sind. Lass uns einfach die Zeit genießen und an nichts anderes mehr denken!«

»Apropos an nichts anderes mehr denken, Marie! Haben wir uns eigentlich schon bei unseren Lieben zu Hause gemeldet?!«

»Oh Gott! Nein! Ina, wir sind schon im Urlaubsrausch. Wir müssen uns sofort bei unserer Family melden. Ich denke, sonst bekommt meine Mutter eine Herzattacke!« Abrupt springe ich hoch und hole mein Handy aus der Handtasche. Ina verzieht sich auf den Balkon und ich telefoniere vom Bett aus.

»Hallo, Mama! Alles klar zu Hause?!«, frage ich schuldbewusst und beobachte, wie Ina mit ihrem Handy Fotos verschickt.

»Schön, von dir zu hören, Marie! Hier ist alles okay. Ich hoffe, ihr hattet einen guten Flug und die Reisetabletten haben dir etwas geholfen«, höre ich meine Mutter fragen. Oje! Am besten erzähle ich nicht, wie verwirrt und benebelt ich mich gefühlt und schon gar nicht dass ich es mit der Einnahmedosis übertrieben habe!, geht es mir blitzschnell durch den Kopf.

»Ähm, ja, die Reisedragees haben mir wirklich geholfen. Ich hatte keinerlei Probleme mit meiner Platz- beziehungsweise Höhenangst!«, gebe ich eilig zurück. Was sogar der Wahrheit entsprach, schließlich habe ich von dem gesamten Flug absolut nichts mitbekommen.

»Oh, mein Kind! Das freut mich, dann wünsche ich euch noch eine erholsame Woche. Liebe Grüße von den Kindern soll ich dir ausrichten. Sie verstehen sich übrigens prächtig!«, höre ich meine Mutter sagen.

»Oh! Gott sei Dank, ich hatte schon die schlimmsten Befürchtungen«, antworte ich erleichtert und schiebe noch lachend hinterher: »Schließlich sind sie ja keine kleinen Kinder mehr, denen du die Windeln wechseln musst!« Sofort kommt die weise Antwort meiner Mutter: »Tja, aber wie sagt man so schön: kleine Kinder, kleine Sorgen! Große Kinder, große Sorgen!«

»Ich hoffe, die beiden können sich benehmen und machen dir keine großen Sorgen, Mama«, gebe ich eilig zurück.

»Alles gut, Marie! Sie strengen sich wirklich an, ein vorzeigbares Geschwisterpaar abzugeben!«, antwortet meine Mutter mit einem hellen Lachen.

»Wo sind die beiden übrigens?«, frage ich interessiert nach.

»Mattis ist beim Fußballtraining und Nele bei ihrer Reitstunde. Frederik hat sie zum Reitgestüt gebracht. Ach ja, im Übrigen, Christian hat das Gestüt sehr gut im Griff. Wir sind noch immer glücklich darüber, dass wir ihm den Gutshof anvertraut haben!« Meine Mutter klingt sehr zufrieden und schiebt noch schelmisch hinterher: »… und ich denke, dass du auch nicht unglücklich mit unserer Wahl bist!« Oh Gott! Der Gedanke an Christian lässt meine gute Laune abrupt sinken. Meine Mutter und Frederik haben in ihm wirklich einen großartigen Nachfolger gefunden und sie wünschten sich nichts sehnlicher, dass wir beide heiraten und gemeinsam den Gutshof führen würden! In meinem Hals sitzt ein dicker Kloß, als ich stockend antworte: »Ähm, ja, Mama. Ich freue mich zu hören, dass alles in bester Ordnung ist. Sage ganz liebe Grüße an Frederik und die Kinder. Ich melde mich morgen wieder.« Noch ein letztes

»Bis morgen, mein Kind« höre ich durch die Leitung, dann ist sie weg. Verdammt! Die Gedanken an Christian hatte ich bis gerade erfolgreich verdrängt. Jetzt kommt das schlechte Gewissen wieder zurück. Warum musste meine Mutter, natürlich unbewusst, genau dieses Thema ansprechen. Ich weiß nur zu gut, dass sie in Christian schon ihren potenziellen Schwiegersohn in spe sieht! Wie soll ich ihr und Frederik nur beibringen, dass aus der vermeintlichen Hochzeit nichts wird? Mein Magen krampft sich zusammen bei dem Gedanken, dass ich sie enttäuschen muss …

»Hey, Marie! Alles okay?« Meine Freundin kommt auf mich zu und nimmt irritiert meine Hand.

»Du bist ja ganz blass. Ist etwas zu Hause passiert?«

»Nein, nein. Alles okay«, antworte ich noch immer bewegt und hole mir eine frische Wasserflasche aus der Minibar. Ina schaut mich ungläubig an und meint: »Sorry, aber so siehst du nicht aus! Vor dem Gespräch mit deiner Mutter hast du mir wesentlich besser gefallen. Raus mit der Sprache. Was ist los?« Eilig schütte ich das Wasser in mein Glas und nehme einen kräftigen Schluck. Dann erzähle ich ihr von meinem Gespräch.

»Ach, Ina. Es ist wegen Christian. Meine Mutter sieht in ihm schon ihren nächsten Schwiegersohn. Wie soll ich ihr und Frederik erklären, dass zwischen uns einfach nur Freundschaft ist?«

»Äh, halt, Marie. DU siehst ihn nur als Freund! Ich glaube, Christian sieht das etwas anders«, gibt sie nachdenklich zurück und gießt sich noch den restlichen Prosecco in ihr Glas.

»Du hast ja recht. Natürlich weiß ich, dass er viel mehr für mich empfindet. Und ganz ehrlich, ich habe mir auch eingeredet, dass sich da noch mehr entwickeln kann. Leider ist das nicht eingetroffen«, zerknirscht schaue ich sie an und trinke das Glas mit einem Zug leer.

»Es tut mir echt leid, dass eure Beziehung sich nicht so entwickelt hat, wie du es dir gewünscht hast. Ich weiß, wie sehr du Christian schätzt und magst. Aber zu einer dauerhaften Beziehung gehören auch echte und innige Gefühle und die sind bei dir, trotz aller Anstrengung nicht eingetreten. Deshalb brauchst du dir auch kein schlechtes Gewissen zu machen. Du hast es wirklich versucht!« Ina lächelt mich verständnisvoll an und streicht mir über die Wange.

»Danke. Du bist die Beste!«, gebe ich erleichtert zurück und nehme sie liebevoll in die Arme. Sanft schiebt sie mich zur Seite und meint grinsend: »Hey, Marie, wir sind hier, um uns zu entspannen und eine gute Zeit zu haben, oder? Deshalb fangen wir sofort damit an. Lass uns jetzt endlich in das einladende Restaurant gehen. Ich habe einen Mordshunger!« Jetzt muss auch ich lächeln und gebe eilig zurück: »Gute Idee, meine Liebe. Außer dem langweiligen Wasser hat mein Bauch auch den ganzen Tag noch nichts bekommen. Lass uns gehen!« Keine zehn Minuten später sitzen wir in unserem Hotel auf der Terrasse des Restaurants. Die Sonne ist mittlerweile schon fast am Horizont untergegangen und die Wellen des Meeres schlagen sanft an den weißen Strand.

»Endlich wieder Meer!«, stoße ich erleichtert aus und zwinkere meiner Freundin zu, die schon die Speisekarte inspiziert.

»Oh, Marie! Schau dir mal die herrlichen Gerichte an! Bei meinem Hunger könnte ich mir glatt alles bestellen!« Ina lacht mir schelmisch zu und reicht mir die Karte. Schnell überfliege ich die köstlichen Leckereien. Mein Blick bleibt auf einer Paella mit Meeresfrüchten hängen.

»Einfach herrlich! Die nehme ich«, antworte ich lachend und zeige auf die Karte.

»Hey! Paella, die nehme ich auch. Tja, wenn wir schon in Spanien sind!« Ina ruft den gut aussehenden Kellner an den Tisch und bestellt uns beiden Rotwein dazu. Meine Freundin spricht mittlerweile sehr gut italienisch und kann sich auch in Spanisch verständigen.

»Muchas gracias«, funkelt sie lächelnd dem Kellner zu, als dieser kurze Zeit später das Essen serviert.

»Oh, Ina. Das Flirten hast du in Italien bei deinem Lino

anscheinend nicht verlernt!«, scherze ich und hebe mein Rotweinglas.

»Auf wunderschöne Urlaubstage, Marie! Und das mit dem Flirten werden wir üben. Salud!«, gibt sie grinsend zurück.

Die Sonne blinzelt mir ins Gesicht, als ich langsam die Augen öffne. Ina liegt noch schlafend neben mir und räkelt sich entspannt unter ihrer Bettdecke. Oh, mein Kopf brummt wie ein Bienenhaus! Vorsichtig setze ich mich auf die Bettkante. Der Rotwein gestern Abend schmeckte einfach zu lecker. Leider haben wir dann doch ein Gläschen zu viel davon getrunken, geht es mir durch den Kopf. Langsam schleiche ich mich auf den Balkon. Sofort werden alle meine Lebensgeister wieder geweckt, als ich das glitzernde Meer in der Morgensonne vor mir sehe. Der leichte Sommerwind weht mir sanft ins Gesicht. Was für ein wunderschöner Anblick, denke ich verzückt und genieße jeden Augenblick dieses herrlichen Moments. Warum bin ich nicht schon früher ans Meer gefahren?, stelle ich mir selbst die Frage. Immer habe ich Rücksicht auf die Kinder genommen. Natürlich, Lotta brauchte mich für Sophie. Leider hatte ich keine Zeit für einen Urlaub an meinem geliebten Meer! Und Christian? Auch er ist mit dem Reitgestüt vollauf beschäftigt, sodass ich meinen Traum vom Leben am Meer vergaß … Das letzte Mal war ich mit Gerrit am Meer, kommt es mir jetzt wieder schmerzhaft in den Sinn. Unsere kurze, aber intensive Zeit liegt nun auch schon einige Jahre zurück. Gerrit! Wie es ihm wohl geht? In meinem Magen zieht sich alles zusammen. Plötzlich sind die Bilder von ihm wieder präsent. Sein herzliches und verschmitztes Lächeln sehe ich vor mir, als ob es gestern gewesen wäre …

»Moin, Marie! Schon ausgeschlafen? Oh Gott, mir brummt der Schädel!« Ina steht plötzlich grinsend hinter mir und holt mich aus meinen Gedanken.

»Ähm, ja. Ich genieße die ersten Sonnenstrahlen. Es ist einfach herrlich hier!«, gebe ich noch immer etwas abwesend zurück. Liebevoll lege ich meine Arme um ihre Schultern und flüstere: »Danke, Ina, dass du mich mit diesem Urlaub überrascht hast. Ich glaube, ich würde immer noch in Deutschland Frust schieben, wenn du mich nicht überrumpelt hättest.« Grinsend schiebt sie mich sanft von sich weg und meint mit hochgezogenen Augenbrauen: »Tja, manchmal muss ich dich einfach zu deinem Glück schubsen, meine Liebe!« Meine Freundin! Wie recht sie wieder einmal hat, denke ich gerührt und die Tränen bahnen sich spontan ihren Weg.

»Hey! Wir haben hier das tollste Wetter, das beste Hotel und sind die besten Freundinnen ever? Also, warum weinst du, Marie?« Ina schaut mich fragend an und nimmt sanft meine Hand.

»Das ist es ja gerade! Ich bin so glücklich, dass du meine Freundin bist. Du hast mir wieder einmal mehr gezeigt, dass es außer Haushalt, Kinder und Verpflichtungen auch noch ein Leben da draußen gibt!«

»Genau! Und das schauen wir uns jetzt genauer an!«, grinst sie mich schelmisch an.

»Lass uns jetzt erst einmal frühstücken und dann schauen wir uns das Städtchen hier an. Okay?«

»Gute Idee, Ina. Mein Magen verlangt auch schon nach einem leckeren Cappuccino und einem herzhaften Käsebaguette!«, gebe ich schmunzelnd zurück. Schnell springe ich unter die Dusche. Auch Ina beeilt sich mit ihrer Morgentoilette, sodass wir keine dreißig Minuten später auf der sonnenüberfluteten Terrasse des Hotels sitzen.

»Ist das nicht traumhaft, Marie?« Meine Freundin strahlt wie ein Honigkuchenpferd, als sie sich schon das dritte Croissant auf ihren Teller legt.

»Ja, fantastisch, dieses Frühstücksbüfett ist echt der Hammer! Alles, was das Herz begehrt. Ich denke, wir werden in dieser Woche bestimmt zehn Kilo zunehmen, wenn wir nicht aufpassen!« Lachend nehme ich mir noch einen Löffel von dem leckeren Obstsalat.

»Puh! Da kann man einfach nicht aufhören, bei all den Köstlichkeiten«, erwidert Ina und schiebt sich eine Scheibe knusprigen Schinken in den Mund.

»Und wenn schon, Marie, wir genießen jede Sekunde! Kalorien können wir auch zu Hause wieder zählen!«, schiebt sie noch mit halbvollem Mund hinterher. Der Cappuccino schmeckt herrlich und ich proste meiner Freundin mit meiner Tasse lachend zu.

»Das war jetzt aber wirklich das letzte Croissant, Marie, sonst platzt du aus allen Nähten. Schließlich wollen wir doch noch in die Stadt, oder?!« Ina grinst und schaut mich mit ihren blauen Augen erwartungsvoll an.

»Natürlich! Wir machen uns jetzt eine schöne Zeit in Castelldefels und heute Nachmittag legen wir uns an den herrlichen Sandstrand«, gebe ich aufgeregt zurück.

»Okay. Alles klar. Vielleicht sollten wir uns an der Hotelrezeption ein paar Insidertipps abholen, was meinst du, Marie?«

»Gute Idee, Ina. Schließlich wissen die Einheimischen hier am besten, wo die schönsten Winkel der Stadt sind.« Eilig nehme ich meinen praktischen Lederrucksack über die Schulter und Ina ihre Designerhandtasche. Meine Freundin! Schon früher hatte sie ein Faible für teure Handtaschen. Ich weiß noch, als Ina sich vor etlichen Jahren ihre erste Designerhandtasche kaufte. Achthundert Euro hat das edle Teil sie gekostet! Angesichts der Tatsache, dass sie damals achthundert Euro im Monat verdient hat, war das schon eine erhebliche Investition. Leider sahen wir deshalb für mehrere Wochen keine Disco mehr von innen mangels Bargeld! Aber wir haben es gemeinsam durchgestanden. Denn wie heißt es doch so schön … geteiltes Leid ist halbes Leid! Wenn ich daran denke, muss ich heute noch schmunzeln. Tja, so ist sie, meine Freundin. Sie hatte schon immer einen leichten Hang zum Extravaganten. Im Gegensatz zu mir. Ich mache mir absolut nichts aus ausgefallenen Designerhandtaschen, -küchen, -tapeten oder sonstigen exklusiven Dingen. Ina hat sich schon des Öfteren über meinen minimalistischen Lebensstil echauffiert. Zum Glück hat sie mit ihrem Lino einen Mann an ihrer Seite, der ihr ihre oft kostspieligen Wünsche erfüllt. So unterschiedlich wir beide in dieser speziellen Angelegenheit auch sind, so gleich ticken wir in vielen anderen wichtigen Dingen des Lebens. Sie ist eine superherzliche, ehrliche und großzügige Freundin und dafür liebe ich sie von ganzem Herzen!

»Hallo, Marie! Komm schon, oder träumst du wieder?« Ina schubst mich sanft in die Seite und schiebt mich Richtung Hotellobby. An der Rezeption steht eine Menschenschlange an.

»Ach du meine Güte, was ist denn hier los? Gibt es etwas gratis?«, sagt sie erstaunt und verdreht ihre Augen.

»Heute sind viele neue Urlauber angekommen, vielleicht liegt es daran«, bemerke ich und schaue auf meine Uhr.

»Oh, schon fast zwölf Uhr, Ina. Ich denke, wir müssen heute ohne Touristinfo auskommen, wenn wir noch etwas von der Stadt sehen wollen! Ina nickt mir zu und meint grinsend: »Vielleicht treffen wir unterwegs ja noch einen feurigen Spanier, der uns den Weg zeigt!«

»Haha, meinst du, ein heißblütiger Spanier wartet auf zwei deutsche Muttis, die sich verlaufen haben?«, gebe ich lachend zurück und ziehe Ina nach draußen. Keine fünf Minuten später laufen wir Richtung Stadt. Mittlerweile steht die Sonne hoch am Himmel und der leichte Wind kühlt unsere noch blasse Haut. Ina hat sich, wie immer im Sommer, ihre Basecap über ihre blonden Locken gesetzt. Ihre Haut ist sehr empfindlich und sie bekommt schnell eine Sonnenallergie.

»Puh, ist das heiß! In Castelldefels trinke ich als Erstes eine kalte Apfelschorle«, sagt sie stöhnend und hebt ihre rechte Augenbraue nach oben. Das ist das sichere Zeichen, dass meine beste Freundin leicht überfordert ist.

»Hey, Ina. Weit kann es doch nicht mehr sein. Der Wegweiser am Hotel zeigte doch eindeutig in diese Richtung!«, antworte ich unsicher.

»Das Hotel liegt aber schon gefühlt zehn Stunden hinter uns, langsam müssten wir doch wenigstens ein paar Häuser sehen!«, gibt sie leicht gereizt zurück. Mir brennen auch langsam die Füße in meinen Sneakers und mein Mund ist trocken wie die Wüste Gobi.

»Das ist ja wieder typisch! Verlaufen wir uns schon am zweiten Tag und rennen bei dreißig Grad in der Mittagshitze durch Spanien!«, gebe ich seufzend zurück. Spontan lasse ich mich auf die Erde plumpsen. Ina schaut mich von oben irritiert an und meint kopfschüttelnd.

»Hallo, Marie! Schlappmachen gilt nicht, oder hast du vor hier zu übernachten? Außerdem schau dir mal den Himmel an. Wenn wir uns jetzt nicht beeilen, bekommen wir eine erfrischende Dusche gratis!« Ach du meine Güte! Jetzt sehe ich es auch, über uns ziehen dunkle Wolken auf, auch der Wind wird merklich frischer. Mit einem Satz bin ich wieder auf den Beinen. Denn wenn ich eines nicht ausstehen kann (außer enge Räume, Höhe und Flugzeuge …), sind es Wärmegewitter im Sommer!

»Mensch, Ina, wir müssen uns jetzt echt ranhalten! Das sieht mir nicht gemütlich aus, was sich da am Himmel zusammenbraut!« Eilig rennen wir Hand in Hand die Straße entlang, als es plötzlich über uns zu grollen anfängt. Keine fünf Sekunden später kracht ein gewaltiger Blitz neben uns ein und das Donnern hallt in meinen Ohren.

»Oh mein Gott! Jetzt wird es richtig ungemütlich!«, ruft Ina laut aus. Der Wind wird immer stärker und der nun einsetzende Regen macht es uns auch nicht leichter.

»Da, da vorne, die ersten Häuser! Ein Glück!«, schreie jetzt auch ich gegen den Wind. Klatschnass kommen wir zehn Minuten später in einer kleinen spanischen Bodega an. Der freundliche Wirt reicht uns zwei saubere Handtücher und meint schmunzelnd in gebrochenem Deutsch: »La dama, sinde aber nass von die spanisse Regen!« Ina und ich schauen uns an und antworten wie aus einem Mund: »Gracias! Vielen Dank!« Dann erzählen wir ihm, dass wir uns wohl total verlaufen und die Zeit vergessen haben. Als wir das Gewitter bemerkten, war es schon zu spät.

»Eine Abkühlung haben wir auf diesem Wege auf jeden Fall bekommen«, lacht Ina und rubbelt sich ihre Haare trocken. Jetzt muss auch ich herzhaft lachen und antworte: »Allerdings! Erfrischt sind wir jetzt allemal!« Draußen hat sich das Gewitter mittlerweile verzogen und die Sonne kommt wieder zum Vorschein.

»Setzen wir uns raus, Marie, dann trocknen unsere Haare besser und unsere Klamotten auch!« Ina zieht mich nach draußen, wo wir es uns auf der gemütlichen Terrasse in der Sonne bequem machen.

»Das war ja ein blitzartiger Anfang unseres Urlaubes!«, grinst mich meine Freundin an und nimmt einen Schluck von ihrem Espresso, den wir uns bei dem netten Wirt bestellten.

»Oh ja! Im wahrsten Sinn des Wortes! Wenn der Urlaub so aufregend weitergeht, wie er angefangen hat, können wir uns auf was gefasst machen«, gebe ich schmunzelnd zurück. Die Sonne scheint warm vom hellblauen Himmel, als ob es nie ein Gewitter gegeben hätte und auch der Wind ist komplett verschwunden.

»Das gibt es hier wohl öfter im Sommer. Kurze, aber heftige Gewitterregen, die es in sich haben und wir beide sind natürlich genau davon überrascht worden.« Ina trinkt ihren letzten Schluck aus der Tasse und meint: »Ah, der Espresso war herrlich! Ich glaube, ich bestelle mir noch einen, oder wollen wir weiter?« Auch ich würde gerne noch einen Espresso trinken, sehe aber beim Blick auf meine Handyuhr, dass es mittlerweile schon fast sechzehn Uhr ist.

»Tja, wenn wir noch etwas von der Stadt sehen wollen, sollten wir uns jetzt aufmachen. Außerdem müssen wir auch wieder zurück«, gebe ich zu bedenken und hole mein Portemonnaie aus dem Rucksack. Ina schaut mich von der Seite mit hochgezogenen Augenbrauen irritiert an und meint: »Also, Marie. Ich laufe bestimmt heute Abend nicht mehr zurück! Lass uns ein Taxi nehmen, so teuer wird es wohl nicht sein. Dann können wir auch noch etwas länger in Castelldefels bleiben und dort später etwas Leckeres essen!« Angesichts der Tatsache, dass meine Füße brennen und ich langsam Hunger bekomme, antworte ich zustimmend: »Gute Idee! Dann schauen wir uns das Städtchen jetzt etwas genauer an und lassen uns anschließend ins Hotel chauffieren.« Bevor wir bezahlen, bedanken wir uns noch einmal bei dem freundlichen Besitzer des Lokals. Er gibt uns noch ein paar hilfreiche Tipps mit auf den Weg und zeigt uns auf einer Karte die schönsten Fleckchen der Stadt.

»Grazias und nog einen schönen Urlaub, die Dames«, sagt er mit einem charmanten Lächeln, als wir uns verabschieden.

»Vielen Dank. Wir kommen sicher noch einmal vorbei!«, gebe ich ihm freundlich nickend zurück. Nach zirka zehn Minuten haben wir den Hauptplatz der kleinen Stadt am Mittelmeer erreicht. Es herrscht überall ein geschäftiges Treiben in den engen Gassen und ein Souvenirladen reiht sich an den nächsten.

»Oh, schau mal, Ina! Die nehme ich als Andenken für Lotta und Nele mit nach Hause!«, rufe ich begeistert aus. Zwei kleine Schlüsselanhänger mit einem silbernen Anker sehe ich in einem wunderschön dekorierten Schaufenster liegen. Auch Ina findet eine kleine Meerjungfrau aus Plüsch für ihre Tochter.

»Ach, ist die niedlich! Sophie freut sich sicher auch darüber«, sage ich grinsend und nehme alles mit zur Kasse.

»Jetzt habe ich nur für Mattis noch nichts gefunden!«, sage ich schuldbewusst in Richtung meiner Freundin, die hinter mir an der Kasse steht.

»Hey, Marie, was willst du denn deinem sechzehnjährigen Sohnemann von hier mitbringen? Ich denke, das Geld kannst du dir sparen und ihm lieber zu Hause eine Runde Pizza mit seinen Freunden ausgeben!«, grinst sie mich aufmunternd an.

»Tja, da hast du höchstwahrscheinlich recht!«, antworte ich schmunzelnd und lege die Schlüsselanhänger und die beiden Plüschmeerjungfrauen zum Bezahlen an die Kasse.

»Hallo, Marie, die eine Meerjungfrau ist doch für meine Sophie!« Ina schaut mich verwundert von der Seite an.

»Nein, lass mal. Ich bezahle beide. Tante Marie kann doch auch mal wieder etwas für die süße Kleine kaufen«, gebe ich grinsend zurück und ehe Ina ihre Geldbörse rausholen kann, habe ich schon bezahlt. Wieder draußen auf der Straße drückt mich Ina herzlich an sich und sagt gerührt: »Vielen Dank, Marie. Das wäre aber wirklich nicht nötig gewesen, okay?« Eilig antworte ich ihr: »Hey, Ina! ICH habe zu danken! Schließlich wäre ich ohne dich jetzt nicht hier unter der wunderbaren Sonne Spaniens.«

»Haha! Okay, aber dann wären dir der berauschte Hinflug und die Gewitterdusche allerdings erspart geblieben!«, grinst sie mich schelmisch an.

»Alles gut, Ina. Die kleinen Unannehmlichkeiten während unseres gemeinsamen Urlaubes bin ich ja schon gewöhnt!«, gebe ich verschmitzt zurück.

»Allerdings! Weißt du noch, wie du dich bei unserem letzten Urlaub übergeben musstest und alles auf der Hose deines netten holländischen Sitznachbarn gelandet ist?« Ina lacht schallend und schlägt sich auf die Schenkel.

»Sorry, Marie! Das war einfach zu komisch!«, schiebt sie noch eilig hinterher. Sofort ist mir die peinliche Szene wieder präsent, als ob es gestern gewesen wäre. Der

»nette Holländer«, wie Ina ihn nannte, war Gerrit! Der Mann, bei dem ich seit dem Tod von Daniel, dem Vater meiner Kinder, das erste Mal wieder Schmetterlinge im Bauch spürte! In meinem Magen krampft sich alles zusammen, als ich seinen Namen höre.

»Hey, Marie. Was ist mit dir? Du bist ja auf einmal ganz blass geworden. Entschuldigung, wenn ich dich an Gerrit erinnert habe! Denkst du noch immer an ihn?« Der Kloß im Hals sitzt tief und ich antworte leise: »Komm, lass uns etwas essen gehen, vielleicht geht es mir dann wieder besser.« Ina schaut mich mitfühlend an und nimmt meine Hand.

»Ich glaube nicht, dass deine bleiche Gesichtsfarbe vom fehlenden Essen kommt! Aber, vielleicht willst du während des Essens mit mir reden?«

»Danke, gute Idee. Hier vorne sehe ich eine gemütliche Pizzeria, setzen wir uns dort hin«, gebe ich eilig zurück und zeige auf das vor uns liegende Restaurant. Ina nickt mir lächelnd zu. Dort angekommen, ergattern wir den letzten freien Platz auf der sonnenverwöhnten Terrasse. Die naturfarbenen großen Schirme laden zum Sitzen im Schatten ein. Dort ist es bei den noch immer heißen Temperaturen angenehm kühl. Die freundliche Kellnerin kommt an unseren Tisch und wir bestellen jeder eine eiskalte Apfelschorle. Die Speisekarte sieht lecker und einladend aus, als ich darin herumstöbere.

»Herrlich!«, stoße ich erleichtert aus.

»Ich bin so froh, dass wir hier sind, Ina. Endlich mal dem Alltag entfliehen!«, schiebe ich noch hinterher.

»Ja, ich bin auch happy, dass wir endlich zusammen Urlaub

machen. War auch höchste Zeit! Nun erzähle mir aber erst einmal, was dir solche Bauchschmerzen bereitet, Marie. Hier können wir unbeschwert reden, ohne dass die Ohren der Kinder mithören! Also, raus mit der Sprache!« Meine Freundin nickt mir aufmunternd zu und nimmt einen kräftigen Schluck der Apfelschorle, die mittlerweile gebracht wurde.

»Wollen wir nicht erst bestellen? Ich habe schon etwas Hunger«, frage ich und inspiziere die Speisekarte. Auch Ina schaut interessiert auf die köstlichen Speisen.

»Ich nehme eine Pizza mit Meeresfrüchten. Wie immer!«, entgegnet sie mir grinsend.

»Okay, dann nehme ich heute mal eine Pizza Hawaii«, sage ich schnell entschlossen. Als die Bedienung vorbeikommt, nimmt sie freundlich die Bestellung entgegen und wendet sich den anderen Gästen zu. Mittlerweile ist kein Platz mehr frei und die neuen Gäste müssen auf einen freiwerdenden Platz warten.

»Scheint ja ein gutes Lokal zu sein, wenn man sich die zufriedenen Gesichter der Leute hier anschaut.« Ina schaut sich neugierig um und nippt an ihrem Glas.

»Hey, jetzt aber zu dir, Marie. Denkst du noch oft an ihn?«, kommt die direkte Frage meiner Freundin. Unsicher spiele ich mit meiner Serviette und muss schlucken, ehe ich bedrückt antworte: »Ach, Ina. Ich weiß ja auch nicht, was damals am Strand in der Toskana mit mir passiert ist. Nach dem Tod von Daniel war Gerrit der erste Mann, dem ich mein Herz wieder geöffnet habe und das ist bis heute so geblieben.«

»Mensch, Marie, dass du noch immer an ihn denkst, habe ich schon länger gespürt. Gefühle kann man nicht einfach abschalten, vor allem wenn die Liebe wirklich echt ist«, antwortet sie mir sanft und nimmt meine Hand.

»Ich habe wirklich geglaubt, dass ich ihn mit der Zeit vergessen kann. Verdammt! Ich habe es echt versucht, Ina. Aber ich bekomme ihn einfach nicht aus meinem Kopf.«

»Ähm, ich würde sagen, aus deinem Herzen, Marie!«, erwidert sie verständnisvoll. In meinen Augen sammeln sich die Tränen und ich muss erneut schlucken. Schnell hole ich ein Taschentuch aus meinem Rucksack, als die Kellnerin uns die beiden Pizzateller auf den Tisch stellt.

»Disfrute de su comida. Guten Appetit« sagt sie freundlich und ich bewundere sie für ihre Ruhe trotz der Hektik.

»Gracias«, antworten wir wie aus einem Munde und lächeln uns gegenseitig zu.

»Okay, lass uns erst einmal essen, Marie. Sonst wird die Pizza kalt. Sie sehen beide superlecker aus!« Ina nimmt ihr Besteck und schneidet ihre Pizza in gleichgroße Stücke. Typisch Ina, denke ich und muss lächeln. Alles wird erst einmal ordentlich geschnitten, bevor es verspeist wird. Auf meinem Teller herrscht wie immer eine perfekte Unordnung!

»Hm, ein Genuss! Ich weiß nicht, wann ich das letzte Mal eine so leckere Pizza gegessen habe«, sage ich zufrieden, als ich den letzten Bissen hinunterschlucke. Auch Ina macht eine positive Geste und zeigt mit dem Daumen nach oben.

»Also, in Italien gibt es die besten Pizzen, würde ich jetzt mal behaupten!«, antwortet sie grinsend.

»Aber diese war auch nicht von schlechten Eltern. Ich hatte aber auch einen Mordshunger!«, schiebt sie noch schmunzelnd hinterher.

»So, jetzt zu dir, Marie. Wie sieht es liebestechnisch bei dir aus?« Ina nippt an ihrer Apfelschorle.

»Tja, was soll ich sagen? Du weißt doch schon lange, dass ich immer noch an Gerrit denken muss. Das macht mich selbst total durcheinander. Ich weiß auch gar nicht, wo Gerrit jetzt wohnt. Der letzte Stand, und das ist auch schon fast drei Jahre her, war, dass er nach Spanien gezogen ist. Aber Spanien ist groß«, seufze ich entmutigt.

»Ach, Marie. Es tut mir so leid für dich, dass es mit Gerrit nicht geklappt hat. Vielleicht solltest du doch noch einmal nach ihm suchen. Wofür gibt es das Internet?«, antwortet sie mir lächelnd und hebt ihr Glas.

»Genau das ist ja mein Problem! Auf der einen Seite würde ich ihn gerne wiedersehen. Ich habe aber Angst davor, wenn ich ihn finde, dass er mich vielleicht nicht mehr sehen will oder noch schlimmer, verheiratet ist!« Ina schaut mich fragend an und hebt ihre rechte Augenbraue.

»Hallo! Du bist doch kein kleines Mädchen mehr, das Angst vor einem Mann hat, oder? Wenn dir dieses holländische Käsehäppchen nicht aus dem Kopf, äh … und vor allem Herzen geht, dann musst du etwas tun!« Jetzt muss ich grinsen.

»Holländisches Käsehäppchen«, so hat Ina ihn immer genannt, wenn wir über Gerrit geredet haben. Augenblicklich kommt mir Christian in den Sinn und ich antworte stockend: » Wahrscheinlich hast du wieder einmal recht, Ina. Aber da ist ja auch noch Christian. Ich habe ein unglaublich schlechtes Gewissen, wenn ich an ihn denke. Er war mir immer ein toller Freund und Partner in den letzten Jahren und du weißt, dass er sich mehr von mir wünscht«, gebe ich niedergeschlagen zurück.

»Sorry, damit kommst du mir nicht durch, Marie. Wie oft habe ich dir schon gesagt, dass es auch für Christian unfair ist, wenn du nur aus schlechtem Gewissen bei ihm bleibst!« Ina nimmt den letzten Schluck aus ihrem Glas und ihre Augen funkeln angriffslustig.

»Oh Gott! Ich weiß und doch fühle ich mich schuldig. Mein Verstand sagt mir: Nimm Christian, ziehe zu ihm auf sein Reitgestüt. Dann hat meine Mutter ihren Lieblingsschwiegersohn, Nele ihren liebevollen Ersatzpapa und alle sind glücklich!« Jetzt kann sich Ina nicht mehr zurückhalten und antwortet mit aufgebrachter Stimme: »Hey, Marie! Alles sind glücklich und was ist mit dir? Dein Herz sagt dir ganz gewiss etwas anderes, oder?!« Wieder steigen mir die Tränen in die Augen und ich schnäuze in meine noch unbenutzte Serviette.

»Verdammt! Ich fühle mich so unglücklich, Ina. Ich habe mit Christian ja schon gesprochen und ihm gesagt, dass ich nicht zu ihm ziehe. Sein Gesicht hättest du sehen müssen. Er war total fertig und meinen Kindern habe ich auch noch keinen klaren Wein eingeschenkt. Nele denkt immer noch, wir hätten uns nur etwas gestritten …« Meine Stimme versagt und ich schluchze in meine Serviette. Ina nimmt liebevoll meine Hand und sagt sanft: »Mensch, Marie! Es ist gut, dass wir beide hier sind. Endlich kannst du dir darüber im Klaren werden, wen du wirklich liebst!«

»Eigentlich weiß ich das ja schon längst …«, flüstere ich ihr mit tränennassen Augen zu.

»Komm, lass uns bezahlen und dann laufen wir noch dem Sonnenuntergang entgegen. Was meinst du?« Aufmunternd zwinkert sie mir zu und ruft, ohne meine Antwort abzuwarten, die Kellnerin. Keine zehn Minuten später rennen wir beide Hand in Hand barfuß über den weißen Sandstrand.

»Das tut richtig gut, Ina! Danke, danke für alles und dass du dir meine unendliche Geschichte immer wieder anhören musst«, sage ich glücklich, als wir beide uns völlig ausgepowert nach gefühlt einer Stunde rennen in den warmen Sand plumpsen lassen.

»Tja, dafür sind Freundinnen da. Die Wahrheit auszusprechen. Auch wenn die Wahrheit manchmal wehtun kann!«, grinst Ina mir liebevoll zu.

Nach etlichen Versuchen, ein Taxi zu ergattern, sind wir endlich wieder in unserem Hotelzimmer angekommen.

»Puh! Das war ein aufregender Urlaubstag, emotional wie

physisch. Ich bin total fertig, Ina. Ich bin froh, dass wir wieder hier sind«, sage ich erleichtert und setze mich mit einem Glas kalten Mineralwassers auf unseren Balkon. Die Sonne ist mittlerweile untergegangen und der Vollmond steht am sternenklaren Himmel.

»Oh, Ina! Ich glaube, wir müssen unsere Lieben zu Hause anrufen! Es ist schon fast zweiundzwanzig Uhr!«, rufe ich erschrocken aus, als ich auf meine Handyuhr blicke.

»Meine Güte, der Tag verging aber wirklich wie im Flug!« Meine Freundin schaut mich erschrocken an und nimmt ihr Handy zur Hand: »Okay, ich telefoniere. Bis gleich!«, gibt sie mir zwinkernd zurück und schließt die Balkontür. Auch ich rufe noch kurz zu Hause an. Meine Mutter hat zum Glück alles im Griff und die Lage ist entspannt. Von unserem Verlaufen im Unwetter habe ich ihr besser nichts erzählt. Sie würde sich nur unnötig Sorgen machen. Zufrieden schaue ich auf das dunkle Meer, auf dem die Lichter einzelner Schiffe am Horizont zu erkennen sind. Der heutige Tag hat mir einmal mehr gezeigt, dass ich diese Auszeit einfach für mich brauche und es längst überfällig war. Langsam komme ich innerlich zur Ruhe und kann die wunderschöne Zeit mit Ina richtig genießen. Dass ich mich schon längst gegen Christian entschieden habe, hat mir der heutige Tag gezeigt. Gerrit wird immer in meinem Herzen bleiben, auch wenn ich ihn nie mehr wiedersehen werde …

Kapitel 8

»Guten Morgen, Marie. Gut geschlafen?« Ina sitzt auf unserem Bett und zwinkert mir gut gelaunt zu. Gemütlich kuschele ich mich noch einmal unter meiner Decke ein und luge mit einem Auge hervor.

»Moin, Ina. Du bist schon fit? Ich bin nach dem gestrigen Tag noch immer platt«, gebe ich gähnend zurück.

»Ach Gott! Marie, du wirst alt!«, kommt prompt die Antwort meiner Freundin. Lachend nimmt sie ihr Kissen und wirft es mir zu.

»Hey, Ina! Danke für deine Einschätzung!«, gebe ich grinsend zurück.

»Ich denke, wir machen uns heute einen gechillten Strandtag, was meinst du?« Ina ist mittlerweile aufgestanden und holt sich ihre verschiedenen Bikinis aus dem Schrank.

»Welcher soll es heute sein?«, sagt sie grinsend in meine Richtung und hält sie sich gekonnt vor ihren Körper. Ina hat noch immer eine super Figur und die Schwangerschaft hat ihr in keiner Weise geschadet, denke ich bewundernd, als ich sie vor dem Spiegel posieren sehe.

»Du kannst doch alles tragen. Im Gegensatz zu mir!«, antworte ich ehrlich und schaue kritisch an mir herunter. Die drei Schwangerschaften haben ihre Spuren hinterlassen, denke ich abschätzend.

»Oh Gott! Ich habe keine große Auswahl an Bikinis dabei. Am liebsten würde ich sowieso meinen Badeanzug anziehen!«, antworte ich ehrlich und ziehe die Augenbrauen nach oben.

»Das kommt ja überhaupt nicht in Frage! Schließlich wollen wir doch etwas Farbe abbekommen, wenn wir schon hier an diesem wunderbaren Strand sind!« Ina schaut mich entrüstet an und wirft mir einen ihrer Zweiteiler zu.

»Diesen probierst du jetzt an. Ich denke, darin machst du eine großartige Figur. Er ist nicht knapp geschnitten und mir leider etwas zu groß!« Jetzt bin ich endgültig wach und springe eilig aus dem Bett.

»Mensch, Ina. Ich weiß, dass du es nur gut meinst mit mir. Danke dafür! Aber, du hast gut reden. Deine Figur ist noch genauso top wie vor zwanzig Jahren, im Gegensatz zu meiner! Ich hatte schon vor ein paar Jahren in unserem Toskanaurlaub nicht die Modelfigur, geschweige denn heute«, gebe ich ernüchtert zurück und schaue in den Spiegel. Was ich da sehe, ist eine ganz normale Mittvierzigerin mit den bekannten Dellen an den Oberschenkeln und Brüsten, die drei Kinder gestillt haben! Seufzend halte ich den Bikini hoch und sage einlenkend: »Okay, weil du es bist! Ich probiere ihn an!« Schnell ziehe ich meine kurzen Schlafshorts aus und den Bikini an.

»Halloo … Marie! Du siehst damit einfach umwerfend aus. Die Farbe steht dir viel besser als mir. Das knackige Zitronengelb wirkt bei deiner natürlichen Bräunung super! Ich sah mit meiner blassen Haut einfach schrecklich damit aus!« Meine Freundin sieht mich bewundernd an und streckt den Daumen nach oben. Und tatsächlich gefalle ich mir das erste Mal in einem Zweiteiler richtig gut. Er hat eine super Passform und das Höschen verbirgt meinen nicht mehr straffen Bauch perfekt. Das Oberteil hält meine Brüste natürlich in Form und die raffinierte Neckholderschnürung macht ein schönes Dekolleté. Überrascht antworte ich: »Ähm, ja, ich muss sagen, er sieht nicht schlecht aus.«

»Nicht schlecht?! Marie, du siehst fantastisch aus!« Ina ist total aufgedreht und ruft begeistert: »Darf ich vorstellen! Germanys Next Topmodel!« Jetzt kann ich mich nicht mehr halten vor Lachen und pruste los: »Haha, da muss ich aber noch etwas an mir arbeiten! Vielleicht könnte ich ein Facelifting und eine Bruststraffung in Erwägung ziehen. Eventuell noch eine kleine

Laserbehandlung gegen Cellulitis und Besenreißer. Nicht zu vergessen, Permanent-Make-up und Extensions. Dann könnte ich mich dort anmelden!« Meine Freundin ruft lauthals aus: »Hihi, dann klappt's auch mit dem Nachbarn!« Lachend liegen wir uns in den Armen und die Tränen laufen uns vor Übermut übers Gesicht. Nach gefühlt einer halben Stunde beruhigen wir uns beide wieder und Ina sagt grinsend: »Puh! Das tat gut. So gelacht habe ich schon lange nicht mehr! Marie, du und dein trockener Humor. Einfach göttlich!« Glucksend antworte ich: »Oh mein Gott! Es war herrlich! Aber, apropos trockener Humor. Ich habe jetzt einen total trockenen Mund vor Lachen!« Eilig springe ich auf und hole uns eine Flasche eisgekühlten Prosecco und zwei Sektgläser aus der Minibar. Ina schaut mich ungläubig an und sagt grinsend: »Oh, Marie, was ist denn mit dir passiert? Alkohol vor dem Frühstück? Du wirst doch nicht vom Pfad der ewigen Tugend abkommen?!«

»Sorry, aber wir haben leider kein Mineralwasser mehr im Schrank und außerdem haben wir Urlaub!«, gebe ich schmunzelnd zurück und öffne mit einem lauten Knall die Sektflasche.

»Prosit, Ina! Jetzt fängt unser Urlaub erst richtig an!«, schiebe ich noch mit einem süffisanten Lächeln hinterher …

Nach dem Frühstück liegen wir kurze Zeit später am herrlich weißen Sandstrand vor dem Hotel. Genüsslich räkele ich mich auf meinem Badetuch und schaue in den blauen Himmel.

»Ach, Ina. Hier ist es einfach fantastisch! Ich kann dir gar nicht oft genug sagen, wie dankbar ich dir bin, dass du diese Woche geplant hast«, sage ich entspannt in Richtung meiner Freundin, die sich gerade aufsetzt und mir schelmisch zulächelt.

»Genau deshalb habe ich es auch gemacht, Marie. Es war allerhöchste Zeit, dass du endlich mal wieder Meerluft schnupperst!«

»Ja, es war echt Zeit! Ich hatte schon ganz vergessen, wie

schön es am Meer ist. Das letzte Mal war ich in Holland und daran habe ich leider keine so guten Erinnerungen …«, antworte ich stockend und setze mich auf.

»Jetzt sind wir hier und genießen unsere gemeinsame Woche. Was gewesen ist, ist vorbei! Du musst jetzt nach vorne schauen und dein Leben so gestalten, wie du es wirklich möchtest.« Ina zwinkert mir aufmunternd zu.

»Komm, lass uns eine Runde im Meer schwimmen. Puh, mir ist fürchterlich heiß!« Eilig springt sie auf und zieht mich zu sich hoch.

»Hey, Ina, langsam! Eine alte Frau ist kein D-Zug!«, rufe ich ihr lachend zu. Hand in Hand rennen wir ins herrlich warme Mittelmeer und tauchen in die Wellen ein. Nach gefühlt einer Stunde kommen wir erschöpft, aber überglücklich vom Schwimmen auf unsere Badetücher zurück.

»Herrlich! Ich hätte noch stundenlang im Wasser treiben können. Aber jetzt bin ich ziemlich k.o. Wir sind halt nicht mehr die Jüngsten, Ina!«, lache ich meine Freundin verschmitzt an und schiebe meine Sonnenbrille auf die Nase.

»Oh, oh! Sag das nicht, Marie. Ich denke, wir können noch sehr gut mithalten. Außerdem finde ich mein momentanes Alter perfekt. Mitte vierzig? Das hat doch was. Ich möchte keinen Tag jünger sein. Ich genieße mein Leben so, wie es gerade ist, in vollen Zügen!« Ina sieht strahlend zu mir rüber und ich glaube ihr jedes Wort. Sie sieht einfach zufrieden und glücklich aus. Abgesehen von ihrer Topfigur, die jeder zwanzigjährigen Konkurrenz machen könnte. Meine Freundin hat mit ihrem Ehemann Lino wirklich einen Glücksgriff gemacht. Er trägt sie auf Händen und die beiden lieben sich noch immer, obwohl sie jetzt auch schon einige Jahre verheiratet sind. Wer hätte das gedacht, als sie sich damals im Urlaub in Italien kennen und lieben lernten!

»Mensch, Ina. Dir sieht man dein Glück wirklich an und ich

freue mich von Herzen für dich!«, gebe ich lächelnd zurück und male gedankenversunken kleine Herzen in den Sand. Leider habe ich mit den Männern nicht so viel Glück. Zuerst verstarb Daniel, meine erste große Liebe und Vater meiner drei Kinder. Die Zeit danach war sehr schwierig und ich dachte, ich könne mein Herz nie mehr öffnen für einen neuen Mann. Es hat auch ein paar Jahre gedauert, bis ich das Gefühl für einen Mann wieder zuließ. Dann kam Gerrit in mein Leben und ich spürte wieder Schmetterlinge in meinem Bauch! Bis heute hält diese Faszination für diesen Mann an, obwohl ich alles versuchte ihn zu vergessen.

»Hallo, Marie, geht es dir gut? An wen denkst du?« Ina holt mich aus meinen Gedanken und schaut mich interessiert an. Leise antworte ich: »Du weißt sicher, an wen ich denke, oder? Leider bin ich mit Gerrit nicht zusammengekommen, wie du mit Lino. Verstehe mich bitte nicht falsch. Ich freue mich, dass es bei euch so gut gepasst hat und Sophie hat eure kleine Familie komplett gemacht ...« Langsam versagt mir die Stimme und die Tränen bahnen sich hinter meiner dunklen Sonnenbrille ihren Weg. Verdammt! Ich wollte nicht weinen, denke ich bedrückt und versuche krampfhaft zu lächeln. Da spüre ich liebevoll Inas Hände, die mir sanft über die Wange streichen, verständnisvoll sagt sie: »Marie, ich weiß doch, dass du mir und Lino immer nur das Beste gewünscht hast. Mach dir bitte keine Sorgen! Du brauchst dich nicht zu entschuldigen. Alles ist gut.« Jetzt spüre ich wieder einmal mehr, was ich für eine wundervolle Freundin habe, und stoße erleichtert aus: »Ach, Ina. Was würde ich nur ohne dich tun? Du verstehst mich oft besser als ich mich selbst!« Ina schaut mich gespielt ernst an und sagt mit hochgezogener Augenbraue: » Hobbypsychologin Ina Pecconi. Immer dienstbereit!« Jetzt müssen wir beide herzhaft lachen und lassen uns übermütig rückwärts in den warmen Sand fallen.

»Was machen wir heute Abend, meine Hobbypsychologinnenfreundin«, frage ich Ina, die sich aus ihre blonden Locken den Sand schüttelt.

»Wie wäre es mit einem Pianoabend an unserer Hotelbar? Ich habe gelesen, dass heute Abend ein toller Pianist im Hotel spielt!«, gibt sie aufgeregt zurück und bindet sich ihre blonde Mähne mit einem bunten Haargummi zusammen.

»Gute Idee! Dann lass uns jetzt gehen und uns den Sand von der Haut duschen. Äh, ich meine natürlich auch aus den Haaren. Du Ärmste musst mit deinen Locken wieder stundenlang unter der Dusche stehen! Da habe ich es mit meiner Raspelfrisur bedeutend einfacher!«, grinse ich ihr zu und fahre durch meinen kurzen braunen Schopf. Eilig packen wir unsere Sachen zusammen und machen uns auf den Rückweg.

»Ach du meine Güte! Ich glaube, ich habe den ganzen Sandstrand in meinen Haaren!«, höre ich Ina rufen, als wir kurze Zeit später wieder in unserem Hotelzimmer angekommen sind. Sie ist gefühlt schon eine Stunde im Badezimmer, um sich den Sand aus ihren prachtvollen Haaren zu waschen. Endlich kommt sie auf den Balkon, wo ich es mir schon mit einer gekühlten Apfelschorle gemütlich gemacht habe.

»Ah! Rapunzel! Auch ein Getränk gefällig?«, necke ich meine Freundin lachend.

»Danke der Nachfrage, Prinzessin Tausendschön! Ich nehme ein Mineralwasser!«, grinst sie mich verschmitzt an und holt sich eine Flasche aus der Minibar.

»Zum Glück ist die Minibar wieder reichlich gefüllt!«, entgegne ich schelmisch und nehme noch einen Schluck aus meinem Glas.

»Ich bin mal gespannt auf unsere Endabrechnung. Wir haben wahrscheinlich in der Woche mehr in Getränke als in Essen investiert!«, schiebe ich noch lachend hinterher. Ina grinst mich an und meint: »Wie sagte mein Onkel väterlicherseits immer: Was man essen kann, kann man auch trinken!«

»Haha, guter Spruch. Muss ich mir merken!«, pruste ich los und gieße mir den letzten Schluck in mein Glas. Ina schaut mich spitzbübisch an und meint: »Hey, Marie. Jetzt aber ab unter die Dusche, oder willst du mit deinem Bikini in die Pianobar? Ähm, im Übrigen wäre es vielleicht keine schlechte Idee. Der steht dir echt großartig und du hast heute am Strand richtig schön Farbe bekommen. Im Gegensatz zu mir. Schrecklich! Ich bleibe einfach immer bei meiner vornehmen Blässe!« Ina verdreht die Augen und schaut kritisch an sich herunter. Meine Hautfarbe ist wirklich das Schönste an mir, denke ich zufrieden, als ich meine schön gebräunten Beine sehe. Ich hatte noch nie im Leben einen Sonnenbrand. Im Gegensatz zu Ina, die schon bei den ersten leichten Sonnenstrahlen eine Sonnenallergie bekommt.

»Hey, Ina. Gönn mir doch auch etwas! Du bist schon von Mutter Natur mit einer herrlichen Haarpracht und wunderschönen blauen Augen gesegnet worden, von deiner großartigen Figur ganz zu schweigen!«, gebe ich gespielt entrüstet zurück, als ich im Badezimmer verschwinde.

»Ich gönne dir doch alles, meine Freundin. Ich hoffe, das weißt du!«, ruft Ina mir lachend hinterher. Eine Viertelstunde später komme ich frisch geduscht und gut gelaunt aus der Dusche. Meine kurzen braunen Haare sind fast schon trocken, bevor ich überhaupt angezogen bin. Da bin ich klar im Vorteil gegenüber Ina, die mit ihren langen Locken zu kämpfen hat.

»Du hast es gut, Marie! Dein pfiffiger Kurzhaarschnitt sitzt immer, ohne dass du etwas dafür tun musst!« Meine Freundin steht neben mir und schaut sich im Spiegel ihre Mähne an. Mit einem grobzinkigen Kamm zieht sie an ihren Haaren und versucht die Locken zu entwirren.

»Verdammt! Heute sind sie aber wieder besonders widerspenstig!«, schimpft sie lautstark vor sich hin und zieht dabei eine Grimasse, die mich an Louis de Funès in dem Film »Der Gendarm von Saint Tropez« erinnert!

»Hihi, Ina. Ich könnte mich weglachen, wenn du diese Gesichter schneidest. Einfach köstlich!«, antworte ich prustend.

»Das hast du echt drauf!«, schiebe ich noch glucksend vor Lachen hinterher.

»Danke für das Kompliment, dass ich aussehe wie Louis de Funès!« Ina schaut mich grinsend an und legt den Kamm zur Seite.

»Das muss reichen! Ich denke, für heute Abend ist es ganz okay. Außerdem wollen wir ja zu keiner Oscarverleihung!« Unschlüssig stehe ich vor dem Kleiderschrank und schaue verzweifelt zu meiner Freundin, die mittlerweile vor mir auf dem Bett sitzt: »Also, was soll ich anziehen? So wahnsinnig viel Abendausgehklamotten habe ich nicht dabei, Ina!« Eilig nehme ich das nachtblaue Neckholderkleid vom Bügel und halte es vor mich.

»Was meinst du? Ist das okay?« Ina zieht die Augenbrauen nach oben, was entweder etwas Gutes oder etwas Schlechtes bedeutet.

»Wow! Mensch, Marie. Schau dich doch mal an! Du siehst fantastisch damit aus. Die Farbe des Kleides lässt deinen gebräunten Teint noch intensiver aussehen!« Begeistert hebt sie den Daumen nach oben und zwinkert mir schelmisch zu.

»Wenn du heute Abend, mit diesem Outfit keinen tollen Mann kennen lernst, dann weiß ich auch nicht weiter!«, schiebt sie noch grinsend hinterher.

»Danke für die Blumen, Ina! Ich habe genug Probleme und wollte mir nicht noch ein Problem mehr ans Bein binden!«, antworte ich stöhnend, als ich das Kleid überziehe.

»Hey, Marie! Warum denkst du schon wieder negativ? Es könnte doch sein, dass du hier einen attraktiven, charmanten, intelligenten und liebenswerten Mann kennen lernst, in den du dich Knall auf Fall verliebst!« Meine Freundin macht einen Kussmund und schickt mir einen Handkuss zu.

»Haha, sehr lustig! Und dieser Mann ist dann mit Sicherheit verheiratet mit einer entzückenden Frau, hat fünf Kinder und wohnt tausendfünfhundert Kilometer von mir entfernt! Oh Gott! Nee, lass mal gut sein. Deine Fantasie in allen Ehren, aber ich habe von Urlaubsbekanntschaften genug. Sorry, Ina, du und dein Lino seid natürlich die rühmliche Ausnahme!«, gebe ich eilig schmunzelnd zurück. Jetzt kommt Leben in meine Freundin und mit einem Satz ist sie bei mir und nimmt mich in ihre Arme.

»Hey, Marie! Lass es doch einfach auf dich zukommen. Wie sagte Tom Hanks in dem wunderschönen Film ›Forrest Gump‹: Das Leben ist wie eine Pralinenschachtel, man weiß nie, was man bekommt!« Liebevoll streiche ich ihr über die Wange und antworte sanft: »Ach, Ina. Vielleicht hält das Leben noch eine riesengroße Praline für mich bereit …« Zwinkernd grinst sie mich an und meint: »Mit Sicherheit, Marie! Du musst nur zugreifen, wenn sich die Chance bietet!«

Endlich sitzen wir in der gut gefüllten Bar des Hotels. Ina hatte sich noch mehrmals umgezogen, bis sie letztendlich doch bei ihrem ersten Outfit blieb! Sie sieht wie immer klasse aus. Ihre blonden Locken leuchten im schimmernden Licht und ihre blauen Augen strahlen mich glücklich an. Ihr beigefarbener Jumpsuit unterstreicht ihre tolle Figur. Ina ist wirklich mit einer wunderschönen äußeren Erscheinung gesegnet. Aber nicht nur das Äußere ist bei ihr perfekt. Sie hat auch noch einen wundervollen Charakter, denke ich bewundernd und sehe die Blicke der Männer, die sie verstohlen ansehen. Und dennoch hatte Ina kein großes Glück mit den Männern. Bevor sie ihren Lino kennen lernte, hatte sie schon eine Reihe von Fröschen geküsst. Denn keiner wollte eine feste Bindung mit ihr eingehen, was sie sehr unglücklich machte und manchmal fast verzweifeln ließ. Gott sei Dank verliebte sich Lino genauso in sie, wie Ina sich in ihn verliebte! Die beiden sind auch nach etlichen Jahren noch ein echtes Traumpaar, denke ich gerührt, als sie mir jetzt strahlend gegenübersitzt.

»Was wollen wir trinken, Marie?« Ina sieht sich die Getränkekarte genauer an und tippt auf die verschiedenen Cocktails.

»Ich nehme einen Cuba Libre und du?« Schnell überfliege ich die Karte.

»Ähm, also. Außer dem ausgiebigen Frühstück haben wir nicht viel gegessen. Ich nehme einen alkoholfreien Cocktail mit Früchten. Du weißt ja auch, dass ich nicht wirklich viel vertrage!«, antworte ich eilig.

»Okay, du Spaßbremse!«, gibt sie lachend zurück und ruft den Barkeeper, der die Bestellung entgegennimmt.

»Einen Cuba Libre und für meine Freundin, einen alkoholfreien Cocktail mit Früchten, bitte!« Der gut aussehende spanische Barkeeper strahlt mit seinen weißen Zähnen um die Wette, als er antwortet: »Gracias, Señora!«, und gekonnt den Cocktailshaker schüttelt.

»Oh Gott! Das ist mir ja ein heißer Feger«, flüstere ich Ina leise schmunzelnd ins Ohr. Die südländischen Männer haben immer etwas besonders Lässiges, denke ich, als ich den Barkeeper beobachte, als er unsere Cocktails gekonnt in die bereitgestellten Gläser füllt.

»Salud!«, sagt er freundlich und schiebt uns die Cocktails zu.

»Salud! Auf einen schönen Abend!« Ina lacht mich erwartungsvoll an und hebt ihr Glas zum Toast.

»Den werden wir bestimmt haben!«, grinse ich zurück und nehme einen ersten Schluck von meinem Cocktail.

»Hm, lecker! Auch ohne Alkohol schmeckt er super!«, schiebe ich schmunzelnd hinterher. Auch Ina nimmt einen kräftigen Schluck und strahlt über das ganze Gesicht, begeistert sagt sie:

»Ah, wie herrlich! Ich glaube, wir sind im Paradies, Marie! So einen leckeren Cuba Libre habe ich selbst in Italien noch nicht getrunken. Einfach köstlich!« Der nette Barkeeper winkt uns lachend zu, ehe er sich den anderen Gästen an der Bar widmet.

»Tja, Ina, ich glaube, der Typ versteht etwas von seinem Handwerk!«, antworte ich grinsend und nehme den nächsten Schluck aus meinem Glas. Auch meine Freundin ist begeistert und zieht genüsslich an ihrem Strohhalm.

»Heute Abend lassen wir es krachen. Wir haben niemandem Rechenschaft abzulegen. Okay, ich meinem Lino! Aber du, Marie, kannst tun und lassen wonach dir gerade ist. Also genieße es und denke nicht mehr so viel nach, meine Liebe!« Ina nickt mir übermütig zu und hebt ihr Glas. Vielleicht sollte ich wirklich weniger nachdenken? Schließlich bin ich hier, um Spaß zu haben!, denke ich und lächele Ina zu, die sich schon ihren zweiten Cocktail bestellt.

»Okay! Für mich auch einen Cuba Libre«, gebe ich lachend zurück und winke dem charmanten Barkeeper zu. Mittlerweile hat der Pianist am Klavier Platz genommen. Keine Minute später hören wir traditionelle spanische Flamencoklänge, gemischt mit modernen Rhythmen.

»Hey, das ist ja fantastisch! Das macht Lust auf mehr«, grinst Ina mir übermütig zu.

»Ja, der Pianist ist supergut und die spanischen Lieder sind total modern aufbereitet. Sieh mal dort, da tanzen schon einige!«, antworte ich und schaue in Richtung der Paare, die sich rhythmisch im Klang der Melodie bewegen. Mittlerweile hat der gut aussehende Barkeeper auch mir meinen zweiten Cocktail gebracht.

»Hm, lecker!«, sage ich grinsend, als ich meinen ersten Schluck aus dem Glas nehme.

»Daran kann man sich gewöhnen, Mariechen, oder?«, antwortet meine Freundin übermütig und bestellt sich grinsend noch einen Drink.

»Ach, es ist einfach herrlich hier! Ich fange gerade an, alles zu genießen, Ina, und das habe ich nur dir zu verdanken. Du bist die Beste!« Gerührt und glücklich zugleich nehme ich sie liebevoll in die Arme und flüstere ihr aufgeregt ins Ohr: »Vielleicht finde ich ja doch noch irgendwann meinen Mister Right.« Ina drückt mich fest an sich und meint schmunzelnd: »Hey, ich habe es dir doch schon oft genug gesagt. Du musst nur die Augen offen halten für die Möglichkeiten, die sich dir bieten!«

»Darf ich Sie zum Tanz bitten?« Eine markante Männerstimme dringt an mein Ohr. Eilig lösen Ina und ich uns voneinander. Ein attraktiver Mann mit spanischem Akzent lächelt mich freundlich an.

»Ähm, nein … ich meine … Ja!«, antworte ich überrascht. Ina zwinkert mir noch vielsagend zu, als ich mit ihm auf der mittlerweile vollen Tanzfläche verschwinde. Oh Gott! Wann habe ich das letzte Mal getanzt? Und wann mit einem fremden und noch dazu attraktiven Mann?, geht es mir völlig aufgelöst durch den Kopf. Kann ich denn noch tanzen? Diese Frage erübrigt sich sofort! Der Fremde führt mich mit sicherer, aber sanfter Hand durch die Menschenmenge. Was ein Glück, ich kann es noch!, denke ich erleichtert, als die ersten Takte des Foxtrotts erklingen. Wunderbar leicht und unbeschwert schweben wir über die Tanzfläche, als hätten wir unser ganzes Leben schon miteinander getanzt. Es ist schon großartig, wenn ein Mann gut tanzen kann … und dieser Fremde hier kann verdammt gut tanzen!, denke ich lächelnd. Als wir beim gefühlt zehnten Foxtrott noch immer auf der Tanzfläche stehen, sage ich mit einem etwas unsicheren Lächeln: »Puh! Vielen Dank für die Tänze. Jetzt muss ich aber erst etwas trinken. Tanzen macht durstig!« Charmant lacht er mich an und seine dunklen Augen strahlen.

»Oh! Sorry, ich habe mich noch nicht vorgestellt. Miguel Santano!«

»Ähm, Marie … Marie Kramer aus Deutschland!«, höre ich mich aufgeregt sagen. Oh mein Gott! Was habe ich da gerade gesagt, »aus Deutschland?!« Hallo, Marie, wie peinlich ist das denn? Miguel schaut mich belustigt an und gibt ein

»Ich bin Spanier!« zurück. Sofort spüre ich, wie mir die Schamesröte ins Gesicht steigt und mein Hals sich zuschnürt.

»Ja, dann … Vielen Dank noch einmal, Miguel. Ich meine Herr Santano!«, antworte ich mit hochrotem Kopf. Oh nein! Wie peinlich kann es noch werden?! Ich habe wirklich keine Ahnung mehr, wie man eine normale Konversation mit einem Mann führt, geht es mir blitzartig durch den Kopf.

»Miguel, du kannst ruhig Miguel zu mir sagen«, sagt er lächelnd mit seinem spanischen Akzent.

»Ich bin Marie! Tja, dann … Vielen Dank, vielleicht sehen wir uns ja später noch!«, sage ich und verabschiede mich eilig in Richtung Theke, an der Ina schon aufgeregt auf mich wartet.

»Hey, Marie! Du hast es ja ganz schön lange auf der Tanzfläche ausgehalten mit deinem gut aussehenden Tänzer!«, lacht sie mich strahlend an.

»Erzähle, wie heißt er? Wo wohnt er? Hat er Kinder?«, schiebt sie noch grinsend hinterher.

»Puh, Ina! Du stellst Fragen. Erst muss ich etwas trinken!«, antworte ich völlig außer Atem.

»Hier, nimm einen Schluck von mir. Ehe du verdurstest!« Ina schiebt mir ihr Cocktailglas zu und schaut mich wissbegierig an. Zügig nehme ich einen großen Schluck.

»Ah, das tat gut! Ich habe gefühlt zwei Stunden nichts mehr getrunken!«, gebe ich Ina immer noch etwas außer Atem zurück.

»Jetzt musst du mir aber unbedingt von deinem Tänzer erzählen!«, drängt mich meine Freundin grinsend.

»Also, Marie, wie war er?« Jetzt fällt mir die peinliche Szene wieder ein und ich sage unsicher: »Ich glaube, ich hab's verkackt! Sorry, Ina, aber ich habe mich wieder einmal superdämlich angestellt!« Kurz erzähle ich meiner Freundin, wie ich mich vorgestellt habe. Keine zwei Sekunden später bricht sie in schallendes Gelächter aus

»Haha! Marie aus Deutschland! Der hat sicher gedacht, du hast nicht alle Latten am Zaun! Sorry, Marie!«

»Vielen Dank, dass du mich auch noch damit ärgern musst. Das Ganze war mir schon peinlich genug!«, gebe ich mürrisch zurück. Schmollend nippe ich an Inas Cocktailglas und schaue in Richtung Tanzfläche. Von meinem spanischen Tänzer ist weit und breit nichts mehr zu sehen. Wahrscheinlich habe ich ihn, bevor ich ihn überhaupt näher kennen lernen konnte, vergrault! Super gemacht, Marie!, denke ich verärgert.

»Hallo, meine beste Freundin! Mach doch bitte nicht so ein Gesicht. Du hattest doch anscheinend viel Spaß auf der Tanzfläche und das war die Sache doch allemal wert, oder?« Ina stupst mich aufmunternd in die Seite.

»Komm, wir trinken jetzt noch einen leckeren Cocktail und dann gehen wir ins Bettchen, okay?«, schiebt sie noch grinsend hinterher.

»Gute Idee! Allerdings muss ich mir erst ein Mineralwasser bestellen. Meinen Durst bekomme ich sicher nicht mit Cocktails gestillt!«, antworte ich mit hochgezogenen Augenbrauen.

»Hey, warum eigentlich nicht, Marie? Vielleicht wirst du dann etwas lockerer«, entgegnet Ina mir forsch und nippt an ihrem Glas.

»Danke für deine Einschätzung zu meiner Person!«, sage ich mürrisch und schiebe noch eilig hinterher: »Wirke ich wirklich so verklemmt, Ina?« Natürlich bin ich nicht gerade eine Granate, was das Daten von Männern betrifft. Schließlich habe ich auch die letzten drei Jahre mehr oder weniger in einer festen Partnerschaft gelebt. Leider war da kein Platz für unkomplizierte und lockere Spielchen. Außerdem habe ich mich schon immer schwergetan, wenn es ums Kennenlernen des anderen Geschlechts ging. Meine Freundin schaut mich entschuldigend an und sagt: »Sorry, so habe ich das natürlich nicht gemeint, Marie! Du hast deinen besonderen Charme, den du leider nicht allzu oft zeigst. So ein Gläschen Alkohol kann da manchmal Wunder wirken. Glaube mir, ich weiß, wovon ich rede!« Ina schaut mich schelmisch an und prostet mir lachend zu.

»Okay, okay, du hast gewonnen! Was trinken wir als Nächstes? Schließlich bin ich hier, um mich zu erholen und auch ein kleines bisschen Spaß zu haben, oder?!«, antworte ich zwinkernd. Kurze Zeit später habe ich neben meinem Mineralwasser auch noch einen herrlichen Cocktail vor mir stehen.

»Der sieht ja fantastisch aus! Wie heißt er denn?«, frage ich den netten Barkeeper, der freundlich lächelnd antwortet: »Joy of Love!« Nun kann sich Ina nicht mehr halten vor Lachen und meint glucksend: »Oh! Das passt haargenau, Marie!« Jetzt muss auch ich herzhaft lachen und nehme einen großen Zug von dem köstlichen Getränk.

»Hm, lecker!«, sage ich genießerisch zu meiner Freundin, die sich den gleichen Cocktail bestellt und grinsend antwortet: »Ey, Marie! Du hast ja einen ordentlichen Zug. Dir scheint es allem Anschein nach sehr gut zu schmecken!«

»Ina, soll ich dir was sagen? Ich habe noch nie so einen leckeren alkoholischen Cocktail getrunken. Du weißt ja, dass ich fast immer alkoholfreies trinke. Aber dieser ist herrlich!«, gebe ich schwärmerisch zurück. Mittlerweile hat auch Ina ihren Cocktail in der Hand und hebt lachend ihr Glas.

»Salud, Marie! Wir lassen es uns heute einfach gut gehen. An morgen früh denken wir jetzt noch nicht!« Und damit sollte sie recht behalten …

Kapitel 9

»Oh Gott! Mein Kopf. Ich brauche dringend eine Schmerztablette, Ina! Was ist denn gestern Abend noch passiert?« Langsam öffne ich die Augen und sehe meine Freundin neben mir
liegen. Ihre blonden Haare lugen unter der Bettdecke hervor
und ich höre nuschelnd ihre Stimme: »Frag mich bitte nicht!
Ich habe einen kompletten Filmriss. Der letzte Cocktail war
wohl schlecht! Apropos schlecht. Ich muss zur Toilette!« Mit
einem Satz springt sie aus dem Bett und verschwindet blitzschnell im Badezimmer. Von innen höre ich mir bekannte Ge-
räusche.

»Ach du meine Güte! Geht es dir gut, Ina? Oder muss ich mir
Sorgen machen?!«, rufe ich beunruhigt aus und renne an die
Tür, hinter der ich sie noch immer stöhnen höre. Keine zwei
Minuten später kommt sie kreidebleich aus dem Badezimmer.
Ihre Haare stehen wirr um ihren Kopf und die Ringe unter
ihren Augen sprechen Bände.

»Ach du meine Güte! Wie siehst du denn aus? Sorry, Ina,
aber ich denke, wir haben es gestern Abend doch etwas übertrieben«, sage ich mitfühlend. Ina sieht wirklich schlecht aus.
So elend habe ich sie mein ganzes Leben noch nicht gesehen.

»Da hast du aller Wahrscheinlichkeit nach verdammt recht!
Tja, vor ein paar Jahren haben wir solche Nächte noch besser
verkraftet. Wir werden halt nicht jünger, Marie ...«, antwortet
sie mir, schleicht zur Minibar und holt sich eine kalte Flasche
Mineralwasser heraus.

»Für mich bitte auch eine und eine Schmerztablette«, gebe
ich stöhnend zurück. Jetzt geht mir der gestrige Abend noch
einmal durch den Kopf. Die leckeren Cocktails, die fantastische Musik, der charmante spanische Tänzer ... einfach ein
wunderschöner Abend! Leider haben wir beide etwas zu viel

von den herrlichen Cocktails getrunken. Jetzt haben wir die Quittung. Mein Kopf fühlt sich an wie ein Bienenkorb. Es summt und ziept ohne Ende! Oh mein Gott, und bei meiner Familie habe ich mich auch schon seit gestern nicht mehr gemeldet! Rabenmutter!, denke ich und mein schlechtes Gewissen schlägt Alarm.

»Ina, ich muss dringend zu Hause anrufen. Nicht dass meine Mutter die Polizei und Interpol einschaltet!«, sage ich aufgeregt zu meiner Freundin, die es sich mittlerweile mit ihrer Mineralwasserflasche auf dem Balkon gemütlich gemacht hat.

»Gute Idee. Mache ich auch gleich! Ich muss mich aber erst einmal besser fühlen, sonst übergebe ich mich noch auf mein Handy!«, gibt sie mit einem müden Lächeln zurück. Eilig tippe ich die Nummer meiner Mutter ein und höre keine fünf Sekunden später ihre Stimme: »Hallo, Mama! Sorry, dass ich mich jetzt erst melde. Wir sind gestern den ganzen Tag unterwegs gewesen und spät zurückgekommen. Mein Handy hatte ich im Zimmer vergessen!«, lüge ich sie mit schlechtem Gewissen an. Wenn meine Mutter eines nicht ausstehen kann, dann sind es »beschwipste Frauen«! Aus diesem Grund erspare ich ihr unseren nächtlichen Ausfall und erlaube mir eine kleine Notlüge.

»Alles gut, Marie! Natürlich haben wir uns schon etwas Sorgen gemacht. Denn es ist ja sonst nicht deine Art, dass du dich nicht meldest. Ich werde Nele und Mattis natürlich Bescheid sagen, dass alles in Ordnung ist bei euch!«, höre ich sie erleichtert sagen.

»Ja, gib den beiden einen dicken Kuss von mir. Besonders Mattis!«, erwidere ich ihr lachend.

»Ich hoffe, dass bei euch alles bestens ist, Mama«, schiebe ich noch erleichtert hinterher. Zum Glück scheint meine Mutter auf mein kleines Ausweichmanöver eingegangen zu sein. Gut gelaunt antwortet sie: »Es ist alles gut, Marie. Genießt eure Tage. Du hast es dir wirklich verdient. Die letzten Jahre waren schon sehr fordernd und anstrengend für dich. Das, was du alles für Lotta und Sophie getan hast, war wirklich aller Achtung wert!« Sofort spüre ich wieder den Verlustschmerz, wenn ich an Lotta und meine kleine Enkeltochter denke. Es geht ihr ausgesprochen gut in Holland und sie fühlt sich in Westerland sehr wohl. Sie und Jan wünschen mir und Ina eine wundervolle Woche, in der wir es uns richtig gut gehen lassen sollen, das hat sie mir noch gestern geschrieben. Trotz allem vermisse ich die beiden sehr und freue mich riesig auf ein baldiges Wiedersehen!

»Ach, ich habe es ja gerne getan, Mama. Aber nun genieße ich auch die freie Zeit mit Ina. Es ist wunderschön hier und ich erhole mich prächtig. Das Hotel ist großartig und die kleine Stadt am Meer ist spanische Kultur pur! Euch würde es hier sicher auch gefallen!«, antworte ich begeistert und höre sie am anderen Ende der Leitung rufen: »Frederik, wir müssen unbedingt nach Spanien!« Sofort höre ich ihren Mann hell auflachen, als er sagt: »Tja, du kennst doch deine Mutter, Marie! Sie möchte noch die ganze Welt bereisen!«

»Ihr habt recht, Frederik. Macht euch das Leben so schön, wie es nur geht. Wir wissen doch alle nicht, was morgen kommt!«, gebe ich nachdenklich zurück.

»Also, euch noch erholsame Tage, mein Kind! Melde dich wieder«, höre ich meine Mutter noch sagen, dann ist die Verbindung unterbrochen … Was habe ich Frederik gerade geraten? Dass sie sich das Leben so schön wie möglich machen sollen? Und dass wir alle nicht wissen, was morgen kommt? Super, Marie! Vielleicht solltest du dir genau das einmal selbst zu Herzen nehmen …, denke ich gedankenverloren.

»Hey, Marie! Alles okay bei dir zu Hause?«, höre ich meine Freundin rufen.

»Äh, ja. Alles gut. Meine Mutter will mit Frederik auch nach Spanien fahren!«, gebe ich noch immer etwas in Gedanken zurück. Schnell nehme ich mir eine neue Mineralwasserflasche aus der Minibar und geselle mich zu Ina auf den Balkon.

»Wie war dein Gespräch mit Lino?«, frage ich sie mit einem neugierigen Grinsen.

»Alles tutti paletti! Gott sei Dank hat Alva geschlafen, sonst wäre ich sicher in Tränen ausgebrochen, wenn ich ihre süße Stimme gehört hätte. Ach, ja. Die Kleine vermisse ich fast mehr als Lino!«, antwortet sie lachend und schwenkt ihr Wasserglas in der Sonne.

»Tja, die Kinder brauchen uns ja auch noch mehr als die Männer!«, gebe ich schmunzelnd zurück und strecke mich genüsslich der warmen Sonne entgegen.

»Ach, herrlich ist es hier! Was machen wir noch heute mit dem angebrochenen Tag?«, schiebe ich noch lächelnd hinterher.

»Gute Frage! Hast du schon einmal auf die Uhr geschaut, Marie?« Ina schaut mich von der Seite an und schiebt ihre Designersonnenbrille nach oben.

»Ach du meine Güte! Wir haben ja schon vierzehn Uhr. Das Frühstück haben wir definitiv verpasst!«, erwidere ich bestürzt.

»Das kann man wohl sagen. Allerdings hatte ich heute sowieso keine Lust auf Frühstück. Ich glaube, da wäre nix von drin geblieben«, antwortet Ina mit hochgezogenen Augenbrauen.

»Okay, dann machen wir uns noch einen lässigen Nachmittag am Pool, oder was meinst du?«, gebe ich mit einem schiefen Grinsen zurück.

»Super Idee! Schön in der Sonne brutzeln und heute Abend lecker auf der Hotelterrasse essen.« Ina strahlt mit ihren blauen Augen mit dem Himmel um die Wette. Meine Freundin ist ein echter Hingucker, denke ich, als sie ihre blonden Locken zu einem lässigen Dutt zusammenbindet. Es wundert mich noch immer, dass der gut aussehende Spanier gestern Abend nicht sie, sondern mich angesprochen hat! Tja, manchmal findet ein blindes Huhn auch mal ein Korn, denke ich lächelnd.

»Hey, Marie! Auf, auf … Pack die Badehose ein und ab in den Pool!« Ina schubst mich liebevoll in die Seite und holt sich eilig ihren Bikini aus dem Schrank.

»Okay. Ich komme ja schon!«, antworte ich lachend und hole mir meinen Badeanzug aus dem Koffer.

»Hallo, Marie! Das Thema hatten wir doch schon, oder? Du hast eine großartige Figur mit weiblichen Rundungen! Der Bikini von mir steht dir echt super! Also, den ziehst du jetzt bitte an. Den ollen Badeanzug kannst du noch in dreißig Jahren anziehen!« Meine Freundin steht mit breitem Grinsen vor mir und hält den Bikini in der Hand.

»Aber ich habe doch diese dicken Oberschenkel und Orangenhaut!«, erwidere ich ihr und ziehe einen Schmollmund.

»Haha, dicke Oberschenkel und Zellulite habe ich im Übrigen auch! Trotzdem laufe ich nicht mit einer Burka am Strand rum. Außerdem sieht man die Oberschenkel auch in deinem Badeanzug!« Ina sieht mich mit hochgezogenen Augenbrauen streng an.

»Widerrede zwecklos!«, schiebt sie noch grinsend hinterher und wirft mir den Bikini zu.

»Oh Gott, Ina! Du gibst auch nie auf!«, pruste ich los vor Lachen, während ich mir den Zweiteiler anziehe. Keine Viertelstunde später liegen wir am herrlich schimmernden Hotelpool auf den bequemen Liegen in der Sonne.

»Jetzt geht es mir schon wesentlich besser und langsam bekomme ich sogar wieder Appetit«, grinst Ina mich an und cremt sich ihre helle Haut mit jeder Menge Sonnencreme ein. Zum Glück habe ich das Problem mit empfindlicher Haut nicht. Ich kann mich noch gut als Kind daran erinnern, dass alle meine Freundinnen im Sommer einen Megasonnenbrand bekamen.

»Du musst dich unbedingt eincremen, Marie!«, war der allgemeine Rat meiner Clique, den ich allerdings nie beherzigte. Die Einzige, die den ganzen Sommer keinen Sonnenbrand bekam, war ich! Noch heute muss ich schmunzeln, wenn ich daran denke …

»Willst du auch etwas von der Sonnencreme?« Ina hält mir die Tube auffordernd hin, um sie sofort wieder zurückzuziehen.

»Ähm, sorry! Du brauchst ja keine. Du Glückskind!«, grinst sie mich unter einer dicken Lage weißer Sonnencreme an.

»Haha, dafür habe ich andere Probleme, die du nicht kennst, Ina!«, gebe ich scherzend zurück und schiebe mir meine Bikinihose zurecht. Die Sonne brennt heute aber auch extrem heiß vom wolkenlosen Himmel, denke ich und fächere mit meinem Handtuch.

»Puh! Also, ich springe jetzt ins kühle Nass, Ina! Die Hitze ist ja unerträglich!«, sage ich in Richtung meiner Freundin, die mittlerweile ihre Sonnencreme wieder eingesteckt hat.

»Super Idee! Ich komme mit!«, ruft sie mir lachend zu und springt von ihrer Sonnenliege.

»Äh, aber … Du bist ja noch total weiß von deiner Einbalsamierung!«, gebe ich verschmitzt zurück und schaue in ihr von weißer Sonnencreme bedecktes Gesicht.

»Na und! Wen es stört, der brauch ja nicht hinzusehen!«, erwidert sie mir spitzbübisch und zieht mich von der Liege. Typisch Ina!, denke ich grinsend. Sie macht sich absolut nichts daraus, was andere über sie denken! Für diese Einstellung habe ich sie schon immer bewundert! Ich hingegen habe schon früher versucht mich anzupassen. Damals in der Schule schon wollte ich auf keinen Fall in irgendeiner Weise auffallen. Mir war es immer unangenehm, wenn mich irgendjemand für ein Schulamt vorgeschlagen hatte. Oje! Ich erinnere mich noch genau an den Tag, an dem ich eine Ehrenurkunde bekam. Ich hatte am Lesewettbewerb unserer Schule teilgenommen und gewonnen! Der ganze Hype um mich und meine Person war mir so unangenehm, dass ich mich einen Tag später in der Schule krankmeldete. Zum Glück hat sich diese extreme Menschenscheu mittlerweile gelegt. Trotz alledem finde ich es heute noch schrecklich, wenn ich irgendwo im Mittelpunkt stehe. Ganz im Gegenteil zu meiner besten Freundin. Sie macht ihr »eigenes Ding«, wie sie immer so schön sagt und schert sich nicht um die anderen. Schon oft in meinem Leben habe ich mir gewünscht so taff zu sein wie Ina. Auch wenn ich in den letzten Jahren schon viel an Selbstbewusstsein dazugelernt habe, gelingt mir das leider nur ansatzweise.

»Hey, langsam! Es scheint dir ja wieder richtig gut zu gehen!«, rufe ich ihr lachend zu, als wir gemeinsam in den Pool springen. Das Wasser ist herrlich erfrischend und die Sonne spiegelt sich auf der Oberfläche. Mehrere geschwommene Bahnen und zwanzig Minuten später liegen wir wieder auf unseren angenehmen Sonnenliegen.

»Einfach traumhaft! Ich genieße unsere gemeinsame Zeit sehr, Ina«, sage ich entspannt lächelnd zu meiner Freundin, die sich noch einmal die Sonnencreme aus der Badetasche holt.

»Ich finde es auch super! Endlich nur wir zwei, ohne Kids und Männer … Apropos Männer, schau mal ganz diskret zur Seite, kennst du den an der Poolbar?«, flüstert sie mir grinsend in mein Ohr. Vorsichtig setze ich meine Sonnenbrille auf die Nase und muss schmunzeln. Ein paar Meter vor uns sitzt mein feuriger Tänzer mit einer großen Kinderschar und seiner spanischen Ehefrau!

»Haha, dass ich nicht lache, Ina! Habe ich es nicht gesagt? Eins zu null für mich. Dieses Mal hatte ich den richtigen Riecher.« Der heißblütige Spanier wischt fleißig die eisverschmierten Gesichter seiner Kinder sauber und seine Gattin trinkt genüsslich einen Cocktail.

»Tja, das war wohl nix, Marie. Aber einen schönen Abend

hatten wir trotzdem!« Ina schaut mich grinsend an und reibt sich noch einmal ausgiebig ihre Beine mit Sonnencreme ein.

»Da hast du absolut recht, meine Liebe. Der Abend war herrlich und es hat mir auch sehr gutgetan, dass ein so gut aussehender Mann mich zum Tanzen aufgefordert hat. Mit oder ohne Kinder!«, gebe ich lachend zurück.

»Gott sei Dank hat er uns nicht gesehen. Ich denke, es wäre ihm sicher megapeinlich gewesen, uns hier zu treffen!«, schiebe ich noch schmunzelnd hinterher, als

»mein heißblütiger Tänzer« samt Familie von dannen zieht.

»Ich sage es ja immer. Die besten Männer sind entweder besetzt oder beschissen!«, lacht Ina laut auf und setzt sich ihre Sonnenbrille in ihre blonden Locken, die durch die Sonne noch heller geworden sind.

»Ach, Ina. Ich bin auch bestimmt nicht auf der Suche nach Mister Right! Mit meinem Problemfall zu Hause habe ich gerade genug zu tun!«, gebe ich seufzend zurück und schiebe meine Sonnenbrille höher auf die Nase.

»Hat er sich eigentlich noch einmal bei dir gemeldet? Ich meine nach eurer Aussprache?« Ina schaut mich fragend an und zieht ihre Augenbraue nach oben.

»Du meinst doch sicherlich Christian, oder? Nein. Er hat sich nicht mehr bei mir gemeldet, was ich eigentlich schade finde. Andererseits verstehe ich natürlich, dass er sich von mir zurückzieht«, antworte ich nervös. Mein schlechtes Gewissen macht sich wieder bemerkbar und die Hitze steigt mir in den Kopf, nicht nur wegen der hochsommerlichen Temperaturen.

»Hey. Du fühlst dich noch immer mies seinetwegen, oder?« Meine Freundin setzt sich zu mir und streicht mir sanft über den Arm. Puh! Nicht weinen, Marie! Du hast hier eine wunderschöne Zeit mit Ina. Genieße sie aus ganzem Herzen!, geht es mir durch den Kopf. Eilig streiche ich mir die aufkommenden Tränen aus den Augen und sage mit einem schiefen

Grinsen: »Ach was! Ich meine, natürlich denke ich noch an ihn. Aber ich weiß auch, dass es für mich kein Zurück mehr gibt. Es tut mir nur wegen unserer Freundschaft weh …« Ina schaut mich mitfühlend an und hält meine Hand.

»Ich kann dich sehr gut verstehen, Marie, aber vielleicht gibt es doch noch einen Weg für euch zu einer freundschaftlichen Beziehung. Gib die Hoffnung nicht auf!«

»Danke, Ina, dass du immer für mich da bist. Ich möchte unseren Urlaub auch nicht immer wieder durch meine ›Männergeschichten‹ belasten. Sorry, ich hoffe, du kannst mir verzeihen«, antworte ich betrübt und versuche ein sanftes Lächeln. Ina schaut mich schmunzelnd an und meint mit dem gespielten Ton der Entrüstung: »Also, du meinst, deine ›Männergeschichten‹, wie du sie nennst, würden mir unseren Urlaub vermiesen? Da hast du dich aber schrecklich getäuscht, meine Liebe! Wir sind hier, um gemeinsam zu genießen und wenn da manchmal ein Tränchen fließt, dann kann ich wunderbar damit umgehen. Nur her damit! Lass alles raus!« Was habe ich nur für eine wunderbare Freundin!, geht es mir durch den Sinn. Ina ist einfach die Beste! Stürmisch nehme ich sie in den Arm und gebe lachend zurück: »Dich bringt auch nichts aus der Fassung, Ina! Du bist echt der geborene Optimist. Gib mir bitte mal ein großes Stück davon ab!«

»Gerne doch, du musst es nur annehmen!«, antwortet sie grinsend und zwickt mich neckend in die Wange.

»Jetzt bekommt deine ›geborene Optimistin‹ aber langsam einen Bärenhunger, komm, lass uns duschen und dann lecker auf der Hotelterrasse schlemmen!« Ina steht von ihrer Liege auf und wirft sich ihr Badetuch über die Schulter.

»Super Idee! Ich bin bereit!«, gebe ich grinsend zurück. Kurze Zeit später sitzen wir frisch geduscht und gut gelaunt auf unserem Hotelbalkon.

»Oh Gott! Jetzt geht das Spektakel wieder los. Was soll ich anziehen?« Ina schaut mich mit großen Augen unschlüssig an.

»Mensch, Ina, wenn du nicht weißt, was du anziehen sollst? Bei mir gestaltet sich das Ganze schon als größeres Problem. Ich habe gerade einmal zwei abendtaugliche Kleider dabei, ansonsten Shorts und zwei Jeans!«, antworte ich schmunzelnd. Eilig rennt sie zum Kleiderschrank und holt drei Kleider, zwei Röcke mit passenden Oberteilen, einen leichten Sommeroverall sowie eine Jeans mit Strasssteinchen heraus.

»Wer die Wahl hat, hat die Qual!«, grinse ich ihr zu und nehme mein schwarzes Trägerkleid vom Bügel.

»Das kleine Schwarze geht immer, vor allem wenn man keine große Auswahl sein Eigen nennen darf«, schiebe ich noch lachend hinterher. Meine kurzen braunen Haare sind schon fast trocken, sodass ich nur noch etwas Haargel darin verteilen brauche.

»Du hast es gut, Marie! Meine Mähne braucht wieder ewig zum Trocknen. Und dann muss ich mich auch noch schminken. Bei dir geht das immer ruck, zuck. Dafür beneide ich dich wirklich!« Ina schüttelt ihre blonden Locken und entscheidet sich für einen hellblau geblümten Sommerrock und eine weiße Bluse mit raffiniertem Ausschnitt.

»Perfekt! Du siehst großartig aus. Auch wenn du immer etwas länger brauchst«, necke ich meine Freundin und ziehe mir vorsichtig einen schwarzen Lidstrich unter die Augen.

»Oh Wunder! Es hat dieses Mal funktioniert, Ina. Schau nur, heute sehe ich nicht aus wie ein Zombie auf Brautschau!«, lache ich laut auf. Ina schaut mir grinsend zu und meint mit ihrem trockenen Humor: »Tja, wie heißt es doch so schön: Man ist so alt wie 'ne Kuh und lernt immer noch dazu!« Sofort prusten wir beide los.

»Haha! Genau, Ina. Du hast den Nagel auf den Kopf getroffen!«, erwidere ich kichernd. Die Tränen laufen mir nun vor Lachen die Wangen herunter und mein gelungenes Augen-Make-up schwindet in Sekunden dahin.

»Oh nein! Jetzt kann ich noch einmal von vorne anfangen!«, rufe ich verärgert und renne rasch ins Badezimmer um Schadensbegrenzung bemüht.

»Hey, Marie! Das war es doch allemal wert! Mit dir kann ich einfach am besten lachen!«, höre ich meine Freundin noch immer kichern. Keine fünf Minuten später stehe ich frisch geschminkt neben Ina, die sich schon ihre sündhaft teure Designertasche umgehängt hat.

»Können wir jetzt endlich gehen? Mein Magen knurrt schon fürchterlich, Marie. Wenn ich nicht sofort was zu essen bekomme, sterbe ich einen qualvollen Hungertod!« Ina schaut mich mit heruntergezogenen Mundwinkeln gespielt traurig an.

»Oh Gott, meine Liebe. Daran möchte ich natürlich auf keinen Fall schuld sein. Komm lass uns gehen!«, antworte ich mit einem süffisanten Grinsen und ziehe Ina lachend zur Tür hinaus.

»Treppe oder Aufzug?« Ina stellt mir jeden Tag die gleiche Frage und bekommt jeden Tag die gleiche Antwort.

»Hallo, Ina! Du weißt doch, dass ich nur im Notfall oder mit schwerem Reisegepäck Aufzug fahre. Außerdem bleiben wir beide auf diese Art fit und sparen uns das Fitnessprogramm!«, grinse ich ihr ausgelassen zu.

»Auf, auf! Ich denke, du hast so einen Bärenhunger. Komm schon!«, schiebe ich noch eilig hinterher und nehme schon die ersten Treppenstufen.

»Hey, ich komme ja schon! Ein Fitnesscouch ist nix gegen dich!«, ruft sie mir keuchend hinterher, als ich zwei Stufen auf einmal nehme und schon die letzten Stufen der Treppe erreicht habe.

»Puh! Jetzt haben wir uns unser Essen wahrlich verdient«, antworte ich ihr verschmitzt, als Ina erschöpft unten ankommt und mit hochgezogenen Augenbrauen kontert: »Ja, das haben wir, du Fitnessgeneral!«

»Haha! Danke für die Blumen«, erwidere ich grinsend und nehme Ina an die Hand.

»Ich denke, wir gehen vorher noch kurz zur Rezeption. Ich wollte mich etwas über die Tagesausflüge informieren, die hier vom Hotel aus angeboten werden«, schiebe ich noch eilig hinterher und ziehe meine Freundin in Richtung Hotellobby.

»Okay, wenn es sein muss! Aber bitte mach schnell, sonst hast du meinen Hungertod doch noch zu verantworten!«, gibt Ina grinsend zurück. Schnell laufen wir durch die einladende Empfangshalle und bleiben vor dem geschmackvollen Tresen stehen. Die blonde junge Frau an der Rezeption sieht uns freundlich an und fragt in einem sehr guten Deutsch mit leicht niederländischem Akzent: »Hallo und guten Abend, was kann ich für Sie tun?«

»Wir wollten uns erkundigen, was für Ausflüge in die nähere Umgebung vom Hotel aus angeboten werden. Haben Sie eventuell ein Informationsprospekt für uns?« Die junge Frau nickt freundlich und zeigt uns einen bunt bebilderten Flyer.

»Hier sind die Ausflüge und Exkursionen der nächsten drei Wochen aufgelistet, mit Abfahrt, Ziel und genauen Preisen. Vielleicht ist etwas für Sie dabei?« Jetzt erst merke ich, dass Ina mich entgeistert anschaut und unauffällig mit dem Kopf in Richtung der Hotelangestellten zeigt. Verwirrt schaue ich erst zu ihr und dann zu der jungen Dame, die noch immer freundlich lächelnd den Flyer in der Hand hält.

»Möchten Sie sich einen mitnehmen?«, fragt sie uns höflich und beugt sich zu mir. Jetzt erst erkenne ich das Namensschild auf ihrer blauen Weste.

»Señora van Stappen«, steht da in goldener Schrift! Oh mein Gott!, geht es mir blitzschnell durch den Kopf. Das wird doch nicht … das kann doch nicht! Oder doch? … die Tochter von

Gerrit sein?! Meine Knie werden weich und ich muss mich kurz an Ina festhalten. Sie erfasst sofort die Situation und hakt mich blitzschnell unter.

»Äh, ja. Vielen Dank! Wir nehmen gerne einen Flyer und nochmals Gracias«, antwortet meine Freundin geistesgegenwärtig. Lächelnd nimmt sie das Prospekt entgegen und zieht mich eilig in Richtung der Hotelterrasse. Draußen weht ein angenehm kühler Abendwind und man hört das Rauschen der Wellen gegen den Strand. Puh! Langsam Luft holen, Marie, geht es mir noch immer aufgelöst durch den Kopf. Ina schaut mich entgeistert an und fragt ungläubig: »Hast du auch gelesen, was ich gelesen habe?!« Mein Herz schlägt mir bis zum Hals, als ich stockend antworte: »Ina, sag mir, dass das Ganze eine Täuschung ist! Das kann doch nicht wahr sein. Gerrits Tochter hier in unserem Hotel!« Sanft nimmt Ina meine Hand und sagt verständnisvoll: »Ich glaube, das ist leider keine Täuschung, Marie. Wir müssen uns wohl damit abfinden, dass ausgerechnet in unserem Hotel Gerrits Tochter arbeitet.«

»Verdammt! Das kann doch alles nicht wahr sein! Ich habe jetzt mehrere Jahre nichts mehr von ihm gehört, geschweige denn, gesehen. Dass wir seiner Tochter jetzt hier im Hotel begegnen kann ich noch immer nicht fassen!«, antworte ich ihr aufgebracht und wütend zu gleich. Ina schaut mich mitfühlend an und zieht mich sanft zu sich. Feinfühlig erwidert sie mir: »Hey, Marie. Es ist echt unvorstellbar. Aber allem Anschein nach musst du den Wink des Schicksals wohl annehmen.«

»Was heißt denn hier ›Wink des Schicksals‹, Ina! Ich war froh, diesen Namen nie mehr gelesen, geschweige denn, gehört zu haben. Eigentlich wollte ich mir mit dir ein paar schöne Tage machen hier in Spanien, in einem traumhaften Hotel …« Jetzt kann ich die Tränen nicht mehr zurückhalten und meine Stimme versagt. Schluchzend falle ich in die Arme meiner Freundin.

»Mensch, Ina! Warum nur werde ich jetzt wieder an ihn erinnert?!« Liebevoll streicht sie mir über die Wange.

»Vielleicht habt ihr wirklich noch eine Aussprache nötig? Wenn du ehrlich zu dir bist, Marie, hast du die Geschichte mit Gerrit noch lange nicht verarbeitet. Setzen wir uns jetzt an einen Tisch, sonst sind alle Tische belegt.« Aufmunternd nickt sie mir zu und nimmt meine Hand.

»Der Appetit ist mir jetzt allerdings gründlich vergangen, Ina. Aber du hast recht. Dort drüben sitzen wir etwas abseits. Lass uns diesen Tisch nehmen«, antworte ich betrübt und zeige an einen Zweiertisch am Rande der Hotelterrasse.

Das darf und kann doch nicht wahr sein! Gerrits Tochter in unserem Hotel!, schießt es mir aufgelöst durch den Kopf. Jetzt sehe ich das Foto seiner hübschen Tochter wieder vor mir. Das Bild von ihr stand in Westerland auf seiner Wohnzimmervitrine. Sie hatte damals in Italien studiert, ich erinnere mich. Allerdings war mir nicht bekannt, dass sie wie ihr Vater in der Gastronomie arbeiten wollte. Wie dem auch sei, sie ist jetzt ausgerechnet in unserem Hotel, Marie, und du musst dich damit abfinden!, denke ich noch immer aufgelöst. Mittlerweile sitzen wir an dem mit Kerzen und bunten Blumen liebevoll dekorierten kleinen Tisch. Der leichte Wind ist angenehm frisch und lässt die Hitze des Tages vergessen. Vom Strand hört man den seichten Schlag der Wellen und das Lachen junger Leute, die sich zum Nachtschwimmen im Meer treffen. Das hat hier in dieser Region Tradition. Im Hochsommer ziehen abends viele junge Spanier an den Strand, um übermütig im Meer zu baden. Die einheimische Policia sieht dies allerdings nicht so gerne und hat schon einige Meerhungrige aus dem Wasser vertrieben. Allerdings interessiert das die jungen Spanier wenig und auch heute sind wieder viele Schwimmbegeisterte am Strand unterwegs.

»Hallo, Marie. Geht es dir wieder etwas besser?« Ina holt mich aus meinen Gedanken und lächelt mir beruhigend zu.

»Danke, Ina. Alles gut«, erwidere ich mit einem gekünstelten Grienen und schaue angestrengt auf die Speisekarte.

»Du siehst mir aber noch nicht so glücklich aus. Na, vielleicht sollten wir jetzt einfach mal etwas Leckeres essen. Das hebt die Stimmung doch immer, oder, Marie?« Ina zwinkert mir aufmunternd zu und winkt mit der Speisekarte. Meine beste Freundin. Sie weiß genau, wie es in mir aussieht. Ausreden zwecklos!, denke ich und schaue liebevoll zu ihr auf.

»Eigentlich lasse ich mir ja nicht so schnell den Appetit verderben, das weißt du, Ina. Aber das heute Abend war schon eine Überraschung der besonderen Art!«, seufze ich nachdenklich und schaue auf das mittlerweile immer dunkler werdende Meer hinaus.

»Hey, Marie. Lass den Kopf nicht hängen! Durch ein holländisches Käsehäppchen lassen wir uns unseren Urlaub bestimmt nicht verderben, okay!?« Jetzt muss auch ich wieder lächeln. Da war er wieder! Der Neckname, den Ina meiner damaligen Liebe lustigerweise gegeben hat.

»Holländisches Käsehäppchen! Dieser Name wird an Gerrit immer haften bleiben, ob er will oder nicht!«, gebe ich schon etwas entspannter zurück.

»Allerdings! Jetzt lass uns aber bitte etwas bestellen, sonst bist du wirklich noch schuld an meinem Hungertod!« Ina lacht mich zwinkernd an und winkt der Bedienung freundlich zu, die direkt an unseren Tisch kommt und die Bestellung aufnimmt. Keine Viertelstunde später stehen Inas Paella und mein Hähnchenbrustsalat samt zwei gut gefüllten Rotweingläsern auf unserem Tisch.

»Lass es dir schmecken, Ina«, sage ich und hebe lächelnd mein Glas.

»Na, mir schmeckt es sicher. Ich wünsche dir auch einen guten Appetit, Marie!«, gibt sie eilig zurück und schaut schmunzelnd auf meinen Salatteller.

»Okay, Ina. Ich weiß, dass ein Salatteller, mit oder ohne Hähnchenbrust, für dich keine vollwertige Mahlzeit ist. Für heute reicht es mir aber vollends. Salud, meine Liebe!«, antworte ich grinsend und nehme einen Schluck aus meinem Rotweinglas.

»Salud, Marie! Auf wunderschöne Urlaubstage!«, erwidert sie mit einem geheimnisvollen Lächeln.

Den Abend lassen wir noch gemütlich auf der Hotelterrasse ausklingen, bevor wir gegen dreiundzwanzig Uhr langsam auf unser Zimmer schlendern.

»Meine Güte, Marie, ich bin heute so müde und nach dem leckeren Essen pappsatt! Sorry, aber ich lege mich gleich in unser gemütliches Bettchen, wenn du nichts dagegen hast«, gibt mir Ina gähnend zu verstehen und lässt sich aufs Bett plumpsen.

»Ich bin auch nicht mehr die Fitteste. Kein Problem. Wir ruhen uns heute mal richtig schön aus und morgen sind wir dann fit für unseren Ausflug«, antworte ich ihr grinsend und nehme mir noch eine Flasche Mineralwasser und ein Glas aus der Minibar.

»Sehr gute Idee! Ich freue mich schon darauf, die Gegend zu erkunden, und habe in dem Hotelflyer auch schon ein wunderschönes kleines Ausflugsziel für uns entdeckt.« Meine Freundin zwinkert mir erwartungsvoll zu, ehe sie sich unter ihre Bettdecke kuschelt.

»Okay! Was hast du denn ins Auge gefasst, Ina? Also, ich habe vor lauter Aufregung heute Abend den Flyer überhaupt nicht mehr beachtet!«, gebe ich seufzend zurück und gieße mir noch etwas Mineralwasser in mein Glas.

»Lass dich überraschen! Du wirst es nicht bereuen. Ich denke, es wird ein unvergesslicher Ausflug für uns beide«, erwidert sie mir abenteuerlustig.

»Jetzt brauche ich aber erst einmal eine Mütze Schlaf. Sorry, Marie«, schiebt sie noch gähnend hinterher.

»Alles in Ordnung, Ina, und schlaf gut. Ich setze mich noch ein kleines bisschen auf den Balkon. Muss meine Gedanken etwas sortieren«, antworte ich leise und streiche ihr dabei sanft über ihre blonden Locken, die unter der Bettdecke hervorlugen.

»Gute Nacht, Marie«, höre ich sie schon fast schlafend murmeln. Langsam trete ich auf den Balkon hinaus und sehe im Dunkeln die Lichter der vorbeifahrenden Schiffe. Der Wind hat sich fast ganz gelegt und die Nachtluft ist herrlich frisch und angenehm. Leise setze ich mich auf den bequemen Liegestuhl und schaue zum sternenklaren Himmel. In meinem Kopf drehen sich die Gedanken immer wieder um die gleiche Frage: Warum nur musste ich ausgerechnet hier in unserem Hotel auf Gerrits Tochter treffen? Oh Gott! Nur gut, dass sie nicht weiß, wer ich bin!, denke ich aufgewühlt und mein Kopf fängt an zu glühen bei dem Gedanken, sie könnte mich vielleicht erkannt haben. Eigentlich kann das nicht sein, denn persönlich bin ich ihr nie begegnet. Sie kennt mich wahrscheinlich auch nur von Fotos, wenn überhaupt! Meine Güte, Marie! Du machst dir schon wieder viel zu viele Gedanken. Bleib mal locker …, würde Ina sagen. Und doch, dieser Zufall hat mich echt umgehauen und ich hoffe, dass ich ihr nicht noch einmal von Angesicht zu Angesicht begegnen muss! Sie sieht ihrem Vater sehr ähnlich. Dieselben strahlend blauen Augen und die blonden, leicht welligen Haare. Selbst das charmante Lächeln hat sie von ihm!

»Ach, Gerrit … warum haben wir uns verloren«, flüstere ich leise vor mich hin und meine Augen füllen sich mit Tränen …

Kapitel 10

»Guten Morgen, Marie! Gut geschlafen auf dem Balkon?«
Ina steht grinsend vor mir und strahlt mit der Sonne um die
Wette. Jetzt erst merke ich, wo ich bin. Noch etwas verwirrt
antworte ich: »Ähm, moin. Ich muss wohl heute Nacht hier
eingeschlafen sein.«

»Sieht wohl ganz danach aus, Mariechen! Na, Hauptsache,
du kannst dich heute noch bewegen und hast kein steifes
Kreuz. Auf einer Sonnenliege schläft es sich bestimmt nicht
so superbequem!«, antwortet sie lachend und hebt fragend die
Augenbrauen. Eilig setze ich mich auf und spüre sofort einen
stechenden Schmerz im Rücken.

»Aua! Verdammt! Irgendwie war die Schlafposition heute
Nacht wohl nicht das Wahre!«, entgegne ich stöhnend und
fasse mir an mein Steißbein.

»Oh mein Gott, Marie! Das Alter lässt grüßen. Sorry, dass
ich lache!« Meine Freundin steht prustend vor mir und versucht
mir aufzuhelfen.

»Sehr lieb von dir für deine aufmunternden Worte! Tja, wie
heißt es doch so schön: Wer den Schaden hat, braucht für den
Spott nicht zu sorgen! Danke, Ina!«, gebe ich spöttisch zurück
und ziehe mich am Balkongeländer langsam nach oben.

»Hey, Marie. Tut mir leid! War doch nicht böse gemeint.
Ich glaube dir, dass du Schmerzen hast. Vielleicht tut dir eine
warme Dusche gut!«, versucht sie einzulenken und lächelt mich
verständnisvoll an.

»Wenigstens hast du immer gute Ideen, Ina! Ich werde mich
jetzt unter die heiße Dusche stellen und hoffen, dass meine
eingerosteten Gelenke wieder geschmeidig werden!«, antworte
ich zähneknirschend, als ich in der Dusche verschwinde. Ina
schaut mir grinsend nach und ruft: »Mach aber bitte langsam

unter der Dusche. Es könnte glatt sein! Nicht dass du noch ausrutschst und ich den spanischen Notdienst kommen lassen muss!« Meine Freundin! Manchmal geht sie wirklich zu weit, denke ich und stelle die Dusche an.

»Danke für deinen Hinweis, Ina! Vielleicht muss ich dann den Rest unseres Urlaubs einen Rollator über den Strand schieben!«, rufe ich ihr zynisch zu, als mir der heiße Wasserstrahl über den Rücken läuft. Keine zehn Minuten später fühle ich mich schon um einiges entspannter und der Ärger über Inas Äußerungen sind verflogen.

»Hey, Mariechen, wieder alles fit?«, begrüßt mich meine Freundin, die sich mittlerweile ihres Schlafdresses entledigt hat und in einem frechen Sommeroverall grinsend auf dem Bett sitzt.

»Danke der Nachfrage, beste Freundin aller Zeiten. Mein Rücken hat es überlebt!«, antworte ich jetzt wieder in bester Laune.

»Puh! Ein Glück, ich habe mir wirklich Sorgen gemacht. Auch wenn es vielleicht nicht so aussah, Marie. Sorry! Schließlich haben wir doch heute noch einiges vor und da wäre es echt schade, wenn wir den Ausflug absagen müssten!« Noch immer etwas vorsichtig, ziehe ich mir meine weiße Jeans an und ein blau-weiß gestreiftes T-Shirt über. Neugierig schaue ich zu meiner Freundin und frage sie interessiert: »Ähm. Darf ich fragen, was für ein Ausflugsziel du für uns ins Auge gefasst hast?« Ina schaut mich mit ihren blauen Augen durchdringend an, als sie verheißungsvoll lächelnd sagt: »Tja, ich denke, es wird dir auch gefallen! Zumindest hoffe ich das doch sehr!« Langsam werde ich unruhig und frage aufgeregt: »Hey, Ina, jetzt mal raus mit der Sprache! Mach es bitte nicht so spannend!«

»Okay, ich lüfte das Geheimnis! Ich dachte mir, da wir ja dem Rotwein nicht abgeneigt sind, würde sich doch eine Weinverkostung in der Nähe des Kloster Montserrat anbieten. Es liegt herrlich auf einem Berg und man soll eine fantastische Sicht von dort oben haben. Wir sind mit dem Bus ungefähr zwei Stunden unterwegs. Die Anfahrt soll sich aber auf jeden Fall lohnen! So steht es zumindest in dem Hotelprospekt. Also, Marie, ich denke, wir gehen jetzt noch schnell etwas frühstücken, um elf Uhr geht es los!« Aufgeregt schaue ich Ina an und grinse ihr zu: »Alles paletti, meine Fremdenführerin! Das hört sich ja super an! Lass uns jetzt schnell nach unten gehen, sonst müssen wir noch mit knurrendem Magen in den Bus steigen!« Schnell packe ich meinen Rucksack mit den wichtigsten Dingen, Geldbörse, Handy und Taschentücher, die brauche ich in jeder Lebenslage! Eilig streiche ich noch etwas Rouge auf die Wangen. Die Wimperntusche lasse ich heute besser beiseite, schließlich möchte ich mich nicht noch einmal schminken! Dafür fehlt uns heute definitiv die Zeit. Außerdem habe ich sowieso den ganzen Tag meine Sonnenbrille auf, denke ich nervös und schaue noch ein letztes Mal in den Spiegel.

»Du siehst wieder umwerfend aus, Ina!«, sage ich zu meiner Freundin, die sich ihre blonden Locken zu einem tollen Zopf flechtet.

»Danke, Marie. Trotzdem hast du es mit deiner frechen Kurzhaarfrisur wesentlich leichter bei der Mörderhitze heute!«, stöhnt sie kurz auf und schnappt sich ihre Designerumhängetasche.

»Auf geht's, meine Liebe!«, schiebt sie noch grinsend hinterher, als wir die Zimmertür hinter uns schließen. Keine halbe Stunde später haben wir es uns im komfortablen Reisebus bequem gemacht.

»Da hatten wir aber echt Glück, dass wir noch so kurzfristig zwei Plätze bekommen haben, Ina. So wie es aussieht, ist dieses Ausflugsziel sehr begehrt!«, sage ich leise zu meiner Freundin, die ihr Handy aus der Tasche holt und ihrem Lino eine Nachricht schreibt.

»Oh Gott! Gute Idee, Ina. Ich sollte mich auch unbedingt

mal zu Hause melden! Die Zeit verfliegt hier aber auch im Nu, das ist der helle Wahnsinn!«, schiebe ich noch aufgeregt hinterher. Eilig tippe ich eine Textnachricht in mein Handy – Hallo, ihr Lieben zu Hause! Ich hoffe, es ist alles in Ordnung bei euch. Uns geht es sehr gut und wir erholen uns prächtig! Heute machen wir einen Ausflug in das bekannte Kloster Montserrat auf dem gleichnamigen Berg. Ich drücke euch von ganzem Herzen. Eure Mama (Marie) – abschicken!

»So, jetzt kann es losgehen! Ich freue mich schon sehr auf das Kloster und auch ein kleines bisschen auf die anschließende Weinverkostung!«, höre ich Ina neben mir sagen, die mit einem breiten Grinsen ihr Handy in die Tasche zurücksteht.

»Ach, Ina! Ich freue mich auch schon sehr. Danke, dass du dich gestern schon um diese Fahrt gekümmert hast. Du bist wie immer die Beste!«, antworte ich aufgeregt wie ein kleines Mädchen auf einem Schulausflug.

»Ich hoffe, es wird ein unvergesslicher Tag für uns!«, antwortet sie lächelnd und strahlt mich dabei erwartungsvoll an. Damit sollte sie recht behalten …

Nach fast zwei Stunden Fahrt kommen wir endlich auf dem Berg des Klosters an. Ein herrlicher Ausblick entschädigt uns für die lange Wegstrecke, die sich teilweise über starke Kurven ihren Weg bahnte.

»Schau dir doch diese wunderschöne Landschaft an, Ina!«, rufe ich begeistert aus, als wir den Bus verlassen und zu der ausladenden Aussichtsplattform laufen. Es ist ein herrlich sonniger Tag und der leichte Sommerwind weht uns angenehm entgegen.

»Einfach grandios diese Aussicht!«, antwortet Ina mir begeistert und zieht mich eilig zu einer besonders schönen Stelle, von der wir bis weit in das Hinterland von Katalonien blicken können.

»Santa Maria de Montserrat heißt das Kloster, Marie. Wusstest du, dass wir jetzt auf eintausendzweihundert Meter Höhe stehen? Schau mal, dort sieht man in der Ferne Barcelona! Ein unbeschreiblicher Ausblick!« Ina ist total überwältigt und strahlt mich überglücklich an.

»Ja, hier ist es echt wunderschön! Obwohl wir jetzt Hochsaison haben, kommt es mir hier oben angenehm ruhig vor, findest du nicht auch?«, frage ich meine Freundin, die eifrig Fotos mit ihrem Handy macht. Zwinkernd antwortet sie mir: »Vielleicht liegt es an der entspannten Klosteratmosphäre! Ich habe auch so ein unaufgeregtes Gefühl. Es tut einfach gut, mal so die Seele baumeln zu lassen. Komm, setzen wir uns etwas auf die Bank dort!« Ina zeigt auf eine Steinbank, die am Rande der Klostermauern an einer blühenden Hecke steht. Gemütlich schlendern wir Hand in Hand zu unserem Sitzplatz.

»Ich genieße jede Minute hier. Ich muss ehrlich gestehen, dass ich meine Kids nur bedingt vermisse und froh bin, dass ich einfach mal wieder Zeit für mich habe«, gebe ich unumwunden zu. Die letzten Jahre waren tatsächlich nicht einfach für mich, obwohl ich natürlich keine Sekunde davon missen möchte. Die kleine Sophie aufwachsen zu sehen, war jede Anstrengung wert. Dennoch spüre ich jetzt, dass die Zeit, auch für mich wieder etwas zu tun, gekommen ist. Meine beiden »Großen« zu Hause werden es mir verzeihen.

»Marie, an was denkst du? Ich hoffe, du machst dir nicht wieder so viele Sorgen wegen deiner Kids zu Hause. Die sind mittlerweile aus den Windeln und du kannst jetzt wieder mehr an dich denken!« Ina spricht genau das aus, was ich denke!, geht es mir schlagartig durch den Kopf. Meine beste Freundin kennt mich besser als ich mich selbst. Lächelnd nehme ich ihre Hand und antworte: »Ach, Ina, du bist eine Gedankenleserin. Natürlich habe ich wieder an die Kids gedacht, aber ich weiß auch, dass ich jetzt mehr an mich denken werde. Wie sagst du immer so schön: Mach dir das Leben so wunderbar wie möglich, du hast nur das eine!«

»Genau, meine liebe Marie, und deshalb sind wir ja auch hier. Dass du endlich dein Leben so lebst, wie du es eigentlich möchtest, und nicht immer das Leben der anderen!« Ina schaut mich liebevoll an und drückt mir einen sanften Kuss auf die Wange. Jetzt kann ich die Tränen nicht mehr zurückhalten und schluchze in ihren Armen.

»Oh Gott, Ina! Sorry, ich wollte doch in diesem Urlaub nicht mehr weinen. Ich glaube, das liegt an diesem besonderen Ort, dass ich wieder so sentimental werde«.

»Hallo! Du bist nicht sentimental und wenn schon, wen stört es, Marie! Lass es einfach raus und mach dir Luft. Du weißt, dass ich dir immer zuhöre, wenn du weinst. Natürlich wünsche ich dir als meine beste Freundin, dass du in Zukunft nur noch Freudentränen weinst!« Lächelnd zwinkert sie mir zu und stupst mich liebevoll in die Seite.

»Ja, das wäre wunderbar, Ina. Leider habe ich zu Hause nicht nur meine Kids, die mir Sorgen bereiten. Du hast recht. Sie sind aus den Windeln und gehen immer mehr ihre eigenen Wege«, antworte ich leise und schnäuze in das Taschentuch, das Ina mir hinhält.

»Marie. Was ist es denn, was dich belastet? Ich habe da eine Vorahnung, könnte es mit Christian zusammenhängen?« Jetzt spüre ich wieder diese Enge in der Brust und mein Kopf glüht. Stockend antworte ich leise: »Christian bedeutet mir als Freund sehr viel und manchmal denke ich schon darüber nach, wie es wäre, wenn ich es einfach noch einmal mit ihm probieren würde.« Abrupt steht Ina auf und stellt sich entgeistert vor mich.

»Was? Das ist doch nicht dein Ernst, Marie, oder? Die ganze Zeit erzählst du mir von deinen freundschaftlichen Gefühlen zu Christian. Da kannst du es doch nicht allen Ernstes in Erwägung ziehen, noch einmal eine Beziehung mit ihm einzugehen. Ich meine eine richtige Beziehung, mit Liebe, Sex und allem, was dazugehört?!« Ina ist außer sich vor Aufregung, schüttelt unverständlich mit dem Kopf und rennt in Richtung Aussichtsplattform. Eilig renne ich hinterher und sehe sie gedankenversunken in die Ferne blicken.

»Ina, ich weiß, dass es keine gute Idee war von mir. Es ist nur so unendlich schwierig für mich, die Beziehung mit Christian endgültig zu beenden …«, sage ich traurig, als sie sich mir zuwendet.

»Verdammt, Marie! Ich habe echt viel Verständnis für dich und deine schwierige Situation mit Christian. Sorry, aber jetzt kann ich dir nicht mehr folgen! Wenn du noch echte Gefühle für ihn hast, probiere es! Aber, du erzählst mir ständig von deinen freundschaftlichen Gefühlen für ihn und darauf allein kann man doch keine funktionierende Beziehung aufbauen! Ich akzeptiere natürlich, wenn du das anders siehst!« Unverständlich sieht sie mich an und zieht dabei spöttisch ihre Augenbraue nach oben. – Mensch, Marie, jetzt hast du den wunderschönen Tag vermasselt!, geht es mir bedrückt durch den Kopf, als ich meine Freundin so aufgebracht vor mir sehe.

»Hey, Ina, lass uns doch deshalb nicht streiten. Bitte! Ich habe mich so auf den Tag gefreut. Das sind die Männer noch nun wirklich nicht wert, oder?«, rede ich beschwichtigend auf sie ein. Wenn ich eines nicht möchte, dann einen unsinnigen Streit mit Ina zu provozieren! Wir sind hier im Urlaub, um uns zu erholen und Spaß zu haben.

»Okay, lass uns nicht mehr darüber reden. Letztendlich musst du ja wissen, was du möchtest! Ich spüre nur, dass du wieder den Weg des geringsten Widerstandes gehen willst. Der da heißt: Ich gehe zu Christian zurück, dann sind alle zufrieden und glücklich! Nur vergisst DU dich dabei, Marie!« Meine Freundin schaut mich liebevoll an und nimmt meine Hand.

»Danke für deine offenen Worte, Ina! Warum nur fällt es mir

so schwer, meine Gefühle ehrlich zu zeigen? Du hast ja recht, mit allem, was du sagst, und ich bin froh, dass du mir immer wieder den Kopf wäschst«, gebe ich leise zurück. Mittlerweile sind ein paar Wolken aufgezogen und der Wind frischt merklich auf. Zum Glück habe ich mir noch meine leichte Sommerjacke in den Rucksack gesteckt. Rasch ziehe ich sie über und versuche ein zaghaftes Lächeln, das von Ina zwinkernd aufgenommen wird.

»Alles gut, Marie. Ich weiß, wie du denkst! Nur manchmal möchte ich dir liebend gerne eine Gehirnwäsche verpassen! Du denkst zu viel an andere und zu selten an dich. Genau deshalb sind wir ja hier, dass du endlich dein Helfersyndrom etwas in den Griff bekommst!« Grinsend nimmt sie meine Hand und sagt, mit einem abschätzenden Blick nach oben: »Oh Gott! Schau dir mal den Himmel an! Wenn wir nicht wieder nass werden wollen bis auf die Haut, sollten wir jetzt schleunigst in Richtung Klosterschänke gehen. Im Übrigen findet in einer halben Stunde unsere Weinverkostung inklusive leckeren Essens statt! Und die wollen wir doch auf keinen Fall verpassen, oder?«

Ach, Ina, dafür liebe ich dich! Du hast einfach immer den passenden Spruch auf den Lippen, um mich wieder aufzuheitern, geht es mir dankbar durch den Kopf, als wir uns eilig auf den Weg machen. Keine fünfzehn Minuten später sitzen wir, noch gerade rechtzeitig vor dem einsetzenden Regen, an einem gemütlichen Tisch der Klosterschänke. Eine charmante Dame erzählt uns die Geschichte des Klosters und ihrer Weinschänke. Seit mehreren hundert Jahren, ist aus Überlieferungen bekannt, wird hier in der Region ein sehr guter Wein angebaut. Mittlerweile hat sich die überschaubare Weinschänke mit Gästen gefüllt.

»Sie dürfen jetzt gerne von unseren Weinen der Region probieren und die Speisekarte wird auch gereicht!« Die freundliche Dame geht zu den einzelnen Gästen und bringt auch an unseren Tisch drei verschiedene Weinproben.

»Vielen Dank«, gebe ich freundlich zurück und nehme einen Schluck aus dem bereitgestellten Weinglas. Auch Ina probiert von dem hochwertigen Wein.

»Hm, herrlich! Jetzt noch ein leckeres Menü dazu, dann bin ich glücklich«, grinst sie mich schelmisch an. Auf der Speisekarte sind ausschließlich katalonische und regionale Spezialitäten zu finden. Interessiert schauen wir beide in die Karte.

»Oh, das hört sich gut an, Ina. Escalivada, auf Holzkohle gegrilltes Gemüse mit rauchigem Aroma! Dazu nehme ich den Jamon Iberico de Belotta, den besten Schinken Spaniens«, antworte ich ihr mit einem breiten Grinsen.

»Das hört sich ja fantastisch an! Da läuft einem ja schon beim Lesen das Wasser im Mund zusammen. Das nehme ich auch, Marie!« Ina klappt die Speisekarte zu und hebt ihr Glas.

»Salud, auf uns und unseren Urlaub!«, schiebt sie noch schmunzelnd hinterher.

»Tja, wir lassen es uns wirklich gut gehen, Ina. Ähm, da spüre ich direkt wieder ein kleines bisschen mein schlechtes Gewissen …«

»Oh nein, Marie! Bitte, vergiss es, jetzt bist du dran!«, unterbricht sie mich mitten im Satz mit erhobenem Zeigefinger.

»Okay! Widerstand zwecklos!«, gebe ich grinsend zurück und hebe mein Glas. Nach einer guten Viertelstunde haben wir unser bestelltes Menü auf geschmackvoll dekorierten Tellern vor uns stehen.

»Das Auge isst auch mit. Hm, das sieht lecker aus! Lass es dir schmecken, Marie.« Ina zwinkert mir auffordernd zu.

»Danke, dir auch einen guten Appetit, meine Liebe. Das riecht ja herrlich. So eine besondere Spezialität habe ich noch nie gegessen und der Wein dazu, einfach köstlich!«, lächele ich zufrieden. Das Essen schmeckt hervorragend und die Stimmung in der gemütlichen Klosterschänke wird zunehmend zwangloser. Von jedem Tisch hört man entspanntes Gelächter und die Gäste um uns herum haben alle ein zufriedenes Lächeln im Gesicht.

»Ich bin wunschlos glücklich. Das Essen war so lecker und der Wein dazu, perfekt!« Ina grinst mich entspannt an und gießt sich noch etwas von dem milden Wein nach, den wir bei der Verkostung bestellt haben.

»Ich bin auch pappsatt, Ina. Oh Gott, meine Hose zwickt und kneift schon an allen Ecken und Enden! Wenn die Woche vorbei ist, habe ich bestimmt fünf Kilo zugenommen. Aber sei's drum, wir genießen einfach. Ich finde es hier wunderschön!«, antworte ich mit einem breiten Grinsen im Gesicht.

»Na, dann lass uns noch ein Gläschen nehmen. Prosit, Marie, auf unseren Urlaub!« Meine Freundin gießt mir noch einmal von dem leckeren Wein nach. Langsam spüre ich die Wirkung des Alkohols.

»Wann geht unser Bus eigentlich wieder zurück, Ina?«, frage ich unsicher mit schwerer Zunge und schaue auf meine Handyuhr.

»Ach du meine Güte! Es ist schon nach zweiundzwanzig Uhr!«, schiebe ich noch nervös hinterher. Es sitzen noch immer genug Gäste an den Tischen, allerdings stelle ich mir langsam die Frage, ob sie zu unserer Reisegruppe gehören. Ein mulmiges Gefühl macht sich bei mir breit, als ich in die Runde blicke. Kein mir bekanntes Gesicht ist mehr zu sehen!

»Oh Gott! Ich glaube, wir haben ein Problem Ina!«, flüstere ich leise über den Tisch zu meiner Freundin, die noch immer gut gelaunt ihren Wein genießt.

»Ähm, was meinst du damit, wir haben ein Problem? Es ist doch alles in bester Ordnung. Es ist herrlich hier und du siehst doch, dass noch einige hier ihr Gläschen trinken!« Grinsend schaut sie mich an und prostet mir einladend zu.

»Ina, ich glaube, unsere Truppe ist schon verschwunden. Ich meine, siehst du hier ein bekanntes Gesicht?«, gebe ich unruhig zurück, als sie sich noch ein Glas nachschenken will. Jetzt kommt Leben in meine Freundin. Eilig ruft sie die nette Dame, die mit uns die Weinverkostung durchführte.

»Entschuldigen Sie, wissen Sie zufällig, ob der Reisebus vom Hotel Eden schon abgefahren ist?« Ina überschlägt sich fast vor Aufregung mit ihrer Stimme und ich spüre, wie sich langsam Panik bei mir breitmacht.

»Oh, das tut mir leid. Ja, der Bus ist schon vor einer halben Stunde gefahren. Sorry, wenn ich gewusst hätte, dass Sie dazugehören, hätte ich Sie natürlich verständigt!«, gibt die nette Dame mitfühlend zurück.

»Ähm, vielen Dank für die Information. Wir haben leider versäumt auf die Uhr zu sehen. Fährt noch ein Bus heute Abend zurück nach Castelldefels?«, frage ich mit zittriger Stimme. Ina schaut mich mit großen Augen wortlos an, als die Dame teilnahmsvoll antwortet: »Nein, leider nicht. Die Gäste, die jetzt noch hier sind, haben in unseren Gästezimmern eine Nacht gebucht!« Verdammt! Da haben wir uns ja in eine besonders pikante Situation gebracht. Erstens haben wir alle beide ordentlich einen im Tee und zweitens kein Bett für die Nacht!, geht es mir blitzartig durch den Kopf. Langsam realisiert auch Ina, was gerade passiert, und schaut mich unsicher an.

»Äh, also, was machen wir denn jetzt? Haben Sie vielleicht noch ein Zimmer für die Nacht frei?«, fragt sie aufgeregt die Dame von der Weinverkostung, die vielsagend mit dem Kopf schüttelt.

»Tut mir wirklich sehr leid. Wir haben kein Zimmer mehr frei heute Nacht.« In meinem Kopf fängt es langsam an zu dröhnen. Ob es an dem zu viel getrunkenen Wein liegt oder an der Aufregung, kann ich nicht mehr genau sagen. Fakt ist: Wir haben kein Zimmer heute Nacht und das im leicht angetrunkenen Zustand! Oh mein Gott! So etwas kann natürlich nur uns beiden passieren!, denke ich verärgert. Ina fragt noch einmal eindringlich nach: »Haben Sie wirklich keine Möglichkeit, uns irgendwo unterzubringen? Ich meine, das ist ja praktisch ein Notfall!«

»Ich werde bei unserem Hotelmanager nachfragen, ob vielleicht die Möglichkeit besteht, Sie in einem unserer Personalzimmer unterzubringen. Sie sind einfacher in der Einrichtung als die Gästezimmer. Aber sauber und bezugsbereit«, gibt die nette Dame zurück. Sofort macht sich ein Lächeln über Inas Gesicht breit, als sie dankbar antwortet: »Oh, das wäre wunderbar!« Auch ich atme erleichtert auf und lächele der freundlichen Hausdame dankerfüllt zu.

»Vielen Dank für Ihre Bemühungen! Ähm, wir warten hier auf Sie!«, schiebe ich noch stockend hinterher.

»Ich werde sehen, was ich für Sie tun kann«, entgegnet sie freundlich nickend, ehe sie sich in Richtung Rezeption begibt. Oh Gott, Marie! Ich habe echt nicht mitbekommen, wie schnell die Zeit vergangen ist! Jetzt sitzen wir hier in einer spanischen Klosterschänke mit leicht berauschtem Geist und können froh sein, wenn wir ein Bett für die Nacht kriegen! Wenn es nicht so schräg wäre, wäre es zum Lachen!« Ina zieht die Augenbrauen nach oben und versucht ein schiefes Lächeln. Jetzt muss auch ich grinsen und antworte neckend: »Haha, Ina! Irgendwie passt das doch zu uns, oder? Wäre ja langweilig, wenn alles glattlaufen würde!« Mittlerweile sind fast alle Gäste gegangen und die Kellner räumen die Tische ab. Nervös schaue ich auf mein Handy. Dreiundzwanzig Uhr fünfzig! … und eine Nachricht! Aufgeregt sehe ich auf dem Display die mir bekannte Nummer. Christian! Oh Gott, sieben Anrufe in Abwesenheit! Ich hatte mein Handy wegen der Weinverkostung auf lautlos gestellt. Meine Mutter und meine Kinder wussten Bescheid.

»Hallo, Marie! Alles okay?«, höre ich Ina neben mir fragen. »Äh, ja, ich meine nein! Christian hat versucht mich anzurufen. Er hat mir eine Nachricht geschickt!«, antworte ich stotternd. Mein Herz pocht in den Adern, als ich die Nachricht langsam lese: »Liebe Marie. Erst einmal wünsche dir eine erholsame und schöne Zeit mit Ina. Ich hoffe, ihr habt Spaß und du kommst endlich zur Ruhe. Du weißt, dass ich immer ehrlich und offen zu dir war und noch immer bin. Als du mir vor einigen Wochen mitgeteilt hast, dass du mich nicht als deinen zukünftigen (Ehe)Partner siehst, hat es mich zuerst geschockt und sehr verletzt! Ich habe mir schon eine gemeinsame Zukunft mit dir vorgestellt und wollte unbedingt, dass du zu mir ziehst. Obwohl ich schon länger gespürt habe, dass du einen anderen Lebensweg verfolgst und deine Gefühle zu mir leider nur freundschaftlicher Natur waren, wollte ich es nicht wahrhaben! Immer wieder habe ich mir eine Zukunft mit dir ausgemalt und die Wirklichkeit verdrängt. Endlich habe ich für mich eingesehen, dass man keine Gefühle erzwingen oder herbeiwünschen kann. Marie, du bist eine wunderbare Frau, die ich gerne als gute Freundin behalten möchte! Deine Kinder und deine Familie sind mir auch sehr ans Herz gewachsen, schon aus diesem Grund möchte ich die Verbindung mit dir auf freundschaftlicher Basis beibehalten! Ich würde mich sehr freuen, wenn du es auch so siehst … ganz liebe Grüße, Christian. PS: Ich bin gerade dabei, meine Gefühle für eine andere Frau zu entdecken. Drück mir bitte die Daumen, dass mir das gelingt!« – Noch einmal lese ich zitternd die Zeilen und spüre, wie mir die Tränen über die Wangen laufen.

»Christian«, flüstere ich leise, »ich drücke dir mehr als alles andere die Daumen.« Ina schaut mich mitfühlend an und nimmt liebevoll meine Hand. Jetzt spüre ich, wie eine große

Last von meinem Herzen genommen wird und die Tränen der Trauer sich in Freudentränen wandeln.

»Ach, Ina, ich bin komplett durch den Wind. Mit dieser Nachricht hätte ich heute bestimmt nicht mehr gerechnet. Aber ich bin überglücklich, dass Christian mir verzeihen konnte. Ich wünsche ihm von Herzen nur das Beste und hoffe, dass er eine neue Liebe gefunden hat!«, schluchze ich in Inas Armen. Sanft nimmt sie mein tränennasses Gesicht in ihre Hände und sagt erleichtert: »Hey, Marie. Ist alles gut, ich freue mich auch sehr für Christian und natürlich für dich, dass du mit ihm endlich Frieden schließen kannst. Jetzt werdet ihr doch noch Freunde. Das hast du dir doch schon lange gewünscht!«

»Ja, Ina. Ich hatte die Hoffnung auf eine Freundschaft schon fast aufgegeben. Umso mehr bin ich überrascht und glücklich zugleich!«, antworte ich erleichtert und drücke meine Freundin fest an mich.

»Ähm, ich möchte nicht stören, aber Sie können eines der Personalzimmer für die Nacht beziehen. Handtücher liegen frisch bereit. Neue Zahnbürsten und Duschgel konnten wir auch für Sie besorgen. Also, wenn Sie möchten, zeige ich Ihnen das Zimmer!« Die nette Hausdame lächelt uns freundlich zu. Eilig wische ich mir die Tränen aus dem Gesicht und antworte verlegen: »Oh, das ist ja eine schöne Nachricht. Vielen Dank für Ihre Bemühungen!« Auch Ina ist noch etwas verwirrt von Christians Nachricht, die wir gerade zusammen gelesen haben. Schnell nimmt sie ihre Designertasche von der Stuhllehne und räuspert sich: »Ähm, ja. Auch von mir herzlichen Dank. Wir kommen sofort mit Ihnen!« Eilig packe auch ich meinen Rucksack unter dem Tisch und lächele der Dame im Gehen freundlich zu. Keine fünf Minuten später stehen wir in einem wunderschönen Doppelzimmer mit Blick auf den Berg.

»Mensch, Marie, da hatten wir echt Glück! Also, wenn das hier die Personalzimmer sind, möchte ich gerne die Gästezimmer sehen! Dieses hier ist ja wunderbar! Ich dachte schon, wir müssten draußen übernachten!« Ina schaut mich grinsend an und lässt sich auf das weiche Bett fallen.

»Du sagst es! Ich hatte auch Sorge, dass wir hier in irgendeiner Besenkammer übernachten müssen«, gebe ich schmunzelnd zurück.

»Oh mein Gott! Es ist ja schon fast ein Uhr nachts! Also, ich bin platt. Duschen fällt heute aus. Ich putze mir noch schnell die Zähne und dann liege ich flach, Marie.« Ina zieht sich ihre Kleidung aus und huscht nur mit Höschen und Shirt ins Bad. Was für ein aufregender Tag!, denke ich, während auch ich mich auskleide und mein Blick noch einmal auf mein Handy fällt.

»Christian, danke. Ich antworte dir morgen«, flüstere ich glücklich und lege das Handy auf meinen Nachttisch.

»Du kannst jetzt ins Bad!« Ina holt mich grinsend aus meinen Gedanken und schmiegt sich kuschelnd unter ihre Decke.

»Äh, okay. Ich bin gleich zurück«, antworte ich ihr und verschwinde eilig im Bad.

»Gute Nacht, Mariechen. Schlaf gut. Der Tag heute hatte es wirklich in sich«, höre ich Ina noch unter der Bettdecke gähnen, als ich kurze Zeit später neben ihr im Bett liege.

»Gute Nacht, Ina. Morgen machen wir uns einen entspannten Relax-Tag«, gebe ich ihr noch halb schlummernd zurück. Dass alles anders kommen sollte, ahnte ich zu dieser Zeit noch nicht …

Kapitel 11

In der Nacht schlafe ich unruhig und sehe immer wieder Christians herzliches Lachen vor mir. In meinem Traum tollt er mit Rowdy im Garten und reitet mit Nele über die Pferdekoppel. Ich sehe aber auch einen nachdenklichen und in sich gekehrten Christian, der mich traurig ansieht. In seinen braunen Augen schimmern Tränen und er versucht sich seinen Schmerz über unsere plötzliche Trennung nicht anmerken zu lassen.

»Hey, Marie. Träumst du?«, höre ich Inas leise Stimme an meinem Ohr. Erschrocken luge ich unter der Bettdecke hervor. Durch die Gardinen schimmert leicht die Morgensonne in unser Zimmer. Ähm, warum?«, frage ich noch immer etwas abwesend und schaue müde zu ihr rüber.

»Sorry, aber du hast mehrmals Christians Namen gesagt«, meine Freundin, schaut mich im Halbdunkel fragend an.

»Was? Tut mir leid, wenn ich dich geweckt habe, Ina. War nicht meine Absicht. Aber ja, ich glaube, ich habe von Christian geträumt. Die Nachricht von ihm kam so plötzlich, das muss ich wohl erst verarbeiten«, antworte ich unsicher und ziehe mir die Bettdecke bis ans Kinn. Sanft spüre ich Inas Hand an meiner Wange, als sie verständnisvoll zu mir sagt: »Dafür musst du dich doch nicht entschuldigen. Ist alles gut, Marie! Ich hoffe nur, dass du mit seiner Entscheidung jetzt auch leben kannst. Und dass sie für dich in Ordnung ist!« Jetzt spüre ich wieder das unzertrennliche Band zwischen meiner besten Freundin und mir. Sie versteht mich auch ohne Worte und weiß genau, was in mir vorgeht.

»Ach, Ina. Ich bin schon etwas durcheinander, das gebe ich auch ehrlich zu. Aber ich freue mich so für Christian und hoffe wirklich von ganzem Herzen, dass er die Richtige gefunden hat. Und wenn er mir als Freund erhalten bleibt, bin ich mehr als glücklich!«, gebe ich mit einem leichten Seufzer der Erleichterung zurück.

»Gut so, Marie! Dann bin ich ja beruhigt und freue mich auf unseren vorletzten Urlaubstag!« Ina stupst mich freundschaftlich in die Seite und grinst mir aufmunternd zu. Jetzt werde ich schlagartig wach und reibe mir die noch schläfrigen Augen: »Äh, was hast du gerade gesagt? Heute ist schon unser vorletzter Urlaubstag, das kann doch nicht wahr sein. Wo sind denn die Tage geblieben?«, erwidere ich ungläubig. Ina springt eilig aus dem Bett und zieht die Gardinen zur Seite. Die Sonne scheint vom wolkenlosen Himmel in unser Zimmer.

»Ja, leider ist unsere Woche schon fast vorbei! Aber, eine wichtige Entscheidung ist schon gefallen für dich, Marie. Das ist doch wunderschön!«, gibt Ina zurück und schiebt noch mit einem geheimnisvollen Lächeln hinterher: »Tja, manchmal entscheidet das Schicksal, oder wie man es auch immer nennen möchte!«

Keine halbe Stunde später sitzen wir frisch geduscht im gemütlichen Frühstücksraum des kleinen Klosterhotels. Einige Gäste erkennen uns noch von gestern Abend und lächeln uns freundlich zu.

»Oh Gott, Marie! Die Leute werden sich sicher fragen, ob wir keine frische Kleidung dabeihaben«, flüstert mir meine Freundin leise zu und gießt uns Kaffee nach, der in einer stilvollen bauchigen Kaffeekanne auf dem geschmackvoll gedeckten Tisch steht. Typisch Ina! Macht sich Sorgen, dass die anderen Gäste unsere Kleidung von gestern wiedererkennen. Darüber mache ich mir weiß Gott nicht die geringsten Gedanken!, denke ich schmunzelnd und nehme einen kräftigen Schluck aus der Kaffeetasse.

»Hm, lecker. Der Kaffee weckt meine Lebensgeister und die frischen Croissants sehen auch verführerisch aus!«, antworte ich mit einem genießerischen Grinsen.

»Da hatten wir echt Glück, Ina, dass wir hier noch eine Bleibe für die Nacht gefunden haben. Wo ist eigentlich die nette Hausdame von gestern?«, schiebe ich noch eilig hinterher, ehe ich mir das leckere Croissant mit Marmelade bestreiche. Ina schaut sich suchend um.

»Ich glaube, sie ist nicht da heute Morgen. Vielleicht hat sie frei?«, antwortet sie mir mit fragendem Blick.

»Schade, ich hätte ihr sehr gerne noch ein Trinkgeld gegeben für ihren Einsatz. Schließlich hat sie den Hotelmanager davon überzeugt, dass wir das Personalzimmer beziehen durften. Das war sehr nett von ihr!«, erwidere ich und halte noch einmal im Frühstücksraum nach ihr Ausschau.

»Na, dann machen wir uns langsam auf den Weg. Der erste Bus geht gegen zehn Uhr wieder zurück nach Castelldefels in unser Hotel. Ich möchte endlich etwas Frisches anziehen, Marie!« Ina schaut grinsend an sich herunter und nimmt ihre Tasche von der Stuhllehne.

»Okay, dann lass uns gehen und an der Rezeption bezahlen!«, antworte ich und nicke zustimmend. An der Rezeption angekommen, steht die nette Dame am Empfang und fragt uns freundlich: »Haben Sie gut geschlafen? Ich hoffe, das Zimmer und das Frühstück waren zu Ihrer Zufriedenheit?« Ina lächelt mir vielsagend zu und antwortet: »Oh ja! Alles bestens und vielen Dank noch einmal für die unkomplizierte Vorgehensweise und Ihren Einsatz!«

»Kein Problem. Wir hatten ja noch ein Personalzimmer frei. Von daher war es nur die Frage an unseren Hotelmanager, ob er das Zimmer in diesem Notfall für Gäste freigibt!«, erwidert die nette Dame mit einem herzlichen Lächeln.

»Sagen Sie bitte Ihrem Hotelmanager noch einmal vielen Dank für sein Entgegenkommen. Wir würden dann gerne die Rechnung begleichen«, antworte ich und lege den Schlüssel auf die Rezeption.

»Die Übernachtung geht aufs Haus. Alles gut. Wir hoffen, dass Sie uns vielleicht noch einmal besuchen, wenn Sie wieder in der Nähe sind!« Freundlich nimmt sie die Zimmerschlüssel entgegen und nickt uns wohlwollend zu. Verwundert schaue ich Ina an und dann die Hausdame.

»Ähm, habe ich Sie richtig verstanden? Wir müssen die Übernachtung nicht bezahlen?«, frage ich noch einmal unsicher nach. Das kann doch nicht wahr sein! Warum müssen wir denn nichts bezahlen? Irgendwo ist da doch ein Haken, oder versteckte Kamera!, geht es mir nervös durch den Kopf. Auch Ina schaut jetzt überrascht zu mir rüber.

»Machen Sie sich bitte keine Sorgen, es ist alles in Ordnung. Sie wurden eingeladen. Wir haben die Anweisung direkt von unserem Hotelmanager!«, gibt die Hoteldame mir lächelnd zurück. Ina grinst mich schelmisch an und zwickt mich in die Seite, als sie sagt: »Na, wenn das so ist, nehmen wir die Einladung natürlich gerne an. Vielen herzlichen Dank und sagen Sie Ihrem Chef liebe Grüße!« Eilig schiebt sie mich lächelnd Richtung Ausgang. Draußen angekommen, hole ich erst einmal tief Luft.

»Was war das denn jetzt, Ina? Warum haben wir denn die Übernachtung nicht bezahlen müssen? Ich habe im Übrigen sehr gut geschlafen und das Zimmer sah mir absolut nicht nach einem Personalzimmer aus. Das Ganze kommt mir ziemlich schräg vor. Findest du nicht auch?«, gebe ich überrascht zu bedenken. Ina grinst mich an wie ein Honigkuchenpferd und meint verschmitzt: »Ach, Marie. Freu dich doch, dass wir so einen noblen Spender gefunden haben. Ich habe herrlich geschlafen und fand das Personalzimmer auch besonders hübsch!« Eilig schiebt sie noch hinterher: »Komm jetzt, sonst verpassen wir noch einmal den Bus!« Schnell nimmt sie meine Hand und zieht mich zur Haltestelle, wo schon die anderen Fahrgäste in den Bus einsteigen. Keine zwei Stunden später sind wir wieder in unserem Hotel und laufen die Treppe hinauf zu unserem Zimmer.

»Puh! Jetzt erst einmal unter die Dusche und aus den ollen Klamotten raus!«, ruft Ina mir zu und verschwindet eilig im Badezimmer.

»Lass dir Zeit! Ich muss sowieso erst noch meine Mutter anrufen. Sie denkt sonst, es wäre etwas passiert!«, rufe ich noch immer etwas verwirrt zurück. Sosehr ich mich über diese »Einladung« gefreut habe, kommt mir die Sache doch etwas »spanisch« vor. Im selben Moment muss ich über die Doppeldeutigkeit des Wortes grinsen. Nun, sei's drum! Warum soll ich mir jetzt noch Gedanken darüber machen? Das Zimmer scheint bezahlt, also ist doch alles in bester Ordnung! Und doch, irgendetwas stimmt nicht …, geht es mir nachdenklich durch den Kopf, als ich mein Handy aus dem Rucksack hole. Eilig tippe ich die eingespeicherte Nummer ein. Sofort höre ich die gut gelaunte Stimme meiner Mutter. Zu Hause ist zum Glück alles bestens! Mit den Kids kommen sie und Frederik sehr gut zurecht. Meine zwei Jüngsten haben sogar gefragt, ob ich nicht noch ein paar Tage dranhängen möchte. Schließlich wäre ich mit Ina schon ewig nicht mehr im Urlaub gewesen. Zuerst war ich sogar etwas enttäuscht über ihre Reaktion. Aber je länger ich darüber nachdenke, umso mehr freue ich mich über meine Freiheit, die ich mir immer mehr zugestehe. Tja, Marie, ich glaube deine Zeit kommt jetzt …, denke ich mit einem wohligen Gefühl in der Magengegend.

»Du kannst jetzt ins Bad. Ich bin fertig!« Ina holt mich aus meinen Gedanken und kommt frisch geduscht mit nasser Lockenpracht auf mich zu.

»Hast du zu Hause angerufen? Oh, das muss ich auch unbedingt tun! Lino ist ja zum Glück entspannt, auch wenn ich mich mal ein paar Stunden nicht melde. Aber jetzt wird es auch für mich Zeit!«, grinst sie mir gut gelaunt zu und schiebt mich ins Badezimmer.

»Hey, hey! Immer langsam mit den alten Pferden!«, gebe ich ihr lachend zurück und schließe die Tür. Ah, herrlich! Die erfrischende Dusche tut gut und ich genieße die Wasserstrahlen auf meiner mittlerweile gebräunten Haut. Diesen Urlaub habe ich wirklich gebraucht und er tut mir unendlich gut!, denke ich zufrieden, als ich mich langsam abtrockne und meine kurzen Haare kämme. Noch einmal geht mir die gestrige Nachricht von Christian durch den Kopf und ich spüre eine innere Ruhe bei dem Gedanken an ihn. Endlich spüre ich nicht mehr den Kloß im Hals, wenn ich an ihn denke! Er hat losgelassen und ich kann es jetzt auch …

»Was machen wir heute noch mit dem angefangenen Tag?«, fragt mich Ina, nachdem ich eine Viertelstunde später frisch geduscht auf dem Balkon erscheine. Sie hat es sich schon mit einer Flasche Mineralwasser auf dem Liegestuhl bequem gemacht und grinst mich strahlend an.

»Heute ist es zum Glück nicht so heiß, lass uns einfach hier etwas chillen, Marie! Außerdem habe ich, ehrlich gesagt, von gestern noch etwas Kopfschmerzen. Der Wein war fantastisch, aber leider war das letzte Gläschen eins zu viel«, schiebt sie noch stöhnend hinterher und zieht die Augenbrauen nach oben.

»Hey, Ina, du wirst doch wohl am vorletzten Tag nicht schlappmachen?!«, erwidere ich grinsend und lege mich mit meinem Badetuch neben sie auf die Sonnenliege.

»Heute Abend bin ich bestimmt wieder fit! Gib mir etwas Zeit, Marie!«, antwortet sie schmunzelnd und lugt unter ihrer Sonnenbrille hervor.

»Okay, liebste Freundin. Kein Problem! Im Übrigen bin ich auch froh, es heute etwas langsamer angehen zu lassen!«, gebe ich ihr lächelnd zurück. Die Sonne scheint heute angenehm warm, aber nicht zu heiß vom wolkenlosen Himmel und der Wind vom Meer weht erfrischend angenehm.

»Ach, was ein himmlischer Tag! Ich könnte noch ewig hierbleiben, Ina«, seufze ich zufrieden und räkele mich auf meiner Liege.

»Tja, unsere Lieben zu Hause warten leider schon auf uns. Lino hat mir gesagt, dass Alva jeden Tag nach mir fragt. Oh Gott, langsam bekomme ich schon ein schlechtes Gewissen. Die süße Kleine war noch nie so lange von mir getrennt.« Meine Freundin schaut mich nachdenklich an und in ihren Augen schimmern Tränen.

»Hey, Ina. So kenne ich dich ja gar nicht! Aber ich kann dich gut verstehen. Weißt du noch, vor Jahren, als wir in der Toskana Urlaub machten? Da waren meine Kids auch noch klein und ich hatte schon nach gefühlt ein paar Stunden ein schlechtes Gewissen«, antworte ich verständnisvoll und nicke ihr aufmunternd zu. »Mittlerweile hat sich das Blatt allerdings gewendet und meine Kids sind froh, wenn ich noch etwas länger wegbleibe!«, schiebe ich noch lachend hinterher. Jetzt muss auch Ina wieder lächeln und nimmt meine Hand.

»Du hast ja recht, Marie. Die Zeit wird für mich auch noch kommen. Momentan ist sie noch zu klein. Lino kümmert sich einfach rührend um Alva und ich muss mir wirklich keine Sorgen machen. Aber mein Mutterherz vermisst sie schon sehr!«, gibt sie mir seufzend zurück. Liebevoll nehme ich meine Freundin in den Arm und flüstere ihr leise ins Ohr: »Endlich kann ich dich auch mal trösten, liebe Ina. Du hast mich schon so oft aufgemuntert. Jetzt bin ich mal dran.« Nun kann sie die Tränen nicht mehr zurückhalten und schluchzt in meinen Armen.

»Ach, Marie. Es ist so schön mit dir hier und ich genieße die wunderschöne Zeit. Aber meine kleine Maus fehlt mir schon und Lino natürlich auch!«, antwortet sie unter Tränen und schnäuzt in das Taschentuch, das ich ihr reiche.

Sanft streiche ich ihr über die Wange und sage aufmunternd: »Hey, das ist doch auch ganz normal. Hätte ich ein kleines Kind und einen liebevollen Mann zu Hause, wäre ich höchstwahrscheinlich überhaupt nicht mitgeflogen! Deshalb danke ich dir auch noch einmal von ganzem Herzen, liebe Ina! Ich weiß, dass du nur meinetwegen mitgekommen bist. Darüber bin ich sehr glücklich!« Ina schaut mich lächelnd an und erwidert: »Oh, das freut mich, Marie. Du wirkst auf mich auch wieder richtig glücklich und unverkrampft. Ich hoffe, unser Urlaub hat dich endlich auf andere Gedanken gebracht.« Erleichtert schaue ich sie an und sage schließlich: »Oh ja! Dieser Urlaub hat mir sehr gutgetan, Ina. Ich habe endlich Ruhe gefunden und auch meine Angst, dass ich Christian als Freund verlieren könnte, hat sich zum Glück mit seiner Nachricht gestern in Luft aufgelöst!« Christian! Endlich spüre ich kein unangenehmes Gefühl mehr im Bauch, wenn ich an ihn denke. Ich bin überglücklich, dass er Frieden mit unserer Beziehung schließen konnte und, wer weiß, vielleicht auch bald eine neue Liebe in sein Leben lässt! Ich wünsche es ihm von ganzem Herzen …

»Was machen wir noch heute Abend? Also langsam bekomme ich wieder etwas Hunger. Wie sieht es bei dir aus, Marie?« Ina stupst mich neckend in die Seite. Zügig nimmt sie einen Schluck aus ihrer Wasserflasche und meint grinsend: »Ähm … und das Mineralwasser schmeckt auch schon schal!« Mittlerweile ist es später Nachmittag, als ich langsam von meiner Sonnenliege aufstehe.

»Oh Gott, Ina! Es ist ja schon fast achtzehn Uhr! Der chillige Tag hat uns beiden aber richtig gutgetan. Einfach mal gar nichts tun war herrlich!«, antworte ich und strecke meine Arme in die Sonne, die nun langsam am Horizont unterzugehen scheint.

»Oh ja. In der Sonne liegen und dem wunderbaren Nichtstun frönen! Ich fand es auch super. Allerdings spüre ich jetzt meinen Magen. Der sagt eindeutig, dass er jetzt unbedingt was zu essen braucht, Marie.« Meine Freundin steht grinsend am Balkongeländer und hält sich ihren nicht vorhandenen Bauch.

»Gute Idee, Ina! Sollen wir im Hotelrestaurant auf der Terrasse essen?«, frage ich und ziehe meine Flipflops über.

»Ach, ich denke, am vorletzten Tag könnten wir doch vielleicht zum Strand gehen. Dort gibt es doch diesen großartigen Strandpavillon. Was meinst du?« Ina strahlt mich auffordernd an und zeigt von unserem Balkon in Richtung Meer.

»Super! Da wollten wir doch die ganze Woche schon essen. Aber muss man dort nicht reservieren?«, antworte ich und ziehe die Augenbrauen nach oben.

»Lass das mal meine Sorge sein!«, grinst Ina mir geheimnisvoll zu.

»Okay, dann lege ich mein Schicksal in deine Hände, beste Freundin!«, rufe ich lachend aus und ahne nicht, dass es genauso kommen wird …

Nach fast einer Stunde, in der wir überlegen, was wohl das beste Strandpavillon-Outfit ist, sind wir endlich fertig geduscht und ausgehbereit. Ina hat ihren sündhaft teuren Designeroverall angezogen und sieht damit fantastisch aus. Ihre blonden Locken sind durch die Sonne noch etwas heller geworden und strahlen mit ihren blauen Augen um die Wette. Eigentlich wollte ich meine geliebte Jeans und mein roséfarbenes Shirt anziehen. Doch Ina meinte, für unseren vorletzten Abend müsste ich mich schon etwas mehr herausputzen!

»Marie, zieh doch dein Neckholderkleid an, darin kommt deine tolle Bräune richtig gut zum Vorschein!«, sagt sie grinsend zu mir und hält mir noch ein paar filigrane Sandaletten mit mindestens fünfzehn Zentimeter hohem Absatz vor die Nase.

»Äh, die soll ich doch nicht allen Ernstes anziehen, Ina? Da breche ich mir schon alle Beine, bis wir überhaupt am Tisch sitzen!«, gebe ich lachend zurück und nehme die feinen Riemchenschuhe in die Hand.

»Hey, Marie. Du wirst sehen, sie passen perfekt zu deinem Kleid und außerdem kann ich dich auf dem Weg dorthin ja etwas stützen!« Ina drückt mich auf das Bett und zieht mir die Sandaletten über meine gebräunten Füße.

»Toll, einfach toll, Marie. Du hast die geborenen Riemchenschuhfüße! Schau doch mal, wie gut du damit aussiehst!« Meine Freundin ist total aus dem Häuschen und zieht mich eilig vor den Spiegel.

»Halt, halt, Ina! Nicht so schnell, ich muss mich erst etwas an den hohen Absatz gewöhnen!«, erwidere ich und schaue unsicher an mir herunter. Die Schuhe sehen wirklich hübsch aus zu meiner Sommerbräune und meinem schlichten Neckholderkleid.

»Okay, du hast mich überzeugt! Allerdings würde ich mich am liebsten in die Strandbar beamen, um nicht Gefahr zu laufen, mir das Genick zu brechen. Ich bewundere dich wirklich, dass du mit solchen Hacken laufen kannst, Ina«, gebe ich seufzend zurück.

»Alles eine Sache der Übung, Marie! Deine Sneakers sind sicher bequem und passen auch gut zu dir, aber manchmal muss es einfach etwas Besonderes sein!« Ina schaut mich vielsagend an und schiebt noch schelmisch hinterher: »Jetzt bekommst du noch ein fantastisches Augen-Make-up verpasst und dann können wir gehen!«

»Oh Gott! Was ein Aufwand für ein Essen im Strandpavillon!«, antworte ich grinsend, als Ina ihre Schminkutensilien vor dem Badezimmerspiegel aufbaut. Gekonnt zieht sie mir einen dramatischen Lidstrich und tuscht meine Wimpern. Da ich ohnehin eine schöne Gesichtsfarbe habe, streicht sie mir nur etwas bronzefarbenes Rouge auf die Wangen. Ein leichter

Lipgloss und etwas Gel in meine kurzen nussbraunen Haare, fertig!

»Du siehst fantastisch aus, Marie! Ich freue mich auf unseren vorletzten Abend, jetzt kann es losgehen!« Meine Freundin grinst wie ein Honigkuchenpferd, als sie sich ihre Designertasche schwungvoll über die Schulter wirft.

»Danke, Ina, du bist einfach die Beste!«, gebe ich glücklich zurück und drücke sie liebevoll an mich.

»Man soll den Tag nicht vor dem Abend loben, Marie!«, antwortet sie verschwörerisch und zieht mich zur Tür.

Kapitel 12

Nach gefühlt zehn Stunden Laufen auf fünfzehn Zentimeter hohen High Heels komme ich mir vor wie bei Germany's Next Top Model auf dem Laufsteg! Endlich erreichen wir den Strandpavillon.

»Puh, das war die schwerste Herausforderung in diesem Urlaub!«, grinse ich meiner Freundin erleichtert zu, als wir die letzte Stufe zur Außenterrasse hinter uns lassen. Alle Tische sind besetzt und ich frage mich, wo wir hier noch einen Platz bekommen sollen. Ich sehe mich schon mit den Sandaletten in der Hand zurück in unser Hotel laufen. Da kommt eine der netten Bedienungen auf uns zu und fragt freundlich lächelnd: »Guten Abend. Haben Sie reserviert?« Oh Gott! Ich habe es Ina doch gesagt! Ohne Reservierung läuft hier gar nichts, denke ich nervös und wackele auf meinen Stöckelsandaletten hin und her. Mir tun die Füße jetzt schon weh und ich würde mich über einen freien Tisch heute Abend mehr freuen als über einen Sechser im Lotto! Ina scheint die Situation hingegen nicht zu verunsichern. Freundlich gibt sie zurück: »Nein eigentlich nicht, aber ich denke, dass sie sicherlich noch ein Plätzchen für uns finden!« Irritiert schaue ich zu ihr und ziehe die Augenbrauen nach oben.

»Ah, ja! Einen Moment, ich werde mal nachschauen, was ich für Sie machen kann«, antwortet die angenehme junge Dame und verschwindet eilig in Richtung Theke.

»Ähm, also, Ina. Deine Überzeugungskraft in allen Ehren, aber du glaubst doch nicht im Ernst, dass wir hier heute Abend noch einen Platz bekommen!«, sage ich leicht überfordert zu meiner Freundin, die seelenruhig lächelnd neben mir steht.

»Abwarten, meine Liebe. Es geschehen noch Zeichen und Wunder!«, antwortet sie mir mit vielsagendem Blick und zeigt auf einen Tisch mit direktem Blick auf das Meer, der mit einer Vase mit wunderschönen roten Rosen dekoriert ist. Mittlerweile ist die Sonne schon fast am Horizont verschwunden und die bunten Laternen der Außenbeleuchtung wiegen sich sanft im Wind.

»Komm, der Tisch ist perfekt für uns! Oder willst du noch warten?« Ina nimmt liebevoll meine Hand und zieht mich sanft hinter sich her.

»Das gibt es doch nicht, oder? Wie hast du das hingekriegt, Ina? Ich sehe hier keinen leeren Stuhl mehr und wir bekommen den schönsten Platz auf der ganzen Terrasse!«, sage ich verwundert, als wir uns setzen und den wunderschönen Blick auf das Meer genießen.

»Manchmal passieren Dinge im Leben, mit denen man nie mehr gerechnet hat, liebe Marie. Ich hoffe, du freust dich genauso wie ich über die Überraschung!«, antwortet sie lächelnd und nimmt meine Hand.

»Jetzt verstehe ich überhaupt nichts mehr, Ina! Von was für einer Überraschung sprichst du die ganze Zeit?«, gebe ich erstaunt zurück. Ina schaut lächelnd an mir vorbei und sagt leise: »Ich glaube, die Überraschung ist angekommen ...«

Langsam drehe ich meinen Kopf zur Seite und sehe im Augenwinkel einen blonden Lockenkopf auf mich zukommen.

»Das kann doch nicht wahr sein! Oh mein Gott, Gerrit ...«, kann ich gerade noch sagen, da versagt meine Stimme. In meinem Kopf explodiert gerade ein Feuerwerk und auf meiner Haut verbreitet sich eine prickelnde Gänsehaut! Langsam kommt Gerrit auf mich zu und nimmt sanft meine Hand: »Guten Abend, Marie. Schön, dass ich dich endlich wiedersehen darf«, höre ich wie in Trance seine Stimme. Träume ich? Das ist doch nicht die Realität, die sich gerade vor meinen Augen abspielt, oder?! Gerrit! Wie lange habe ich fast jede Nacht von dir geträumt und jetzt stehst du plötzlich vor mir. Ich kann es noch immer nicht glauben! Verwirrt und unsicher schaue ich zu Ina, die mir aufmunternd zunickt.

»Ja also, ich denke, ihr habt euch sicher viel zu erzählen. Ich bin dann mal weg. Außerdem ist das hier nur ein Zweiertisch«, zwinkert sie Gerrit wissend zu.

»Ähm, Ina. Halt, du kannst doch nicht allein ins Hotel zurück!«, wende ich irritiert ein und löse mich von Gerrits Hand.

»Mach dir bitte um mich keine Sorgen, ich bin schon groß genug und finde den Weg bestimmt zurück. Ich wünsche euch noch einen wunderschönen Abend«, antwortet Ina eilig und schiebt noch lächelnd hinterher: »Sorry, Marie, für die kleine Schummelei. Ich hatte Sorge, dass du vielleicht nicht mitgekommen wärst, wenn du den Grund für unser Essen hier erfährst.« Langsam begreife ich, warum Ina unbedingt wollte, dass ich mich besonders hübsch mache für heute Abend. Der Grund war Gerrit! Ich weiß nicht, ob ich enttäuscht über Inas Lüge oder glücklich über das Wiedersehen mit Gerrit sein soll. Immer noch verwirrt schaue ich die beiden an. Doch ehe ich etwas sagen kann, nimmt Gerrit erneut zärtlich meine Hand: »Marie, bitte sei nicht böse auf Ina. Es war alles meine Idee. Ich wollte dich unbedingt wiedersehen, hatte aber Angst, dass du mich abweisen würdest, wenn ich mich direkt bei dir melden würde. Deshalb bat ich Ina um Hilfe.« Was passiert denn hier gerade?! In meinen Kopf schießen tausend Gedanken auf einmal ein. Ist das ein Theaterstück und ich bin unwissend die Hauptdarstellerin? Mein Herz klopft laut und ich habe das Gefühl zu zerspringen. Völlig aufgelöst schießen mir die Tränen in die Augen und ich stoße zornig hervor: »Ach, so war das! Du hast mich unter einem Vorwand hierhergeholt. War der ganze Urlaub also eine einzige Lüge? Ich bin so enttäuscht von dir, Ina. Niemals hätte ich geglaubt, dass du mich so hintergehst!« Mit einem Satz springe ich auf, reiße mir die Riemchensandaletten von den Füßen und renne die Treppe hinunter.

»Marie, warte bitte!«, höre ich Inas Stimme hinter mir rufen. Immer schneller renne ich durch den warmen Sand und spüre, wie mir die heißen Tränen die Wangen herunterlaufen.

»Ich wollte dich nicht verletzen. Bitte glaube mir!«, ruft Ina mir verzweifelt zu, als sie mich fast eingeholt hat.

»Gerrit liebt dich noch immer!«, schreit sie nun gegen den immer stärker aufkommenden Wind.

»Gib ihm eine Chance. Er hat sie verdient!« Kraftlos falle ich zu Boden und schluchze laut auf: »Ina, ich bin total verwirrt. Es tut mir so leid. Ich weiß, dass du es nur gut gemeint hast!« Sanft streicht meine Freundin mir über meine heißen Wangen, die über und über mit Sand bedeckt sind.

»Dir muss überhaupt nichts leidtun. Ich hätte dich vorher fragen müssen, ob es für dich okay ist! Ich wollte dich überraschen mit Gerrit, aber scheinbar ging der Schuss nach hinten los. Verzeih mir bitte, Marie!« Langsam beruhigt sich mein Atem wieder und ich antworte mit leiser Stimme: »Es war eine wirklich gelungene Überraschung, Ina.«

»Und du bist mir nicht mehr böse?« Meine Freundin schaut mich unsicher lächelnd an. Mit einem Ruck ziehe ich sie zu mir in den Sand und sage mit gespielt ernster Miene: »Nur, wenn du dir das Gesicht auch mit Sand einreibst!« Sofort fängt sie laut an zu lachen und nimmt mich erleichtert in die Arme.

»Puh! Oh mein Gott! Ich dachte schon, du würdest das Kriegsbeil nie mehr begraben. Ich bin so froh, dass du mir meine Schwindelei verzeihst, Marie!« Befreit lachen wir beide auf und schütteln uns den feinen Sand aus den Haaren. Meine Enttäuschung ist verflogen und ich bin glücklich, dass Ina, ohne zu zögern, hinter mir hergelaufen ist! Sofort kommt mir Gerrit in den Sinn und ich antworte reumütig: »Oh, Ina. Was wird Gerrit jetzt von mir denken? Er muss mich für besonders bescheuert halten, nach dieser Aktion!« Meine Freundin schaut mich von der Seite an und grinst: »Ähm. Ich denke, er weiß, dass du etwas, sagen wir mal, schwierig bist, oder?« Jetzt muss auch ich grinsen und erwidere eilig: »Okay, eins zu null für dich, Ina! Aber ganz im Ernst, was soll ich nun tun? Ich weiß ja noch nicht einmal, wo er wohnt. Geschwiege denn, ob er mich überhaupt noch sehen möchte!« Meine Freundin zieht die Augenbrauen nach oben und lächelt mich schelmisch an, als sie mir wissend antwortet: »Also, deine erste Frage könnte ich dir beantworten! Bei der zweiten Frage bin ich allerdings überfragt …« Aufgeregt schaue ich sie an und frage nervös: »Ähm, du weißt, wo er wohnt?« Ina nickt eilig mit dem Kopf und antwortet grinsend: »Ja, ich meine, so in etwa …«

»Sorry, was heißt so in etwa? Jetzt aber mal raus mit der Sprache! Und bitte keine Flunkereien mehr, Ina!«, unterbreche ich meine Freundin mitten im Satz, die mittlerweile aufgestanden ist und mir auffordernd die Hand entgegenstreckt.

»Komm, steh erst mal auf, Marie. Ich denke, wir gehen jetzt zurück ins Hotel, unterwegs erzähle ich dir die ganze Geschichte …«

Nach fast vierzig Minuten kommen wir endlich in unserem Hotelzimmer an. Ina holt eine Flasche Prosecco aus der Minibar und zwei Gläser. Reumütig schaut sie mich an und sagt: »Sorry, Marie. Ich entschuldige mich jetzt noch einmal offiziell für meine Lügen. Ich habe es echt nicht böse gemeint. Ich wollte dir und Gerrit nur auf die Sprünge helfen.« Noch einmal kommt ein kurzer Anflug von Enttäuschung und Zorn in mir hoch, den ich aber schnell unterdrücke. Ina hat es doch nur gut gemeint, denke ich und sie hat es verdient, dass ich ihr ein für alle Mal verzeihe! Auf unserem Rückweg hat sie mir alles erzählt. Dass Gerrit sich schon vor einigen Monaten bei ihr gemeldet hat. Er wollte mich unbedingt wiedersehen, hatte aber Angst, dass ich ihn zurückweisen würde. Deshalb haben sie gemeinsam diese Urlaubsreise geplant. Gerrit ist der Hotelmanager von unserem Hotel und auch des Klosters auf dem Berg, in dem wir übernachtet haben. Natürlich! Jetzt passt alles zusammen. Dass wir ein so fantastisches Hotelzimmer bekommen haben und heute Abend den wunderschönen Tisch auf der Strandpavillon-terrasse und seine Tochter an der Rezeption! Das war also alles kein Zufall, geht es mir durch den Kopf. Mein Herz schlägt wieder heftiger, als ich das Glas entgegennehme, das Ina mir lächelnd hinhält.

»Okay. Ich habe dir ja schon längst verziehen, Ina. Aber mit Gerrit muss ich morgen noch ein Hühnchen rupfen!«, antworte ich grinsend, als wir klirrend mit den Gläsern anstoßen.

»Ach, Marie, ich freue mich so für euch und hoffe, dass dieses Mal alles gut wird!«, gibt meine Freundin glücklich lächelnd zurück.

Kapitel 13

»Oh mein Gott! Ich bin so aufgeregt!«, sage ich nervös zu Ina, als wir am nächsten Morgen am Frühstückstisch sitzen.

»Ich bekomme keinen Bissen runter und das soll bei mir schon etwas heißen!«, schiebe ich noch grinsend hinterher. Ina schaut mich verwundert an und meint: »Tja, das kenne ich allerdings auch noch nicht von dir. Marie ohne Hunger! Das hast du höchstens, wenn wir morgen ins Flugzeug steigen!« In meinem Kopf schwirren die Gedanken wie in einem Bienenstock. Heute Mittag bin ich mit Gerrit verabredet! Endlich können wir uns aussprechen und hoffentlich die ganzen unausgesprochenen Dinge der Vergangenheit klären. Ich kann es noch immer nicht glauben, dass ich ihn wirklich noch einmal wiedersehe. Ina hat mir seine Handynummer gegeben und als ich ihn anrief und fragte, ob wir uns heute treffen könnten, sagte er sofort ja!

»Okay, Marie. Jetzt bleibe bitte ganz ruhig. Alles wird gut!« Ina nimmt beruhigend meine Hand und lächelt mir aufmunternd zu.

»Ich komme mir vor wie ein Teenager, der sein erstes Date hat, Ina! Ich muss doch verrückt sein!«

»Du bist nicht verrückt, okay, vielleicht ein kleines bisschen, Marie. Aber sind wir das nicht alle, auf die eine oder andere Art?« Meine Freundin grinst mir neckend zu und schiebt noch eilig hinterher: »Oh, es ist schon fast zehn Uhr dreißig. Wann wolltet ihr euch denn treffen?« Aufgeregt und mit hochrotem Kopf antworte ich: »Ähm, um elf Uhr am Strandpavillon!« Ina reißt die Augen auf und meint aufgeregt: »Hey, da musst du jetzt los! Nicht dass ihr euch noch verpasst. Dieses Mal sollte es doch klappen!«

»Oh ja! Wir haben schon Übung im Verpassen!«, antworte

ich grinsend und nehme Inas Handtasche vom Tisch. Sie meinte, ich könne ja unmöglich mit einem sportlichen Rucksack zu meinem Date gehen! Kurzerhand hat sie ihre Schminkutensilien rausgepackt und mir ihre Designertasche überlassen. So ist sie, meine Freundin, und da nutzt auch keine Widerrede!, denke ich schmunzelnd. Eilig schiebt sie mich in Richtung Ausgang. Heute ist ein besonders schöner Sonnentag, geht es mir durch den Kopf, als wir auf das Vorportal des Hotels treten. Ina drückt mich noch einmal sanft an sich und flüstert mir ins Ohr: »Also, meine Liebe. Habt einen wunderschönen Tag und genießt einfach eure gemeinsame Zeit. Denk an deinen Traum, den du immer geträumt hast. Jetzt wird er wahr ...«

»Danke, Ina! Für alles!«, gebe ich gerührt zurück und die Tränen bahnen sich ihren Weg. Schnell schiebt sie mich zurück und meint grinsend: »Hey, nicht weinen! Sonst fange ich auch noch an. Jetzt mach los, sonst kommst du zu spät!« Eilig hole ich ein Papiertaschentuch aus der Tasche und schnäuze hinein. Ina schaut mich verdutzt an und sagt lachend: »Oh Gott, Marie! Bitte nicht das kunstvoll geschminkte Augen-Make-up zerstören!« Jetzt muss auch ich wieder lachen und drücke ihr noch einen liebevollen Kuss auf die Wange.

»Alles okay, Ina. Bis später!«, rufe ich ihr noch winkend zu, als ich in Richtung Strand laufe.

Keine zehn Minuten später komme ich am Strandpavillon an. Zum Glück habe ich heute Mittag die leichten Espadrilles und meine weißen Shorts angezogen. Meine gebräunten Beine sehen richtig gut darin aus und meine hellblaue Wickelbluse habe ich lässig am Bauch zusammengeknotet. So fühle ich mich wohl in meiner Haut, denke ich zufrieden. Sorry, Ina! Du willst immer ein Modepüppchen aus mir machen, aber leider bin ich nun mal ein ganz anderer Typ als du, geht es mir durch den Kopf. Meine Freundin ist einfach fantastisch, so wie sie ist! Und ich ... bin auch gut so, wie ich bin! Lächelnd schaue ich noch einmal an mir herunter und spüre auf einmal eine wunderbare Leichtigkeit …

»Hallo, Marie! Schön, dass du gekommen bist!«, höre ich die mir bekannte Stimme an meinem Ohr. Gerrit steht plötzlich neben mir und schaut mich mit seinen strahlend blauen Augen liebevoll an. Ach, wie habe ich ihn vermisst! Jetzt erst spüre ich wieder dieses unbändige Gefühl, das mich schon vor vielen Jahren bei unserem ersten Kennenlernen in der Toskana übermannt hat! Zärtlich nimmt er meine Hand und wir laufen wie selbstverständlich nebeneinander zum Strand. Unsere Schuhe haben wir mittlerweile beide ausgezogen und spüren nun den warmen Sand unter den Füßen. Ich wollte ihn noch so vieles fragen, aber jetzt fühle ich nur den Moment unserer Zweisamkeit. Am Meer angekommen, stehen wir uns unsicher gegenüber. Gerrit schaut mich zärtlich an und streicht mir liebevoll eine Haarsträhne aus dem Gesicht. Die Wellen schlagen sanft an den Strand und wir spüren das erfrischende Salzwasser des Meeres unter unseren Füßen. Mein Herz schlägt zum Zerspringen laut und ich habe Angst, dass er es hören könnte.

»Gerrit, ich …«, versuche ich zu erklären, doch er unterbricht mich zärtlich: »Alles gut, Marie. Ich habe dich so unendlich vermisst in den ganzen Jahren. Jetzt bin ich glücklich, dass du wieder bei mir bist … Ich werde dich nie mehr verlassen, wenn du es auch willst?« Sanft spüre ich seine Lippen auf meinem Mund und mein Körper bebt unter seinen zärtlichen Händen. Wie im Rausch antworte ich glücklich: »Ja, Gerrit. Lass mich bitte nie mehr los, egal was auch passiert. Unsere Wege haben sich am Meer getroffen, unsere Wege haben sich am Meer getrennt und unsere Wege haben sich am Meer wieder gefunden. Endlich bin ich angekommen. Ich liebe dich für immer …«

»Wirklich reich und glücklich ist der, der mehr Träume in seiner Seele hat, als die Wirklichkeit zerstören kann ...«

(Hans Kruppa)

Die Autorin

Nadja ten Peze liebt es zu schreiben, zu lesen und das Meer! Schon als Jugendliche ist sie nie ohne Buch unter ihrem Kissen eingeschlafen und liebte es, Geschichten zu schreiben. In ihrer späteren Ausbildung zur Gestalterin für visuelles Marketing konnte Sie ihre kreative und künstlerische Begabung perfekt ausleben. Mit ihrem Debütroman „Von Meer zu Meer«, einem humorvollen, spritzig unterhaltsamen Frauen-roman mit Tiefgang, erfüllte Sie sich ihren großen Traum! Sie lebt liebenswert chaotisch mit ihrem holländischen Mann, ihren Kindern, zwei Hunden und einer Katze an der niederländische Grenze.

https://www.nadjatenpeze.com/